深川二幸堂 菓子こよみ〈三〉

知野みさき

大和書房

目次

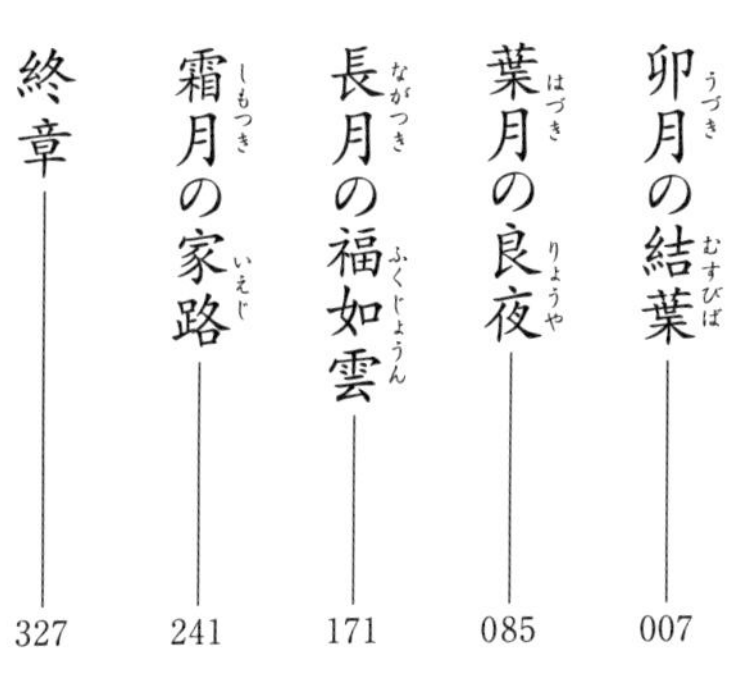

深川二幸堂　菓子こよみ　二巻までのあらすじ

光太郎と孝次郎が兄弟で開いた菓子屋・二幸堂は、深川にしっかりと根を下ろしていた。手伝いの七の手もあり商いはますます順調だが、光太郎が小太郎という息子を連れた寡婦の葉に、孝次郎が元吉原遊女の暁音に寄せる想いは叶わぬままだ。

孝次郎の古巣・草笛屋は嫌がらせをやめぬが、その内証はかなり苦しいらしい。草笛屋を追われた八郎と太吉が働くことになった王子の「よいち」との縁に喜んだのも束の間、孝次郎が巳丑火事で重傷を負った際、母のように看病してくれた恩人の弥代が病に倒れたと知らせがくる。病床の弥代とその弟の新八に暁音を引き合わせた孝次郎はその夜暁音に求婚するが、身を固めるつもりはない、このままの関係が気楽でよいとはぐらかされてしまう。

そんな折、草笛屋の信俊の跡継ぎ仲間の差し金が原因で光太郎が金瘡を負う。幸い浅手で済んだものの、それを聞いた葉は取り乱し、孝次郎は二人の仲に希望を抱く。

弥代の死、東不動こと長次の父・大親分の死と悲しみが続いた夏が過ぎ、二度目の冬を迎えた二幸堂に、葉が小太郎がいなくなったと駆け込んで来た。拐かされた小太郎を探し出した光太郎の再度の求婚を葉は受け入れ、睦月半ばの祝言に孝次郎は祝い菓子「冬虹」を、心を込めて供したのだった——。

深川二幸堂　菓子こよみ〈三〉

本作品は当文庫のための書き下ろしです。

卯月の結葉（うづきのむすびば）

一

七ツの捨鐘が鳴り始めた。

「ああ、もう七ツだよ」

金鍔を炙る孝次郎の隣りで、手伝いの七が眉を八の字にしてこぼす。

本日最後の独楽饅頭――味噌餡の蒸し饅頭――を仕上げている最中なのだ。

以前は七が帰る七ツにはかまどの火を落としたものだが、近頃は七ツを過ぎても菓子作りをしていることが珍しくない。

「後は俺がやるから、お七さんは仕舞いにしてくれ」

「いんや、だって後もう少し――」

七が言いかけたところへ、二階から葉が下りて来た。

「後は私が引き受けますから」

二月前――睦月半ばの藪入りに孝次郎の兄・光太郎と夫婦になってから、葉は日中はこれまで通り縫い物をして、七ツが鳴ると、帰宅する七と入れ替わりで片付けと仕込みを手伝ってくれている。

「悪いねぇ、お葉さん」

「なんの。後は火から下ろすだけだもの」

「じゃあ、また明日」

「ええ、お七さん、また明日」

「お疲れさん」

七が板場を出て行くと、まずは孝次郎が金鍔を、ほどなくして葉が蒸し上がった独楽饅頭を、それぞれ菓子箱に移して表に運ぶ。

「さあ、出来立てだ！　蒸し立てほやほやの独楽饅頭がきやしたぜ。今日はこいつで仕舞いでさ！」

店先から威勢のいい光太郎の声に続いて、相次ぐ客の注文が聞こえてくる。

半刻（はんとき）と待たずに全ての菓子を売り切った光太郎が暖簾（のれん）を下ろすと、見計らったように小太郎（こたろう）——葉の連れ子——が帰って来た。

板場への出入りは禁じてあるため、座敷のある土間から小さな顔を覗かせて、小太郎は「ただいまぁ！」と元気な声を張り上げた。

「お帰り、小太」

「お帰り」

「あのねぇ、おれたちきょう、ふねにのったんだよ」

「へぇ、そいつぁすげぇや」

菓子箱を拭きながら光太郎が微笑むと、小太郎も嬉しげに頷いた。

「さんじさんがのせてくれたんだ。おれと、しんじと、しんた」

葉と小太郎が二幸堂に越してきたため、孝次郎は睦月のうちは葉たちが住んでいた諏訪町の、如月からは二幸堂から表店で数えて二軒隣り、長屋としては二幸堂がある一画の一つ隣りとなる裏長屋——大家の名にちなんだ栄作長屋——の九尺二間に住んでいる。

三治というのは同じ長屋の、三十路過ぎの猪牙舟の船頭である。伸太と信次はこれまた同じ長屋の孝次郎の隣りの家に住む兄弟で、兄の伸太は八歳、年子の弟の信次は小太郎と同い年の七歳だ。

黒江町に引っ越してきてから通い始めた手習い指南所で、小太郎は伸太と信次に出会った。如月に孝次郎が彼らの隣人になると、三人はぐっと親しくなって、今は朝のうちは仲良く指南所で机を並べ、昼過ぎに指南所から帰っても夕刻までほぼ毎日一緒に遊んでいる。

小太郎の話からすると、三治は客を拾いに行く途中で見かけた子供三人を、ほんの一町ほどだが舟に乗せてくれたようである。

「じっとしてるならのせてやるっていうから、おれもしんじもじっとできるっていったんだ」

「ふぅん。それでちゃんとじっとできたのか?」と、光太郎。

「たりめぇさ」

伝法に言って胸を張る小太郎に、自然と顔がほころんだ。

血はつながっていないものの、得意気な瞳と唇の形が光太郎によく似ている。

葉は前夫と死別していて、亡夫は光太郎に面影が似ていたという。ゆえに深川では小太郎が光太郎の実子――その昔、孕ませた女とよりを戻した――という噂もあるようだ。

孝次郎が仕込みを終えたのを見てとると、葉が言った。

「光さんたちは、先に湯屋へ」

「おう」

孝次郎と入れ替わりに夕餉の支度を始める葉を見やって、光太郎は嬉しげだ。

小太郎の母にして、光太郎の妻、孝次郎にとっては姉となった葉である。光太郎より一つだけ年上で来年三十路だが、細身できびきびしている様は孝次郎より若々しく、頼もしい。

葉に促されて、孝次郎は土間に置いていた湯桶を手にした。長屋に引っ越してから、仕事帰りに湯屋に行くべく、湯桶を持って勤めに出るようになっている。

湯桶を抱えた孝次郎の左手は素手のまま、首元の手拭いも引っかけてあるだけだ。

十六年前の文政の大火――または己丑火事、佐久間町火事とも呼ばれる火事で、当時十歳だった孝次郎は左手と首の左側から右腿にかけて大火傷を負った。

子供の頃のみならず、奉公先でもからかわれたことから、孝次郎はこれまで傷痕が人目につかぬよう、首元や左手を手拭いで隠してきた。しかし昨年の神無月、成り行きで公衆の面前で下帯一つになったのちは、深川――特に二幸堂のある黒江町界隈では傷痕をさらすのがさほど気にならなくなってきて、今では傷痕を隠すのは二幸堂の店先でのみ、客を不快にさせまいとの気遣いからである。

湯屋で初めて全ての火傷痕を見て、気まずそうに目を落とした小太郎には光太郎が湯船で語った。

――燃えた梁が俺んところに落ちてくるのを、こうの字がどーんと体当たりで押しのけてくれたのよ――

――俺よりちっこかったってのによぅ……火事場の莫迦力っていうけどよ、誰にできることじゃねぇ。こうの字は俺の命の恩人さ――

梁に体当たりしたのは本当だがとっさのことで、気を失っていた光太郎を救い出したのは今は亡き父親の勘太郎である。梁も押しのけるどころか、共に倒れて下敷きになったがゆえに火傷を負ったのだが、光太郎は孝次郎に口を挟ませなかった。

傷痕についてはこれまで「己丑火事で……」と言葉を濁すのみだったから、湯屋では小太郎の他に合点した顔になった町の者が幾人もいた。

――なぁんだ、そうだったのか――

素っ頓狂な声を上げた権蔵もその一人だ。

深川で光太郎と菓子屋・二幸堂を始めてから一年と五箇月が経ったが、近隣の飯屋の中で孝次郎がもっとも頻繁に通い、すっかり馴染みとなっているのが権蔵が湯屋の向かいで営む蕎麦屋「権蕎麦」である。

四十路を一つ二つ越した権蔵は今年に入って、かき入れ時の夕刻を息子夫婦に任せるようになった。

「よう、光太郎に孝次郎——と、小太」

今日も脱衣所で一緒になった権蔵が、朗らかに声をかけてくる。

「どうでぇ？　かみさんの湯上りを待つ間、うちで一杯？」

「それが、かみさんは家で飯の支度をしてんでさ」

「そうかい。そんなら、孝次郎だけ寄ってくか？」

「いや、今夜は小太をうちに泊めるから、俺もみんなと一緒に食うんですや」

「ほほう。小太をねぇ……」

にやりとした権蔵に光太郎は微苦笑を浮かべたが、小太郎は無邪気なものである。

「こうじろさんちに、しんじとしんたといっしょにとまるんだ。おとっつぁんとおっかさんはおるすばん」

「そうかそうか、おとっつぁんとおっかさんは留守番か」

小太郎を泊めるのはもう三度目だ。

——なんなら泊まってもいいぞ——

毎日別れを惜しむ三人組に同情して声をかけた孝次郎だったが、光太郎と葉を二人きりにさせてやりたいという思惑も少なからずあった。

なんせ兄貴は……

凡下（ぼんげ）な容姿で無口な孝次郎と違って、光太郎は役者に間違われるほどの美男で愛嬌もある。にもかかわらず、葉には以前振られた上に「一度も抱いちゃいねぇ」と言っていたのだ。

その後、およそ八箇月を経て二人は結ばれたものの、小太郎というこぶ付きなれば、睦み合うどころか接吻さえもままならぬと思われる。

長湯はせずに二幸堂へ戻ると、葉が味噌汁と漬物の他、筍（たけのこ）の煮物を用意して待っていた。

「筍はまたおせいさんかい？」

「ええ。繕い物を頼まれて、そのついでにおすそ分けをいただいたの」

せいは木戸を挟んだ右隣りの生薬屋・本山堂（もとやまどう）のおかみで、筍はせいの夫の万吉（まんきち）の好物だ。せいは裁縫が苦手らしく、葉が縫い物の内職をしていることを知ってから既に幾度か頼みにきている。

光太郎は人付き合いがよく、町の寄り合いには孝次郎も顔を出してきたが、葉と小太郎がきてから隣り近所とは一層親交が深まった。二幸堂の左隣りで、一人きりで髪結い床を営む老爺の佐平（さへい）も、小太郎が通う指南所について教えてくれたり、葉が縫い物をしていることを己の客を通じて広めてくれたりとありがたい。

板場を出てすぐの座敷で、光太郎と葉、孝次郎と小太郎が向かい合って夕餉の箸を上げた。座敷は三畳しかない形ばかりのものだから、四人で膳を囲むには狭いものの、それはそれで楽しいものだ。

友に会いたさに小太郎は誰よりも早く食べ終えて、孝次郎を急かした。

「かいまき、とってくるね」

「私が下ろすから落ち着きなさい」と、葉が小太郎をたしなめる。

「いや、俺が」と、孝次郎も箸を置いた。「俺ももうご馳走さんでさ」

既に風呂敷に包んであった小太郎の掻巻を二階から下ろして背負うと、孝次郎は小太郎と共に兄夫婦に声をかけた。

「じゃ、また明日」

「おとっつぁん、おっかさん、おやすみなさい」

「おう。お休み、小太」

「あんまりはしゃぐんじゃないのよ」

「わかってらぁ」

生意気な返答に苦笑を漏らしつつ、葉は孝次郎に小さく頭を下げる。

隣りの「髪結　佐平」と板塀を挟んだ二軒隣りの八百屋「八百新」の看板を横目に通り過ぎると、駆け出した小太郎が先に長屋の木戸をくぐった。

夕餉時だからか井戸端には誰もおらず、開け放した戸口から団らんの声や箸音、味噌汁や煮物の匂いが漏れてくる。

小太郎の足音を聞きつけたらしく、孝次郎の隣家から信次が顔を出した。

「こた！」

「こら、しんじ！」

右手に箸、左手に飯碗を持ったままの信次を、母親のてるより先に咎めたのは兄の伸太だ。

「さっさとくっちまえ。おれはさきにいくからな」

「わかったよぅ」

口を尖らせて渋々引っ込んだ信次に孝次郎がくすりとすると、土間の向こうで母親のてると父親の晋平（しんぺい）も笑みを浮かべた。

二十歳前後で一緒になった二人はまだ三十路前で、てるは二十六歳の孝次郎と、晋平は二十八歳の光太郎と同い年である。

二人と挨拶を交わしてから、孝次郎は家の引き戸を開いた。

生まれ育った神田は松田町（まつだちょう）で、父親の勘太郎と光太郎の三人で住んでいたのは二（に）間三間（けんさんげん）とやや広かった。いまや背丈が五尺七寸ある身には九尺二間は狭く感じたが、それも初めのほんのひとときだ。かつての奉公先の草笛屋（くさぶえや）での相部屋を思えば、九尺二間も悪くなく、また行李（こうり）一つで草笛屋を出た孝次郎の持ち物は依然少ない。布団が一組に数枚の着物、一人分の台所道具に行灯、行李の他は、箪笥や枕屏風さえないから部屋はすっきりとしたものだ。

風呂敷包みを解いているとまずは伸太が、しばらくして信次が、それぞれ掻巻を抱えてやって来た。

女が三人寄れば「姦しい」といわれるが、男児三人も負けていない。

行灯の灯りを落としても、三人は指南所のことやら舟のことやら、半刻ほどもしゃべり続け、ようやく寝入った頃には五ツをとうに過ぎていた。

やれやれ……

胸中のつぶやきとは裏腹に、口元には笑みが浮かぶ。

――俺には菓子作りしか能がねぇ。

その思いに変わりはないが、己にこのように満ち足りた日々が訪れようとは、草笛屋にいた頃には――特に目をかけてくれていた先代が亡くなってからは――想像だにできなかった。

健やかな三児の寝息を聞きながら、孝次郎もゆったりと眠りについた。

二

暁音を夕餉に誘ったのは、子供たちを泊めた翌日だ。

七ッ過ぎに菓子を買いに暁音が訪ねて来たのを、昨夜の礼のつもりか、光太郎がいち早く板場に知らせに来たのである。

六ッに永代橋の袂(たもと)で待ち合わせることにすると、孝次郎は片付けは光太郎と葉に任せて、急ぎ翌日の仕込みにかかった。

湯屋でさっと汗を流して、六ッが鳴る前に永代橋に着いたものの、暁音は既に待っていた。

「待たせちまって……」

「ううん、ちっとも。それに六ッまではまだしばらくありそうよ」

暁音をいざなって永代橋を渡ると、孝次郎は束の間迷って、箱崎橋の方へ足を向けた。箱崎橋を渡った先の小網稲荷の近くには、そこそこ旨い出店の蕎麦屋がある。蕎麦だけなら南八丁堀に店を構える菫庵(すみれあん)の方が旨いのだが、出店の方に向かったのは下心――馬喰(ばくろ)町に近い――からだった。

馬喰町には似せ紫色の暖簾を掲げた、いまだ孝次郎はその名を知らぬ出会い茶屋がある。昨年、暁音に導かれて知ったその出会い茶屋には、睦月、如月と今年は月に一度ずつ訪れていて、弥生(やよい)を半月過ぎた今日も孝次郎は期待を募らせていた。

花見が終わり、初夏が近付いて日が伸びつつある。暁音が言った通り、六ッが鳴るまでひとときあって、蕎麦を食べ終えても西の空はまだ明るさを残していた。

「あの……ば、馬喰町に」

「ええ」

これだけで通じたのが嬉しい反面、兄夫婦のように夫婦の契りを交わしていないのが孝次郎にはやはり寂しい。

――それならこのままでいいじゃありませんか――

文月に一世一代の勇気を振り絞った求婚は、あっさり暁音にかわされた。

己は三味線の師匠を続け、菓子屋のおかみになるつもりはないのだから、「今まで通り」――時折逢瀬を楽しむだけ――が気楽でいいと言うのである。

気楽といえば気楽だが――

せっかく一人暮らしとなったのに、暁音は長屋に出入りするのを好まなかった。

壁の薄い長屋での房事は気を遣うし、隣りに子供がいるなら尚更だ。睦み合うなら出会い茶屋の方がこれまた気楽ではあるが、暁音に求婚したのは肉欲ゆえのことではない。光太郎と葉、晋平とてるなど、仲の良い夫婦を目の当たりにすると羨望の念が湧いてくるが、高望みは禁物だと己に言い聞かせている。

いまや慣れた馬喰町の入り組んだ小道を抜けて似せ紫色の暖簾をくぐると、土間にいる老婆がいつもながらの台詞をにこりともせずに口にした。

「一刻二百文。飲み食いは別だよ」

財布を取り出してふと、孝次郎は暁音を見やった。

「あの、帰りはその、明日に」

小さな行灯の灯りだけの土間で、暁音が小さく頷いた。

「一晩なら五百文。飲み食いは別」

倍以上の茶屋代も、暁音と夜通し過ごせると思えば高くない。

案内された部屋に入ると、孝次郎は暁音をゆっくり、しっかり抱き締めた。

朝まで鐘を気にせずともよい分、いつもよりやや穏やかに、互いの想いを確かめるように抱き合い、満たし合う。

やがて仰向けになって一息ついた孝次郎の横で、暁音がちろりに手を伸ばした。

飲み食いは別ゆえ、ちろりに入っているのは酒ではなく水である。だが、汲み置かれた水でさえ、暁音が注いで差し出す杯から飲むと旨く感じる。

「――二幸堂からの帰りしな、小太ちゃんに会ったのよ。昨晩は孝次郎さんとこにお泊まりだったんですってね。とっても楽しそうだった」

「ああ……長屋の隣りに仲良し兄弟がいるんでさ」

「ふふ、その二人も一緒だったわ。仲太と信次っていうんでしょ？　『しんの字』兄弟ね。孝次郎さんたちみたい……」

二人とも名前に「こう」がつくことから、父親の勘太郎は、光太郎と孝次郎を区別なく「こうの字」と呼ぶことがままあった。やがて光太郎が父親を真似るようになり、今では孝次郎は町の者からも「こうの字」と呼ばれることがある。

光太郎が店を「二幸堂」と名付けたのも「こうの字」にちなんでのことだ。

――光太郎と孝次郎。俺らは二人とも「こうの字」だから、二人合わせて二幸堂。どうでぇ、いい名前だろう？――

自慢げに、自ら彫った二幸堂の看板を見上げた光太郎が思い出されて、孝次郎は微笑んだ。父親の跡を継いで神田では根付師として身を立てていた光太郎は、生来の器用者で、菓子の箱やら型やら、ちょっとした店の修繕やらは、他の職人に頼むことなく己でちゃっちゃと仕上げてしまう。

「あすこはおとっつぁんの名も晋平で、親子三人しんの字だから、表店を持った暁にゃあ、うちに倣って、三つの心で『三心堂』にしようって言ってら」

「まあ」

興を覚えた様子の暁音に訊かれるままに、孝次郎は晋平が建具師で今は伯父に雇われていることや、妻のてるが内職で楊枝を作っていること、弟と一つしか違わぬ伸太が昔の光太郎のごとく、信次にしっかり兄さんぶっていることなどを話した。

色気のない寝物語だが、日々の暮らしを分かち合うのは夫婦らしいと、孝次郎は一人悦に入った。有明行灯のみの薄闇の中、ふとすると長屋の九尺二間にいるような気になって、暁音への想いがますます深まる。

「……小太は舟は初めてだったみてぇで、よっぽど嬉しかったのか、ずぅっとその話をしてるから、伸太が『よし、おれからまたさんじさんにたのんでやる』なんて、まるで昔の兄貴みてぇな口を利くんでさ」

昨夜の三人組を思い出して孝次郎は笑みを漏らしたが、「そう……」と、暁音の相槌はやや遅れてくぐもっていた。

暁音の方へ身体を向けて、孝次郎は目を凝らした。

「すいやせん。眠くなってきやしたか？」

「ううん。まだ四ツ前よ」

微笑んだように見えたものの、やはり何やら引っかかる。

暁音は吉原の元遊女である。

吉原では遊女が張り見世(みせ)から引き上げる刻限が「引け四ツ」と呼ばれるが、これは店仕舞いを遅らせるために、実質一刻後の九ツに拍子木にて知らされる。

睦み合ううちに五ツを聞いたが、暁音が言うように四ツにはまだ早い。ましてや今夜は泊まりなのだから、四ツだろうが九ツだろうが時を気にすることはない。

とすると、子供らのことだろうか……？

帰りを案じているのでなければ、子供たちを語り過ぎたのが気に障ったのかと孝次郎は推し量った。

伝え聞いたところによると、暁音は中——吉原——で、幾度か子供を亡くしているらしい。遊女はおよそ十六、七歳で水揚げされるが、暁音が身請けされたのは九年前、二十三歳の時である。六、七年も毎日夜伽(よとぎ)を勤めたのなら、一度ならず、二度、三度と身ごもっていてもおかしくないが、このことを教えてくれた新八(しんぱち)——孝次郎を火事から救い出してくれた恩人――の話しぶりでは、死因はいずれも堕胎か流産のようだ。

「すいやせん。その……子供らの話ばかりで……」

たとえ夫婦となれても、三十二歳の大年増で、流産と堕胎を繰り返した暁音と子宝を望むのは難しいと思われる。

「どうして？」

困った声で問うてから、孝次郎が応える前に暁音は小さく苦笑した。

「お弥代（みよ）さん……ううん、新八さんね。余計なことを吹き込んだのは」

弥代は新八の姉で、昨年の文月に病で身罷（みまか）った。大火傷を負った孝次郎を新八が担ぎ込んだのが姉夫婦の家で、火傷が落ち着くまで看病してくれた弥代もまた孝次郎にとっては恩人であった。

暁音は一人で弥代を見舞った際に、流産を繰り返して子宝に恵まれなかった弥代に、吉原で子供を亡くした己の過去を打ち明けている。

「その通りなんですが……けれども、その、俺ぁ気にしちゃいねぇんで」

弥代とその夫の達次は二人きりで添い遂げた。

――子作りだけが夫婦じゃねぇ。

子をなせずとも添い遂げたいのだという意を込めて暁音を見つめると、暁音は再び、今度ははっきりと笑みをこぼした。

「私だって気にしちゃいないわ。もう昔のことだもの。――小太ちゃんやしんちゃんたち、三人とも可愛い盛りじゃないの」

昔のことだと、ひとくくりにできることではなかろうが、七の息子の彦一郎（ひこいちろう）を気にかけたり、行方知れずとなった小太郎を探すのに尽力してくれたりと、暁音が子供たちを慈しむ心に嘘はない。

「そ、そんならいいんですが。でも、なんだか――その、もしも」

孝次郎が食い下がると、暁音は心持ち身を寄せて言った。

「伸太ちゃんの話を聞いて……ちょっと姉を思い出しただけよ」

「姉――あ、お姉さんを？」

「ええ。姉と火事のこと……」

暗がりに伸びてきた暁音の手が、孝次郎の胸に――斜めに走る火傷痕に――そっと触れた。

「火事ってぇと、己丑の……」

五日後の弥生の二十一日は、孝次郎には忘れ得ぬ文政の大火が起きた日だ。

己が十歳だったから、六つ年上の暁音は十六歳。既に吉原にいた筈（はず）だが、姉が一緒だったとは知らなかった。

「まさかあの火事で、お姉さんがお亡くなりに？」

「ううん。火事はもっとずっと前……」

手のひらで確かめた胸の傷痕に顔を埋めて、暁音は更に肌身を寄せる。

「信濃で……姉の奉公先が燃えたのよ……」

傷痕を微かに嬲る囁きに聞き入りながら、孝次郎は静かに暁音を抱き寄せた。

三

孝次郎の腕の中で、ぽつりぽつりと暁音が語ったところによると——

暁音の父親は草履屋で、暁音は兄と姉が一人ずつの三兄弟の末っ子だった。

——母は産後の肥立ちが悪くて……ずっとよくならないまま、私が四つになる前に亡くなったの——

母親をほとんど知らずに育った暁音は、四歳年上の姉を母親のように慕っていたという。

兄は父親と共に草履を作り、姉は十二歳で女中として町の顔役の家に奉公に出たのだが、二年ほど経ったある日、この奉公先で小火が出た。

座敷に置いてあった火鉢から始まったこの小火は、屋敷の三割ほどを焼いたのちに消し止められたが、まだ五歳にならぬ跡取り息子と、息子を助けようとした女中が一人、煙に巻かれて亡くなった。

件の座敷では跡取り息子を遊ばせていたことから、子守りの間の失火と見られたが、問題は当時子守りを担っていた暁音の姉が席を外していたことだ。

――姉はしばし表に出る間、近くにいた女中に子守りを頼んだと言ったのだけど、その方が亡くなってしまわれたから、旦那さまには信じてもらえなくて――

他に怒りのやり場がなかったのだろう。主は暁音の姉の言い分を受け入れず、一家に償いを求めた。

屋敷の修繕費を賄うために、父親と兄に加えて暁音も駄賃仕事を請け負い、身を粉にして働いた。姉は引き続き屋敷で女中を勤めたが、朝から晩までこき使われたのと、度重なった折檻の末に一年と経たずに死んでしまった。姉の死を知って憤った父親と兄は顔役のもとへ乗り込んだが相手にされず、それどころか村八分に遭って、暁音たちはいよいよ食うや食わずの暮らしとなった。

結句、父親は身体を壊して亡くなり、兄は親類のつてで遠方へ奉公に、暁音は吉原に売られたのである。

姉が奉公に出た時と同じ歳、暁音が十二歳の秋だった。

――「お前はお江戸で奉公だ」って言われたけれど、兄も私も奉公なんて真っ赤な嘘だと見抜いてた。兄は奉公先でも苦労したみたいで、病に死したと大分経ってから人づてに……新造になる少し前に中で聞いたわ……――

初めて聞くことばかりであった。

郷里が信濃国なのは知っていたが、今の暮らしの糧の三味線は吉原で学び、部屋持の遊女として勤めるうちに浄瑠璃好きの老爺に身請けされた。だが五年前に老爺が亡くなり、老爺の妻にそれまでの住処を追われた暁音は、三味線の師匠のつてを頼って上野から深川に越してきた――と、孝次郎の知る暁音の過去はこれまで、全て江戸にきてからのものだったのだ。

身の上話を暁音が自ら打ち明けてくれたのは嬉しかったが、一家の末路はあまりにもやるせない。気の利いた慰め一つ口にできずに、孝次郎はただ、いつになく求めてきた暁音に応えて、まどろんでもその身を離さなかった。

六ツ前に起き出して出会い茶屋を後にすると、帰りは新大橋を渡って、暁音の長屋がある伊沢町の手前で別れた。

長屋へ湯桶を取りに束の間戻り、湯屋へ寄った足で二幸堂へ行くと、濡れた湯桶を目ざとく見やって光太郎がにやりとする。

光太郎一家と朝餉を共にして板場に入ると、ほどなくして七がやって来た。

入れ替わりに指南所へ向かう小太郎を、七が土間で呼び止める。

「ああ、小太。今日は昼過ぎに彦が店に来るってんだけど、ちょいと一緒に遊んでやってくれるかい？」

「ひこが？　もちろんだ。しんじたちにもいっとくよ」

七が両国住まいゆえになかなか会えぬが、小太郎と七の息子の彦一郎は「ひこ」「こた」と呼び合う仲である。

喜び勇んで小太郎が指南所へ出かけて行くと、孝次郎と七は菓子作りにかかった。

「ねぇ、旦那さま。今日は一つずつの味見はいいから、斑雪と独楽を五つずつおくんなさい。彦が来たらみんなに振る舞いたいからさ」

二幸堂の店主は光太郎で、手伝いの七にとって「旦那」には違いないのだが、七が光太郎を「旦那さま」と呼ぶのはおだてか胡麻をすりたい時だ。

「へぇ……そいつぁ驚き、桃の木、山椒の木。いってぇどうした、お七さん？　珍しく太っ腹じゃねぇか」

「珍しくってなんですか」

「だってほら、お七さんが菓子を譲るなんてまずねぇからさ」

――餡子を語らせたら私の右に出る者はおりません――

そう豪語する七は大の甘い物好きで、江戸市中の菓子を食べ歩いている。二幸堂で働くようになったのも孝次郎が作る餡に惚れ込んでのことで、七には給金の他、「味見」としてその日作った菓子を一つずつ、更には売れ残りを翌日渡すことを約束している。

斑雪は皮に甘酒を混ぜたこし餡の薄皮饅頭で、独楽饅頭、金鍔に続く二幸堂の人気菓子だ。金鍔と同じく一つ八文で独楽饅頭の倍の値段だが、二幸堂の菓子はこれだけではない。黄身餡の幾望、白粒餡を紅色の皮で包んだその名も紅福、鶉と卵を象った干菓子のうずら、生姜を利かせた琥珀の夕凪などの定番に加え、如月から弥生の花見に合わせた練切の恋桜（こいざくら）や、春と秋のほどよく暖かい季節のみ出すことにした粟（あわ）饅頭の日向（ひなた）など、時季を限った菓子もあるから、斑雪と独楽饅頭を五つずつというのは七には損な取引なのだ。

「まったく、若旦那ときたら人を莫迦にして」

この「若旦那」というのも光太郎のことで、揶揄（やゆ）や不満が込めてられており、七は気分に応じて「旦那さま」と「若旦那」を使い分けているのであった。

頬を膨らませて七が言うのへ、孝次郎は苦笑で返した。

「子供らだけなら驚かねぇが、お信（のぶ）さんにまで振る舞おうってのが、お七さんにしちゃあ太っ腹さ」

「お信さん？　どうしてお義母（かあ）さんにまで？」

「え？　だってさっき、みんなに振る舞いたいと――」

彦一郎は小太郎より一歳年下の六歳だ。七は五尺六寸と女にしては背が高く、目方も孝次郎の倍はあり、夫の宇一郎（ういちろう）も六尺近い大男なのだが、二人の一粒種の彦一郎は何故か並より小さく、細い。まだ到底一人歩きはさせられぬから、二幸堂には七の姑（しゅうとめ）の信が一緒について来る筈だ。

「なぁに寝ぼけたことを」と、七は鼻を鳴らした。「どうして、よりによってお義母さんに大事なお菓子をあげなきゃなんないのさ。彦と小太、しんの字二人に、この私の分で五つだよ」

「そ、そうかい」

「私はね、お義母さんなんかよりずっと、ずぅっとお菓子のありがたみを知ってるんだ。だからどんなお菓子も、お義母さんより私に食べられた方がずっと、ずぅーっと仕合わせに違いないよ。そう思わないかい、孝次郎さん？」

「お、おう……」

菓子に幸も不幸もあるまい——

胸の内ではそうつぶやいたが、七は健啖なだけでなく舌が肥えている。誰であれ、味の判る者に食してもらえれば職人冥利に尽きると孝次郎が肩をすくめた傍で、光太郎がくすりとした。

「けど、仲間外れじゃお信さんも気の毒だ。子供らとお信さんの菓子は店から出すから、お七さんはいつも通り一つずつ味見すりゃあいい」

「まあまあ、旦那さまこそ太っ腹であらせられます」

七は目を細めて喜んだが、光太郎は微笑を苦笑に変えた。

「まあその、昨日も綺麗さっぱり売り切ったからよ」

「なんですと？」

「陽気がいいからか、日が伸びたからか、はたまたこの俺の売り込みが功を奏したのか、なんと昨日も完売御礼さ」

「あな悲しや、否、恨めしや。弥生はこれでもう八日目だよ、若旦那」

「こちとらはあな嬉しや、いと愉しやだ。店が流行ってきた証じゃねぇか」

「そんなら少し給金を上げておくんなさいよ、旦那さま。そのお金で二幸堂のお菓子を買いますから」

「どうせうちの菓子を買うのなら、給金を上げるより菓子をやった方が店にはありがてぇんだが――」

「ほうら！」と、七は何故か勝ち誇ったように言って手を差し出した。「そんならお菓子をおくんなさいよ」

「お七さんよ……」

白い歯を見せて光太郎は苦笑した。

「まあこの調子で続くようなら、また少し違う菓子を増やそうや」

「ええ、是非」

「給金のことはちっと様子を見さしてくんな。なんせ俺にゃあ、女房子ができたんだからよ、二人の食い扶持も俺がしっかり稼がねぇといけねぇからなぁ……」

愚痴ではなく惚気である。

顎に手をやり、にやにやしながら光太郎は表を掃きに出て行った。

「光太郎さんたら、今まで散々遊んできたくせに。でもまあ、女房子ができても客足が落ちなかったのは褒めてつかわすけどね」

立場は下でも光太郎より年上の七の物言いには遠慮がない。えらそうに腕組みした姿は可笑しいが、七の言う通りであるから、孝次郎は笑わぬように苦心した。

光太郎目当てだった女客の中には、祝言を境に足が遠のいた者もいる。だが役者のごとき光太郎なれば、客の反応も役者に対するそれと変わらず、驚いたり、拗ねたり、こぼしたりしつつも、引き続き光太郎を愛でに来る者がほとんどだ。

「――というより、もう光太郎さんは二の次で、みんな二幸堂のお菓子の虜になっちまったんだろうよ」

「世辞はいいよ、お七さん」

「お世辞でなんかあるもんか。孝次郎さんのお菓子は江戸で一番――このお七のお墨付きなんだから」

力強く言い切ってから、七はおもねるように少し身をかがめた。

「だからさ、孝次郎さん……ここらで何か新しいお菓子はどうかねぇ？」

「お七さんよ……」

「だってほら、恋桜も弥生で仕舞いにしちまうんだろう？　だからほら、店先が寂しくなんないように、卯月と皐月にも何か目新しいお菓子を出そうじゃないの」

「それもそうか」

「ええ、それもそうなんですよ」

私欲を隠さず頷く七に苦笑を返してから、孝次郎はかまどに火を入れた。

彦一郎が信に手を引かれてやって来たのは八ツ近くになってからで、今か今かと何度も表を覗いていた小太郎がすぐに見つけて、仲太・信次兄弟を呼びに行った。

「さあさあ、まずはお八ツをお食べ」

歓声を上げて子供たちは、座敷に鈴なりになって斑雪と独楽饅頭を頬張る。

長屋を案内するという仲太と信次の後について、小太郎が彦一郎の手を引いて土間を出て行くと、座敷では葉と信が茶を飲みながらひととき雑談に興じた。

小太郎と彦一郎が戻って来たのは、七ツの鐘が鳴り終えてからだ。

四人は長屋で一刻ほど、独楽を回して遊んだようである。

「つぎはね、おれもこまをもってくる！　しんたはね、ひものせも、つなわたりもできるんだ。おれも、おうちでけいこするんだ」

紐乗せは独楽を縦に素早く投げて引き戻し、横向きに紐に乗せる技、綱渡りは文字通り、紐の端から端へと独楽を渡す技である。

よほど楽しかったのか、土間にいる彦一郎の弾んだ声が、板場の孝次郎にもよく聞こえてくる。

また、三人組からお泊まりの話を聞いたようで、彦一郎は少し甘えた声になって七にせがんだ。

「ねぇ、おっかさん。おれも、こたとおとまりしたい」

「まあ」と、七より先に信が応えた。「彦にはまだちょっと早いわ。せめて七つになるまで待ちなさいな」

「いやだ。まてないよぅ、おっかさん」

「そうだねぇ」と、珍しく七も迷った声だ。「おとっつぁんがなんて言うか……」

「おれからもたのむよ、おしちさん」

そう言ったのは小太郎だ。

「おれと、しんじとしんた——さんにんで、ちゃあんとひこのめんどうみるよ。きょうみたいにながやであそべばあぶなくないよ」

「でもねぇ、孝次郎さんにも都合があるだろうしねぇ……」

「しんぺぇすんな、こた。こうじろさんには、おれがたのんでみるよ。こうじろさんがだめなら、おとっつぁんにたのんでやるからな」

仲太の真似か、兄さんぶって言う小太郎に思わずくすりとしてしまう。

小太郎の声を聞きつけたのか、店先と板場をつなぐ暖簾から光太郎がひょいと顔を覗かせた。

にやにやしながら孝次郎が土間へ顎をしゃくると、光太郎も何やら照れた笑みを浮かべた。

四

小太郎に「頼み込まれて」、孝次郎が四人の子供を泊めることになったのは三日後だ。

七は五日に一度休みを取るが、その休みの夕刻、七ツが鳴る少し前に搔巻を背負い、彦一郎の手を引いてやって来た。彦一郎も、独楽と着替えが入った小さな風呂敷包みを背負っている。

手伝いを申し出た七と一緒に片付けと仕込みを始めると、小太郎たちは早速、独楽遊びをしに長屋へ出かけて行った。

二人は六ツ前になって、伸太と信次、それから少し早めに帰宅したらしい晋平に伴われて二幸堂へ戻って来た。

「やあ、三心堂だ」

「おう、三心堂さ」

光太郎と軽口を交わした晋平へ、七が大きな身体を折り曲げる。

「湯屋に夕餉とお世話になりますが……一つよろしく頼みます」

「なんのなんの。うちのも子供らも楽しみにしてまさ」

「じゃあ、彦、いい子にするんだよ」

「うん！」

彦一郎は潑剌（はつらつ）として頷いたが、七が返した笑顔はどことなくぎこちない。

信以上に、母親の七の方が不安なようだ。

「おてるさんもお葉さんもいるから、そう案じることたねぇよ、お七さん」

孝次郎が言うのへ頷いて、七は彦一郎の頬を一撫でした。

家に帰る七と店先で別れて、孝次郎は晋平と共に四人の子供と風呂を済ませた。

夕餉はてると晋平の厚意で晋平宅で食したが、寝る前に双六(すごろく)をしようと湯屋で一致団結した四人は静かなものだ。

「ひこ、ゆっくりおたべ」

「うん」

仲太が食の細い彦一郎へ気遣いを見せると、てるも晋平も誇らしげに微かに目を細める。

半刻ほど双六に興じて行灯の灯りを落とす段になると、今度は小太郎が言った。

「ひこ、もしもかわやにいきたくなったら、おれをおこせ。おれがついてってやるからな」

つい噴き出しそうになったのは、小太郎が初めて泊まりに来た際に、仲太が同じことを言っていたからだ。己が彦一郎と同い年だった時分には、やはり夜の厠(かわや)には光太郎がついて来てくれたと、孝次郎は思い出した。

もう二十年も昔になんのか……

またしても五ツ過ぎまで子供たちがあれこれ話すのを聞きながら、孝次郎はぼんやりと松田町で過ごした幼き日々を思い返した。

幸い彦一郎は小用(しょうよう)に起きることなく朝までぐっすり眠ったが、晋平宅で朝餉を食べ終えるとしょんぼりとした。

「どうした、彦？」

「こうじろさん。おれもみんなといっしょに、てならいにいきたい」

「手習いか……」

三人組が指南所へ向かうのに対し、己は両国へ帰るのが寂しいらしい。

「こうじろさん、ひこも、てならいにつれてっちゃだめ？」

小太郎が言うのへ、伸太も頷く。

「おれも、しんじをつれてったことあるよ」

「おれも、ついてったことあるよ」と、信次。

彦一郎を始め、子供たちから期待の眼差しを向けられて孝次郎は困った。

「だがなぁ、今日は朝のうちにお信さんが迎えに来るから……」

彦一郎の眉が、七そっくりに八の字になった。

「け、けど、お七さんに頼んでみらぁ。此度（こたび）、彦はちゃあんといい子にできたからな。指南所の先生にもちょいと話を通して……次は丸一日、彦が深川にいられるように、俺がお七さんやお信さんにかけ合ってみるからよ」

「ほんと？」

「おう、任せとけ」

目を輝かせた彦一郎に頷くと、三人組もそれぞれ嬉しげに顔をほころばせる。

まるでこないだの伸太か小太――いや、兄貴みてぇな口振りだ……

内心己に苦笑しながら、孝次郎は仕事の支度にかかった。

七も信も気がかりだったのか、いつもより早めに二幸堂に現れた。

どうやら寝付かれなかったのは二人の方で、揃ってうっすらと目の下に隈ができている。

母親と祖母を見て彦一郎は無論喜んだが、七は矢継ぎ早に昨夜のことを語る彦一郎に――家を離れても屈託のない様子に――一抹の寂しさを感じたようだ。

彦一郎と信が家路について、板場で二人きりになると七がこぼした。

「もう、こっちは気が気じゃなかったってのに……」

「そんなに俺は頼りにならねぇかい？」

半ば本気で問うてみると、微苦笑を浮かべて七は応えた。

「そんなこたないよ。ただねぇ、子供ってのは、いつ何があるか判らないからさ。彦はまだ六つだし――ほら、七つまでは神のうちっていうじゃないのさ」

中年増になってから得た一粒種ゆえに、七一家は殊更彦一郎を大事にしてきた。

ただでさえ出産は命懸けで、幼児の死亡率は高く、「七つまで」は気が抜けない。

男の孝次郎は出産の苦労は推し量ることしかできないが、小太郎や彦一郎のような「よその子」でも充分愛おしいのだから、腹を痛めた「我が子」を案じてやまぬ七の気持ちは理解できる。

「まあその、子供らも俺も彦にはちゃんと目配りしてっから……」

また近々お泊まりさせてやって欲しい——と、孝次郎は切り出した。

任せとけ、と子供たちに見栄を張った手前もあるが、仲の良い小太郎と彦一郎に加勢してやりたいという気持ちが強い。

七は乗り気でなかったが、彦一郎がいかに昨夜楽しげで、いかに今朝寂しげだったかを語ると考え込んだ。

「帰ったらまた、うちの人に話してみるよ」

色よいとはいえぬ返答に孝次郎はやや肩を落としたものの、葉は七と想いを共にしているようだ。夕餉の席で、孝次郎から話を聞いてやはりがっかりした様子の小太郎に葉は言った。

「母親だから、余計に心配しちゃうのよ。お隣りだからいいけど、私だって小太が両国にお泊まりしたら心配よ」

「俺もだ、小太」と、光太郎。「隣りならいつでも駆け付けられるが、両国じゃあそうもいかねぇ」

睦月に浅草で小太郎がかどわかされたことを思い出して、孝次郎も頷かざるを得なかった。

夕餉の後で戻った長屋でも、首尾を聞いた伸太と信次の顔に失望の色を見て、安請け合いしたことを孝次郎は悔やんだ。

昨晩とは打って変わって、がらんとした家はいつもより暗く、侘しい。

風呂も夕餉も済ませているから、後は寝るだけである。布団を敷いてごろりとなると、隣りから晋平一家の笑い声が聞こえてきて、孝次郎は起き上がった。

しばらく寝つけねぇだろうから、今夜は行灯を灯しとこう――

というのは言い訳で、人恋しさを覚えてのことである。働きづめの身体は疲労しているし、常から寝つきは悪くない。

火種をもらいに行こうと油皿を片手に引き戸を開くと、戸口の真ん前に見知らぬ女がいて目を丸くした。

驚いたのは孝次郎も同様だ。

敷居を挟んで二尺と離れていない女はおそらく二十歳を過ぎたばかりで、孝次郎よりずっと若く、ふっくらとした頬と唇が愛らしい。

孝次郎を見上げて女はぎこちなく微笑んだ。

「あの、今日からこちらでお世話になります、春(はる)と申します」

そう言って春ははす向かいの、木戸に近い九尺二間を指さした。

「ああ……」

前は日出吉(ひできち)という独り身の左官が住んでいたのだが、芝の方の親方に引き抜かれたとかで、月の半ばに急に長屋を出て行った。新しい店子(たなこ)がくるとは聞いていたものの、孝次郎は勝手に月末か月初めだろうと思い込んでいた。

「孝次郎と申しやす。二軒隣りの菓子屋に勤めとります」

「二幸堂ね。大家さんに聞きました」

　ややくだけた口調になって春は言った。

「はあ、その通りで」

「皆さんにはもう一通りご挨拶したのだけれど、孝次郎さんはお留守だったから帰りを待っていたの。ああ、火種ならうちのをどうぞ」

　油皿を見やって春がにっこりとする。

　断る理由もないから、孝次郎はいざなわれるまま春の家に足を向けた。

　開きっぱなしだった戸口を覗き、既に広げられていた一人分の夜具を見て初めて、春が一人暮らしなのだと気付いた。

「さ、どうぞ」

　上がりかまちに座った春が、行灯をそっと引き寄せて戸を開く。

　狭い土間で腰をかがめ、孝次郎は素早く己の皿に火を移した。

　香か白粉か、家には早くも「女」の香りが漂っている。

「あんがとさん」

　何やらどぎまぎとして、短く礼を言うや否やすぐに表へ退いた。

「どういたしまして。お休みなさい、孝次郎さん」

「お、お休み」

上がりかまちで春は再び微笑んだようだが、確かめることもなく孝次郎は逃げるように己の家に戻った。

五

墨竜が二幸堂を訪れたのは卯月に入って二日目だった。

五十路間近の墨竜は日本橋に住む粋人で、二幸堂の上客だ。茶道をたしなむ茶人でもあり、己の茶会で二幸堂の菓子を贔屓にしてくれている。

七ツを過ぎて現れた墨竜を、孝次郎は座敷にいざなった。

「此度も茶菓子のご注文ですか？」

如月には花見用の練切、弥生には錦玉羹の「春の川」の注文を受けていた。ゆえにまた近々茶会でもあるのだろうと踏んで孝次郎は問うた。

「茶菓子も茶菓子――茶を使った菓子を頼みたいんだ」

愉しげに笑って墨竜は言った。

「茶菓子に茶を使った菓子を？」

「いや、茶の湯のお茶請けではないんだが」

宗徳という茶道の師匠への土産にしたいというのである。

「久方ぶりにお呼びがかかってね。といっても茶会じゃないんだ。ただ互いに達者なうちに会おうじゃないかと……茶の湯はいただくことになろうが、師匠は茶室では余計な物は口にしないんだ。けれどもせっかく茶の味が判るお人を訪ねて行くのだから、ここは一つ、茶を使った菓子を手土産にしてやろうと思ってねぇ。どうだい、孝次郎？」

「茶を使った菓子ですか……」

真っ先に思い浮かんだのは抹茶を使った練切だが、土産物となると作り立ては賞味してもらえない。次に思い浮かべたのは羊羹（ようかん）だったが、ただ白餡と抹茶を混ぜるだけでは芸がない。

春の川ならまだしも――

柳の葉に見立てた抹茶の薄い練切は、春の川の色味と味を引き立てる。しかし柳の葉を増やしたところで、錦玉羹は練切よりも持ち運びに不向きであった。

茶の羊羹を土台に何か加えてみるか……？

「そう難しい顔をせんでくれ」と、墨竜が苦笑した。「師匠と私と、もしかしたらあと一人二人――まあ気さくな集いだ。だからお前も気さくに考えとくれ」

「気さくに……」

頷いた瞬間閃いた。

「それなら、茶通（ちゃつう）はどうでしょう？」

「茶通か。あはは、そいつはいいな」

皮に煎茶や抹茶を練り込んだ饅頭で、ほどよく焼いた表と裏に茶葉をつければ小粋に仕上がる。京から伝わった菓子でもあり、古くから宮中や公家、神社仏閣の儀式や行事、また茶事(ちゃじ)の菓子として広く食されてきた。

「茶の湯のお師匠に茶通なんて、ひねりがねぇかと思いやすが……」

「それがかえっていいのさ、孝次郎。下手に凝った菓子より喜ばれそうだ。それにお前の菓子に外れはないからね。贅(ぜい)を尽くした菓子もいいが、金鍔や味噌饅頭だって、お前の作る菓子は一味違う。そうだ、茶通の中身は是非ともいつもの――小豆(あずき)の餡子にしてくれよ」

「ええ。俺はその、餡には自信がありやす。中は奇をてらわずに、ほどよいこし餡がいいかと」

「うむ。お前に任せるよ」

「ですが……」

「が？」

「皮に使う茶はどうしやしょう？　うちもそこそこの抹茶を使っていやすが、お師匠さんのお口に合うかどうか……」

「なんだ、そんなことか」

孝次郎の問いに墨竜は破顔した。

「それなら孝次郎、近々一緒に買いに行かないか？」

「えっ？」

墨竜の行きつけの葉茶屋へ一緒に抹茶を仕入れに行こうというのである。

「どれ、光太郎には私からお伺いを立ててやろう」

からかい口調の墨竜と表へ出ると、店先には暁音が来ていた。

暁音は三味線の師匠のつてで深川に越してきたが、その師匠のつてというのが大川の東側を牛耳る親分――「東不動」こと長次で、長次と墨竜は旧知の仲だ。墨竜は暁音の師匠とも知己だそうで、己の屋敷の宴で暁音に弾かせたこともある。

「暁音さん、いらっしゃい」

「まあ、墨竜さん」

店の者のように呼びかけた墨竜に、暁音が顔をほころばせる。

「深川までおいでとは、さてはまた特別なお菓子の注文ですか？」

「いやいや、此度はただの茶通を――否、江戸で一番の茶通を頼んだところさ」

「注文菓子で茶通なんて、流石、墨竜さん。お茶にお詳しいだけあって、目の付けどころが違います」

「いやいや、孝次郎の発案さ」

言いながらにこにこと孝次郎を見やったのは、墨竜の厚意だろう。孝次郎が暁音に惚れているのを知っていて、花を持たせてくれたのだ。

「まあ」と、暁音は孝次郎の方を向いて微笑んだ。「茶通は墨竜さんにだけ？　お店には出さないの？」

「ああ、ちょうど恋桜に代わる菓子を考えてたとこなんで、うまくできたら店に並べてもいいかと……」

渡りに船とばかりに、孝次郎はとっさに応えた。

忙しさにかまけて、新しい菓子は見合わせていた。恋桜は弥生末日で仕舞いにしていて、その分昨日今日は幾望を多めに作ったものの、味見は菓子ごとに一つだから、この二日は七の恨めしげな視線が気まずかった。

「うまくできたら、なんてご謙遜」

光太郎から菓子の包みを受け取りながら暁音は微笑んだ。

「まったくだ」と、墨竜。「それで先ほど、一緒に葉茶屋に行こうと話してたんだ。茶通の皮に使う抹茶を仕入れにね。なぁ、いいだろう、光太郎？　都合してやってくれないか？」

「そらかまいやせん。茶葉を知るのもいい修業になるでしょうし。ただ、お七さんが休みの日は勘弁してくださいい。年明けからこっち、うちはますます繁盛しておりやして」

「年明けからというよりも、藪入りからじゃないのかい？　名が知れ渡ってきたのもあろうが、お葉さんや小太郎が二幸堂に更なる福を運んできたんだろう」

「へへ、俺も薄々そうじゃあねぇかと――」

「お前が余計なことは控えるようになったのもまたよしだ」

「余計なことって、墨竜さん……」

身を固める前は女遊びが盛んだった光太郎だ。

「お前のような色男はいつか女の恨みを買って、刃傷沙汰(にんじょうざた)にでもなるんじゃないかと、他人事ながら案じていたのさ」

「じょ、冗談じゃねぇ。つるかめつるかめ」

首をすくめておどけた光太郎が皆の笑いを誘った。

そうこうする間に仕事帰りの町の者が数人寄って、菓子箱にまばらだった菓子は干菓子のうずらを一包み残して売り切れた。

「ほい、暁音さん。こいつはおまけだ」

「あら、ありがとう」

暁音がうずらを受け取ると、光太郎は暖簾に手をかけた。

――と。

「もうお仕舞いですか？」

聞き覚えのある声は春のものだ。

「お春さん」

つぶやくように孝次郎が呼ぶと、光太郎が軽く目を見張った。

「ああ、あんたがお春さんだったのかい。栄作長屋の新しい店子の？」

「はい。春と申します」

光太郎に頷いてから、春は孝次郎の方を見た。

「残念だわ、もう売り切れなんて。何度か来てみたけどいつも繁盛してますね」

「まあ――そこそこは」

「あの、よかったらこれをどうぞ。ついさっき、おまけでいただいた分だから」

うずらを差し出そうとした暁音の横から、墨竜が割って入った。

「暁音さん、それには及ばんよ。光太郎、私の分から一つ斑雪をあげとくれ」

墨竜は重箱を持参していて、先に取り置きした菓子を詰めてあった。光太郎が重箱から斑雪を一つ取り出す間に、春は暁音に話しかける。

「暁音さんと仰るんですね。ご近所にお住まいなんですか？」

「ええ、伊沢町で三味を教えております」

「まあ、三味のお師匠さん！」と、春は無邪気に手を叩く。「私なんて、なんの取り柄もなくて恥ずかしいわ」

斑雪を受け取ると、春は丁寧に墨竜に礼を述べて、孝次郎に向き直る。

「孝次郎さん、もう店仕舞いなら、一緒に長屋へ帰りましょうよ」

「え？　いや、店は仕舞いだが、これからまだ片付けや仕込みがあるから……」

「そう？　じゃあ、夕餉はうちで一緒にいかが？　余分に支度しておきますから」

「えっ？」

「だって、お疲れのところ、夕餉の支度をするのは面倒でしょう？」

思わぬ申し出に孝次郎は驚くばかりだ。

が、返答に迷う間もなく、光太郎がすかさず言った。

「すまねぇな、お春さん。孝次郎は夕餉はうちで食ってくことになってんだ」

「……あら残念。じゃあ孝次郎さん、またのちほど長屋で」

にっこりとして春はすぐに引き下がったが、孝次郎の困惑は増すばかりだ。

春が長屋の方へ戻って行くと、「私もそろそろ」と、どこか困った笑みを浮かべて暁音も帰ってしまった。

「ふむ。お前も隅に置けぬな、孝次郎」

「そんなんじゃあ、ありやせん」

にやりとした墨竜と葉茶屋行きを約束すると、墨竜の背中が遠ざかってから光太郎が仏頂面になって訊ねた。

「おめぇ、一体どうなってんだ？」

「どうもこうも、何がなんだか」

「まったく、てめぇは——おい、お葉、今日は俺らは外で済ませるからよ」

「はい」

心得たように板場で葉が応えると、光太郎に急かされるまま孝次郎は明日の仕込みにかかった。

六

仕込みを終えるや否や、光太郎は孝次郎を巽橋の傍の「常さん」にしょっ引いた。常吉という老爺が一人で営む居酒屋で、伊沢町での火事の日以来、時折二人で訪れる店である。看板はないが、老爺の名から深川では「常さん」で通っていた。

――あのお春ってのは何者なんだ？――

――どうして深川に越してきたんだ？――

――まさか、おめぇ、出来心でつまみ食いしたんじゃねぇだろうな？――

矢継ぎ早な光太郎の問いに、孝次郎はただ首を振るしかなかった。

春が栄作長屋に越してきてから、まだ十日と経っていない。火種をもらってから幾度か挨拶は交わしたものの、それだけだ。

出職で妻子のいない孝次郎は世間話を耳にする機会も少なく、かろうじて春が以前神田に住んでいたということ以外は、どうして深川にきたのか、日中何をしているのかまったく知らない。

光太郎は呆れた様子だったが、孝次郎は「出来心」で女を「つまみ食い」できるような弟ではないとあっさり思い直したようだ。

その日は密やかに家に戻り、さっさと布団にもぐり込んだが、翌日から何かと春ごとく井戸端や二幸堂への行き帰りに、まるで見計らったかのと顔を合わせることが多くなった。井戸と木戸に近い春が、まるで見計らったかの

ごとく井戸端や二幸堂への行き帰りに、孝次郎に合わせて表へ出て来るのである。

だがあからさまに粉をかけてくることはなく、はきはきとした口振りだから、二日もすると孝次郎もやや慣れてきた。

また、光太郎が頼んだのだろう。三日と待たずに葉が大家の栄作や近所のおかみたちから聞き込んだ春の身の上を、夕餉の席で教えてくれた。

「今年二十二歳で、神田は神田でも、川北の佐久間町からきたんですって。旦那さんが亡くなって、前のおうちにいるのがつらくなったから、思い切って誰も知らない深川に引っ越すことにしたそうよ。請人は日本橋の大店に通じる人で、その人のつてで川向こうの店で女中をしているみたい」

大家の栄作は大店や請人の名は明かさなかったが、身元は確かなようである。女中仕事も毎日ではないようで、亡夫が大店の縁故ゆえに、さほど金に困っていないのだろう——というのが光太郎と葉の見立てだった。

正体がつかめてくると、どうやら合わせて表へ出て来るのも、己に限ったことではないと気付いた。

一人暮らしが心細いんだろう——

己の勝手な自惚れだったと恥じ入っていると、今朝も春が声をかけてきた。

「お出かけですか？」

「ああ、これから仕事さ」

「その後ですよ」

「えっ？」

「だってそれ、着替えなんじゃ？」

「ああ……」

墨竜が訪ねて来てから六日後の、葉茶屋に行く約束の日であった。

後で店で着替えようと、風呂敷にはよそ行きの着物を包んである。春の慧眼に感心しながら、孝次郎は風呂敷を抱え直した。

「こないだ来てた墨竜さんてお人に、後で葉茶屋に連れてってもらうんだ」

「ふうん……葉茶屋というと、どちらのですか？」

「さあ、俺はついていくだけだから……今度、茶通って菓子を作ることになって」

「新茶に合わせて作るのね。楽しみだわ。駿河も三河も美味しいけれど、お抹茶ならやっぱり宇治かしら？」

宇治、三河、駿河は孝次郎も知っている茶の名産地だが、春は茶にこだわりがあるようだ。

「お春さんはもしや、茶道にたしなみが？」

「あらやだ。お茶は好きだけど、茶道なんてとんでもない」

けらけらと天真爛漫に笑う春に見送られて、孝次郎は二幸堂へ向かった。

七と二人で黙々と菓子を作って、八ツが鳴ると七がうながした。

「さ、後は私に任せて、さっさと着替えちまいな」

茶通という菓子が増えるのはもとより、中身がこし餡――小豆餡――なのが七には殊更嬉しいようだ。

「墨竜さんの言うことをよく聞いて、しっかり学んでくるんだよ」

にこにこと、まるで子供を指南所へ送り出すがごとき七に、二階から助っ人に下りて来た葉が噴き出した。

墨竜は木屋の次男で、日本橋の店も屋敷も二幸堂とは比べものにならぬ大きさだ。いつもながら気後れしつつ玄関先で名乗ると、墨竜はすぐに出て来て微笑んだ。

「孝次郎、いいところへ来た。ちょうど思い出したところなんだ」

「さようで」

てっきり葉茶屋行きのことかと思いきや、春の話であった。

「以前、芝神明の近くの『花前屋(はなさきや)』という茶屋にいた看板娘だ。名は小春(こはる)。どこかで見たような気がしてたんだ。春という名にも何やら覚えがあって、ここしばらくずっと引っかかっていてねぇ」

墨竜曰く、春が「小春」の名で茶屋に勤めていたのは、ざっと五、六年前らしい。

「確かまだ十六だったかで、どこぞの大店の息子に見初められて店を辞めたんだ」

「ああ、それで――」

葉から聞いた話をすると、墨竜は顎に手をやった。

「とすると、小春は妻ではなかったのか？　店を辞めた時には身ごもっていたと聞いた気がするんだが、そういうことなら、赤子は召されたのやもしれんな」

見初めた男の店がどこだったかは思い出せぬが、佐久間町ではなかったと墨竜は言った。よって春はおそらく「囲われ者」として佐久間町に住んでいたのではないか、「夫」が亡くなって裏長屋暮らしになったのは、男の血を継ぐ子をなせなかったからではないか――というのが墨竜の推し当てだ。

囲われ者、と聞くと、孝次郎はつい暁音を思い出してしまう。少しだが二人の身の上が重なって見えて春に同情心が湧いてきた。

墨竜にそれとない相槌を打つうちに、あっという間に葉茶屋・季良屋に着いた。

季良屋はやはり日本橋の、墨竜の屋敷から三町と離れていないところにあった。

暖簾をくぐると、墨竜を認めた手代がすっ飛んで来る。座敷へ案内しようとするのを断って、墨竜は手代に孝次郎を紹介した。

「前に少し話した、深川は二幸堂の孝次郎だ」

「覚えておりますとも。近頃ますます繁盛されているようで」

世辞半分にも思えたが、半分でも悪い気はしない。

「今日は、菓子に使う茶を一緒に見繕いに来たんだよ。抹茶をね、ぴんからきりまで出してやっとくれ」

上がりかまちで、産地のみならず茶園の違う抹茶を比べながら、墨竜と手代がかわるがわる蘊蓄を披露する。これまでは色と香りだけを頼りに、ほどほどの抹茶を仕入れていたが、いくつも違う茶の味比べができたのは孝次郎には収穫だった。

夕餉をこれまた墨竜行きつけの店で済ませて、上機嫌で長屋へ戻ると、酔いを醒ますべく孝次郎は井戸に釣瓶を落とした。

音を聞きつけたのか、そろりと戸口が開いて春が顔を覗かせる。

「お帰りなさい」

「ああ、ただいま……」

「飲んできたんですか？」

「まあ、少しだけ」

「お茶は？」

「そっちはいろいろと……」

春は季良屋を知っていた。

「墨竜さんが、お春さんは前に、花前屋って店にいたんじゃねぇかと」

「……ええ、そうよ。もう大分昔のことだけど」

二十二歳の春には五、六年前でも大昔なのだろう。

他の者に聞こえぬよう声を低めて、孝次郎は更に言ってみた。

「その……墨竜さんが言うには、大店の跡取りに見初められて店を辞めた、と」

春は人差し指を立てて唇の前に持って行くと、足音を立てぬよう井戸端まで出て来て孝次郎に近付いた。

たじたじとする孝次郎を見上げて、春は困った笑みと共に囁いた。

「その通りよ。でも、ただもてあそばれて——結句、捨てられたのよ」

七

いつもより半刻も早く、七が彦一郎を連れてやって来た。

「ひこ！」

「こた！」

土間でひしと手を取り合って、二人は転げんばかりに喜んだ。

彦一郎の二度目のお泊まりである。

この二十日ほどの間に孝次郎は、子供たちへの約束を果たすべく、乗り気でない七と信を説得するのに宇一郎に助っ人を頼み、指南所に顔を出してよその町の子供を連れて行く許しを師匠から得ていた。

「まあ、今から馴染んでおくのも悪くないからねぇ」

七もなんだかんだ、道具を揃えてやるのが楽しかったようだ。

「おっかさんが、ふでとすずり、かってくれたよ」

「ふづくえは、おれのをいっしょにつかおう」

二人が仲良く長屋へ向かうのを、大人が四人、総出で見送る。

「さてさて、孝次郎さん、今日もよろしく頼むよ！」

彦一郎を案じながらも七が上機嫌なのは、一昨日——葉茶屋に行った翌日から試作の茶通を作っているからだ。他の菓子を作る片手間ゆえに、そう何度も作れぬのだが、毎度抹茶の量や餡の甘さ、柔らかさを変えているから、仕上がる度に七には味見を——それも複数——してもらっている。

茶通は注文主への義理立てとして、四日後の十五日に墨竜に納めるまでは店先には出さぬと光太郎と決めていた。よって試作の茶通は全て、孝次郎と七、光太郎と葉でそれぞれ味見をし、残りは栄作長屋か七の長屋への土産としている。

「うふふふふ。やっぱりお菓子は餡子。餡子が一番……」

鼻歌交じりの七と共に、孝次郎は菓子作りにかかるべくかまどに火を入れた。

独楽饅頭、金鍔、斑雪と主力の三種の菓子をまず仕上げると、少し手間のかかる幾望と紅福を作り始める。味噌餡以外の餡は孝次郎が手がけているが、成形や蒸し、炙り、独楽饅頭の焼印入れなどは、もう七に任せても危なげない。

昨晩作っておいたうずらと夕凪と合わせて、一通りの菓子が揃うと四ッが鳴って、光太郎が暖簾を上げた。

更に一刻——昼の九ツを聞くまでは、ひたすら休まず菓子を作り続けた。

七と交代で一休みすると、孝次郎は粟饅頭を一箱だけ作り、更にもう一度金鍔の粒餡を作ってから、茶通のこし餡に取りかかる。

「んふふふふ。んふふふふ。今日の餡子の出来は如何に——ああ、お師匠の餡子にけちをつける気はござんせんよ。ええ、そんな恐れ多いことはいたしません。お師匠の餡子はどんな餡子も大関ですから、誤解してもらっちゃ困ります。どんな餡子もこのお七は、ありがた〜くいただきますから……」

浮かれっぱなしの七だが、孝次郎を「お師匠」と持ち上げつつも金鍔を作る手は休めない。

苦笑しながら、孝次郎は昨日よりほんの少しだけ固めで甘めのこし餡を作った。

餡が出来上がると、皮用に砂糖に卵白をよく擦り混ぜたのち、粉と抹茶をふるってへらで混ぜ合わせる。抹茶は濃いめに、いわゆる抹茶色より青丹色に近い生地でこし餡を包み、斑雪と同じく一寸ほどと小振りに丸め——だが、金鍔より厚みをもたせる。

上下に一振り茶葉を埋め込み、弱火で両面をじっくり焼きながら、孝次郎はほのかに立ち上る茶の香りを楽しんだ。

「うんうん。昨日より美味しいねぇ」

ほどよく冷ました茶通を早速齧って七が言う。

「やっぱり餡子は甘い方がいいねぇ。甘い方が茶の味が引き立つよ。うん。この茶通があれば茶の湯なんていらないね。だってこれ一つで、お抹茶も茶菓子も足りちまうもの」

　孝次郎も一つ食べ、ほんのひとときおいて二つ目も口にした。

「悪かぁねぇが、これなら胡麻餡も合いそうな――」

「駄目だよ、駄目！」

　孝次郎のつぶやきを七はすぐさま遮った。

「いや、胡麻餡もお師匠が作るなら絶品でしょうよ。でもね。でもですよ。ほら、墨竜さんがいつもの餡子にしてくれって言ったんでしょう。いつもの餡子ってのは小豆の餡子ですよ」

「けど、お七さ」

「ああ、金鍔も斑雪も小豆の餡子だって言いたいんでしょう？」

「そのとお」

「たった二つ――いや、これを入れても三つじゃないの。足りない！　まったく足りないよ。お師匠ほどの職人なら、小豆の餡子だけで十も二十も違うお菓子が作れるでしょうに」

「そらまあ……」

　地団太を踏みかねない勢いの七を見て、味見にやって来た葉が笑い出した。

「十も二十も違うお菓子が作れたら、お七さんもお客さんも、光さんも大喜びでしょうね」

七と二人で二十もの菓子を担うのは到底無理だ。

だが、十ならできないことはない。

あと一つ、二つかまどがあれば――

言っても詮無いことだから口にはしないが、火を見るだけなら七や葉に任せられるから、かまどさえあれば孝次郎はどんどん違う菓子を手がけられる。

兄貴と――涼二さんに相談してみるか……

東不動こと長次の右腕が涼二で、六尺はあろうかというういかつい容姿にもかかわらず、大の甘い物好きである。「深川に二幸堂あり」と喜ぶ涼二なら、移転先を気にかけておいてくれそうだ。

深川から出て行くことは考えていない。

深川でやっていく――それだけは、光太郎と二人でとっくに決めていた。

二度目に少し皮の砂糖を減らした茶通を作ったところで、八ツの鐘が鳴った。

「うん、こりゃお八ツにちょうどいい」

まだ温かい茶通を両手に七がにこにこしていると、あべこべに苦虫を嚙み潰したような顔を光太郎が暖簾の向こうから覗かせた。

「おい、こうの字。お春さんがお前に用だとよ」

「お春さんが？」

暖簾に近寄り、光太郎の肩越しに店先を見やった孝次郎へ、光太郎が囁いた。

「そういや、あれから暁音さんを見てねぇなぁ？」

「そ、そうだなぁ……」

墨竜が注文に来てから——店先で暁音と春が顔を合わせてから——明日で十日になる。気になってはいたのだが、日々忙しく、またわざわざ己から出向いて釈明するほどのことではないと思っていた。

下手すりゃ余計に疑われちまう——

春はただのご近所なのだと、己に言い聞かせながら孝次郎は外へ出た。

「お春さん、用ってなんだい？」

できるだけさりげなく訊ねた孝次郎を、春は上目遣いに見つめて小声で言った。

「ちょっと……長屋でお話しできません？」

「えっ？」

「ここじゃちょっと、話しづらいことなんです」

「いや、でも——」

幸い店先の客は町の者ではなさそうだが、ちらりとこちらを見やった光太郎の目つきは厳しい。

——と。

「こうじろさん！」

長屋とは反対側の、生薬屋の向こうから仲太が駆け寄って来た。

「こうじろさん、ちょっときて」

「どうした、仲太?」

「その……あかねさんにたのまれたんだ」

「暁音さんに?」

噂をすれば影である。

「あの、お話は後で――店が引けたら聞くんで」

早口にそれだけ春に告げると、光太郎の方へ小さく拝んで見せる。

暁音の名が聞こえたのだろう。一転、にっこりとして光太郎が目配せしたのを見てから、孝次郎は仲太の後をついて行った。

「こっち、こっち」

仲太が手招くままに生薬屋の角を曲がったものの、暁音の姿は見当たらない。

「こっち! はやく!」

「おい、仲太……」

訝(いぶか)しみながら小走りに追うと、仲太は再び角を曲がって、なんと長屋の反対側の木戸で足を止めた。

孝次郎を振り返ると、人差し指を唇に当てる。近寄って孝次郎が腰をかがめると、通りを行く者を窺いつつ、仲太は耳元に口を寄せた。

「あのね、ごめんなさい。あかねさんは、うそ。あかねさんにたのまれたっていえば、こうじろさんはきっとすぐにきてくれるって、こたがいうから」

小太郎の機転には驚くやら、恥ずかしいやらだが、そこまでして――しかも回り道までして――己を呼びに来た理由はなんなのか。

「それでいってぇ何があったんだ？」

「こうじろさん、ひみつにしてくれる？」

「そいつぁ話によりけりだ」

「でも、いちだいじなんだ」

「それなら尚更、話次第だ」

仲太は一瞬、今にも泣き出しそうな顔をしたが、すぐに肚（はら）をくくったのか唇を噛んで頷いた。

「あのね、こうじろさん。ひこが――」

八

居職の者に気付かれぬよう、仲太と二人して抜き足差し足で家に帰って引き戸を引くと、小太郎と信次が揃ってこちらを見た。

「こうじろさん」

「ひこが……」

声を震わせ、やはり唇を噛んだ二人の向こうに掻巻に包(くる)まった彦一郎がいる。

「どれ」

そっと近付いて覗き込むと、仲太が言った通り、熱があるのは明らかだ。

三人組なりに考えたのだろう。額には湿らせた手拭いがのせてある。

「てならいからかえってきて、ほりのちかくであそんでたら、きゅうにぐあいがわるくなったんだ」

昼餉(ひるげ)につまんだ握り飯も、少し戻してしまったそうである。

小太郎はすぐに葉を呼びに行こうとしたが、彦一郎が止めたという。

「ちょっとやすんだらなおるからって……」

一休みを兼ねて長屋に戻るにも、大人に見つからぬよう苦心したようだ。

仲太たちの母親のてるは今日に限って——子供たちには幸いなことに——他出しているらしい。

「それでしばらく、おとなしくすごろくをしてたんだけど、ひこはどんどんかぜひいちゃった」

子供ゆえに、発熱すなわち風邪だと思い込んでいるらしい。

風邪——なのだろうか？

手拭いを取って触れた額は、想像していたよりずっと熱い。

子供たちの手前平静を装ったが、内心慌てずにはいられなかった。

この陽気で風邪は珍しく、たとえ風邪でもともすれば命取りになりかねない。

うっすら目を開いた彦一郎が、孝次郎を見上げて訴えた。

「おっかさんにはいわないで……」

「だがなぁ、彦」

「だってもう……あそべなくなっちゃうよ……」

宇一郎の「説得」で二度目のお泊まりが実現したが、尽力したのは孝次郎ばかりではなかった。小太郎に伸太と信次も、七や互いの両親にそれぞれ何度も働きかけたのだ。

――ながやであそべばあぶなくないよ――

――ちゃあんとひこのめんどうみるよ――

そう豪語したにもかかわらず、外遊びをしてこのような始末を迎えては、「次はない」と子供たちが恐れるのも頷ける。

「お、おれたち、ちゃんと『かんびょう』するから」と、伸太。

「おねがい、こうじろさん。もういちにち、ひこをおとまりさせて。ひとばんねたら、きっとよくなるよ」と、小太郎。

「おねがい、こうじろさん。ひことあそべなくなったら、いやだよぅ……」

潤んだ目を手の甲で拭って、信次も孝次郎を見つめてくる。

「うん」と孝次郎が頷くと子供たちはほっと安堵の表情を浮かべたが、「だがな」と続けると、また皆揃って顔を歪ませた。

「秘密にしてぇのは、俺も同じさ。俺だって……宇一郎さんやお七さん相手に、任してくれって大見得切っちまったからよ。けど、こいつはいけねぇや」

大人の分別と、七の言葉を思い出しながら、孝次郎は続けた。

「ほら、『七つまでは神のうち』って、お前たちも聞いたことがあるんじゃねぇかい？　言葉を覚えて、歩けるようになって、一人で飯が食えるようになったり、厠に行けるようになったり、手習いに通うようになったり……そうやってお前たちは一人前になったつもりでも、七つまでは赤子とそう変わらねぇってことなのさ。彦はまだ六つだし、小太も信次も七つになったばかりだ。仲太だって、八つじゃ七つと大して変わりゃしねぇ。何が命取りになるか判らねぇから、おっかさんもおとっつぁんも――俺だって――みんないっつもひやひやしてんのさ」

末っ子で独り身の己が、二尺余りも背丈が違う子供たちと膝突き合わせて、このような説教めいたことを言うのはどうもそぐわない。

が同時に、己が今までいかに目上の者に――父親や光太郎、草笛屋の先代や兄弟子たちに――守られてきたかが思い出された。

幼き己が「しでかした」時、やはり幼かった光太郎はよく言ったものだ。

――おれもいっしょに、あたまをさげてやっからよ――

もしもの時は己が全ての責めを負おうと心に決めて、孝次郎はできるだけ穏やかに子供たちに告げた。

「俺ぁ今からお七さんを呼びに行くから、お前たちは彦を頼む」

「……おしちさん、きっとすごくおこるよね？」

「ねぇ、どうしてもいわないとだめ？」

おそるおそる言う小太郎と信次に、孝次郎は微苦笑と共に応えた。

「お七さんはすっ飛んで来るだろうが……お前たちだって一緒だろう？　信次が病にかかったと聞いたら、小太も気が気じゃねぇだろう？　信次も小太が怪我でもしたら、すぐにも見舞いに駆け付けるだろう？」

小太郎と信次が顔を見合わせて頷くと、傍らの仲太が口を開いた。

「こうじろさん……ごめんなさい」

「俺に謝るこたぁねぇ。それに……」

ぐるりと子供たちを見回して、孝次郎は微笑んだ。

「ありがとうよ、仲太、信次、小太に彦。その――俺にちゃんと知らせてくれて」

九

孝次郎の予想通り、打ち明けるや否や、七は長屋へすっ飛んで行った。

喉が痛くないか、乾いていないか、また尿意はあるかどうかなどをあやしながら訊ねたのちに、ふぅっと安堵の溜息を漏らす。

「これはおそらくあれだね。ちょいとばかし調子に乗り過ぎちまったんだろうよ。ねぇ、彦や？」

背中をさすられながら、彦一郎は恥じ入るように小さく頷いた。

念願のお泊まりが叶った上に、初めて手習いに行くとあって、前日から大層はしゃいでいたという。

母親の温もりに触れ、緊張と不安が和らいだのだろう。既について先ほどよりも顔色がよくなったような気がして、孝次郎は胸を撫で下ろした。

片付けを葉に任せて、孝次郎は七ツが鳴る前に両国へ向かった。

大事を取って、彦一郎は動かさずに七に泊まってもらうことにしたのである。

両国で七たちの帰りを待っていた信に事の次第を明かすと、更に北へ――浅草の宇一郎が勤める料亭へと急ぐ。

番頭に宇一郎を呼び出してもらい、言われた通り勝手口に回って待つことしばし、血相を変えた宇一郎が表へ飛び出して来た。

「孝次郎さん、いってぇどうした？」

「宇一郎さん、どうもすまねぇ。この通りだ」

深々と孝次郎が頭を下げると、宇一郎は更に慌てた。

「なんだってんだ？　彦は無事か？　無事なのか？」

「はあ、まあ――」

顔を上げて、恐縮しながら孝次郎は信にした話を繰り返した。

調子に乗り過ぎた――と、七の見立てを伝えたところで、宇一郎はようやく愁眉(しゅうび)を開いた。

「お七がそう言うんなら……驚かしてくれるぜ、まったくよぅ。孝次郎さんが浅草まで来たってぇから、俺ぁてっきり取り返しのつかねぇ、何かその、命にかかわるような――いや、やめとこう。つるかめつるかめ」

分厚い肩をすくめて、宇一郎はつぶやいた。

「けど宇一郎さん、俺ぁてっきり一大事だと――この時節に風邪はねぇだろうと思って、つい慌てちまった」

「あはは、孝次郎さんは弟だから、子守りをしたことがねぇんだろう？　だが、うん、お七にすぐに知らせてくれてありがとうよ。子供ってのは何があるか判ったもんじゃねぇからな。それになんでもねぇと高をくくった時に限って、痛い目を見る羽目になるもんだ」

名前の「一」からも察せられるように、宇一郎は長男だった。

「七人兄弟のお七んちには負けるが、うちも男女三人ずつの六人兄弟だったのさ。だからちびどもの世話は慣れてんだがよ、弔いだけは何度やっても慣れねぇや」

七は父親と三人の兄を己丑火事で亡くしたが、宇一郎は四人の弟妹をそれぞれ十歳になる前に病や怪我で亡くしたという。

「本当に子供ってのはなぁ……ちょいと風邪を引いたり、腹を下したり、なんなら石ころを踏んで足をちびっと切っただけでも、ふとすると大ごとになっちまう。結句、俺の他に生き延びたのは二番目の妹一人――が、こいつもせっかく嫁にいったってのに、産後の肥立ちが悪くて、赤子と一緒に三月ともたずに逝っちまった」

「そうだったんで……」

「だからまあ、おふくろは彦のことには殊更口やかましいし、俺もお七もつい甘やかしちまうんだが……孝次郎さん、これに懲りずにまた頼まぁ」

「――ってぇと、また預けてもらえるんで？」

思いがけぬ申し出に、孝次郎は声を高くした。

「あはははは」

豪快に笑って、宇一郎は更ににっこりとした。

「たりめぇさ。おふくろに知らせてあんのに、俺んとこまで来てくれるたぁ……子供らも頼りにしてるみてぇだし、孝次郎さんなら危なげねぇや」

「も、もちろん、子供らにはちゃんと言って聞かせやす。彦に無理はさせねぇように、危ねぇ遊びもさせやせん」

「はは、彦も此度は懲りたろうよ。あいつはちびで病気がちだから、いつもいつもみんなとおんなしにはできねぇさ。そんなのもまあ、おいおい学んでいくしかねぇや、彦も――俺も。ああ、だが孝次郎さん、こいつは彦には内緒だぜ。具合が悪くなったらすぐに知らせろって、日頃から口を酸っぱくして言ってんのによぅ。彦には帰ったら大目玉だと伝えてくんな」

――宇一郎と別れた孝次郎は、浅草御門を抜けると横山町へと足を向けた。

両国橋ではなく、慣れた永代橋から帰ることにしたのだ。

浅草まで行くのに大分汗をかいたというのに、帰りも孝次郎は早足だ。

早く子供らに知らせてやりてぇ――

彦一郎の回復の兆しには喜んだものの、孝次郎が信と宇一郎に知らせに行くと告げた途端、今生の別れのごとく肩を落とした三人組だった。

子供たちの喜ぶ顔を思い描くと、疲れもなんのそので足が弾む。

汐見橋を渡って東に折れて、入堀沿いを大川へと進んで行くと、陽光を映した水面とそこここで風にそよぐ茂った青葉が目に眩しい。

初夏の香りに孝次郎が足を緩めた矢先、船着き場に固まっていた数人の男児が一斉にこちらに向かって駆け出した。

「まけねぇぞ！」

「おいらだって！」

どうやら猪牙舟と速さを競っているらしい。

突拍子で他愛ない遊びだが、見たところ皆、奉公前で十歳足らずの――かけっこだけでも楽しい年頃である。「ほりのちかくであそんでた」という小太郎たちを思い出して、孝次郎はくすりとした。

船頭と客も、舟と並んで走る子供たちをちらちら見やって愉しげだ。目配せを交わしてわざと船足を緩めているようにも見受けられる。

一番背の高い男児を先頭に四人とばらばらすれ違うと、しんがりを駆けて来た仲太と変わらぬ年頃の男児が、窪みに足を取られて孝次郎の目の前でよろめいた。

「おっと、危ねぇ」

とっさに抱きとめて振り返ると、仲間たちも気付いたようで、一等初めにすれ違った背の高い男児が急ぎ引き返して来た。

「ばか。なにしてんだよ、とよ」

口は悪いが、さっと「とよ」の手を取ると、男児はぺこりと頭を下げた。

「ぶつけちまってごめんなさい」

「ああいや、ぶつかっちゃいねぇよ。この子が転んだだけさ」

孝次郎が言うと、男児は一瞬きょとんとしてからはにかんだ。

「なんだ、じゃあ、ありがとうごぜぇやす。――おい、とよ、おめぇもはやくおれいをいいな」

「あ、ありがとう――」

恥ずかしそうに、小声で礼を言ったとよの手を握り直して、男児は足を止めて待つ仲間たちに手を振った。

「おーい」

「おーい」

子供たちのかけ声を聞きながら歩き出した孝次郎の後ろで、とよがぽつりとつぶやいた。

「……あんちゃん、ごめん」

「なんもあやまるこたぁねぇ」

思わず振り返った孝次郎の目に、大分傾いた太陽が飛び込んでくる。

「……けががなくてよかったよ」

「うん」

「ほりにおちでもしたら、いちだいじだ」

「うん」

並んだ二つの小さな背中が遠ざかるのを、孝次郎はしばし目を細めて見送った。

十

井戸端を通り過ぎると、春が呼んだ。

「孝次郎さん。子供たちならいませんよ」

「えっ？」

「彦って子が眠るのに邪魔になるからと、お外に遊びに行きました」

「そうか……」

「伸太に先を越されちゃったわ」

いたずらに笑った春曰く、春の用事も子供たちのことだった。

「天気がいいのに、男の子が四人も揃って家で大人しくしてるなんて変だもの。だからちょっと表から盗み聞きしてみたの。あの子たちの気持ちも判るけど、何か取り返しのつかない病だと困ると思って、孝次郎さんに知らせに行ったのよ」

「そら……ありがとう」

「うふふ。孝次郎さん、がっかりしたでしょう？　待っていたのが暁音さんじゃなくって」

「そ、そんなこた」

「ふふ」

再び忍び笑いを漏らして、春は声を低めて言った。

「でも私はほっとしたわ」

言葉裏を勘繰った孝次郎がまごまごする間に、春はするりと家に帰ってしまった。

代わりに声を聞きつけたのか、七が己の家から顔を出す。

「あれから彦には白湯を飲ませてさ。今はぐっすり眠ってるよ。この分なら、明日には元通りさね」

三人組は二幸堂の土間でひっそりと遊んでいたが、孝次郎が朗報を伝えると、飛びあがって喜んだ。

――二幸堂の座敷で夜を明かした孝次郎は、翌朝、六ッ前に起き出した。

ひっそりと身支度をして板場に入り、昨夜余分に下ごしらえしておいた白隠元豆（しろいんげん）を使って抹茶の練切餡を作り始める。

茶通よりも抹茶は控えめに、苗色の――新緑を思わせる練切餡だ。

薄く伸ばした餡を葉の形に切っていると、小太郎が葉と一緒に起きて来た。

「おはよう、こうじろさん」

「おお、早いな、小太」

「うん。……ひこはよくなったかなぁ？」

「夕餉に粥も食べてたことだし、もちっとしたら様子を見に行ってみな」

朝餉の支度にとりかかった葉が並んだ練切に目を留めた。

「あら、注文菓子ですか？」

「いや、彦に見舞いの菓子を作ろうかと」

「彦ちゃん、喜ぶでしょうね。春の川なら食べやすいし」

「ああ、春の川じゃねぇんでさ。昨日、一つ新しい菓子を思いついたんで」

「あたらしいおかし？」

目を輝かせて、小太郎が土間から顔だけ覗かせた。

「そうともさ」

「どんなおかし？」

「そいつは後のお楽しみだ。今から作って固めて——八ッには出来っから、店が引けたら両国まで届けに行くと、彦とお七さんに伝えてくんな」

練切の青葉を仕上げてしまうと、葛粉を水で溶いて火にかけた。

砂糖を少しずつ馴染ませて、やや強くした火でとろみが出るまでゆっくりと、だが混ぜる手は休めない。

とろみ具合を見計らって生地を火から下ろすと、二つある錦玉羹の型にそれぞれ、まずは半寸ほどの高さに生地を流し込んだ。

軽く蒸した生地の上に、練切の青葉を二、三枚重ねて、のちほど切り分けた時にはみ出さぬよう、少し間を空けてのせていく。上から更に半寸生地を流して再び火にかけ、今度はじっくりと——半刻ほどかけて蒸し上げる。

手伝いが休みの今日、七は朝餉を済ませたら彦一郎と共に両国へ帰るつもりだったが、小太郎から「新しい菓子」の話を聞いて八ッまで居座ることにしたらしい。

「いやはや、朝のうちは彦がまだ熱っぽくてねぇ……」

昼を過ぎても戻らぬ孫を案じて二幸堂まで出向いて来た信に、七はそう言い繕ったが、お八ツが目当てに違いないと信はすぐさま見抜いたようだ。

八ツを見計らって、孝次郎はほどよく固まった生地を糸で切り分けた。六面に薄く、まんべんなく上用粉をはたき、金鍔よりも手早く全ての面をさっと焼く。

葉に頼んで団扇で冷ましてもらっていると、八ツの鐘が聞こえてきた。

「えへへ、それでお師匠さん、新しいお菓子はまだですか？　八ツはとっくに鳴ったんですが――ええ、先ほどこの耳でしっかりと聞きましたとも」

彦一郎に信、伸太に信次に小太郎と、五人を座敷に座らせてから、七が土間から板場を窺う。

彦一郎は三人組が指南所に出かけた間もしっかり休んだようで、昨日の騒ぎが嘘のように顔色がいい。

盆の上に紙を敷くと、出来上がったばかりの菓子を並べて、孝次郎は彦一郎にまず差し出した。

「さ、彦、味見をしてくんな」

小さな手を伸ばして菓子をつかむと、彦一郎は一口齧って微笑んだ。

「やわらかい。おもちよりやわらかくて、おいしいよ」

「どれ、私も一つ」

横から伸びてきた七の手から、孝次郎はすかさず盆をそらした。

「あれ？」

「お七さんは後回しだ」

「なんですって？」

目を剥いた七に孝次郎はにんまりとした。

「だってこいつは彦と小太、仲太と信次のために作った菓子だからよ。だから味見は子供らからさ」

「うう、そ、そういうことなら……」

「そういうことじゃなくても、子供より先に手を出すなんてとんでもない」

信にぴしゃりと言われて、七は恨めしげに引き下がった。

子供たちにも食べやすいように、また彦一郎のお気に入りの斑雪に近い一寸四方の菓子は半透明で、中には重ねた青葉が浮かんで見える。

「なかのはっぱはおまっちゃだよ。おまっちゃをまぜてつくったはっぱなんだ」

小太郎が得意げに言うと、彦一郎、信次、仲太が次々と齧り口を見た。

「ほんとだ。おちゃのあじがする」

「はっぱもあまいよ」

「こうじろさん、これもようかん？」

仲太が問うのへ、孝次郎は首を振った。

「いんや、こいつは葛焼きさ」

「よかったねぇ、彦」

子供たちに菓子がいき渡るや否や、七は再び盆に手を伸ばす。

「葛粉はねぇ、喉にもいいし、熱さましになるからねぇ。葛焼きは冷めても美味しいし、羊羹よりもういろうよりも喉越しがつるりとしていて、だからこうしてつるり、つるりと――」

瞬く間に一つ、二つと口にして、三つ目に伸ばした七の手を、盆からやんわり退けたのは彦一郎だ。

「おっかさんはもうおしまい。あとはおれとこたと、しんたとしんじでたべるの」

「彦……」

七は眉尻を下げたが、流石に子供から菓子を奪う気はないらしく、代わりに孝次郎の方を見た。

「孝次郎さん、今日は茶通は……？」

「これお七！」

信の叱咤に七が首をすくめて、子供たちの笑い声が土間に満ちた。

土産に菓子をいくつか渡すと七は一転笑顔になったが、彦一郎はあべこべに浮かない様子だ。

「どうした、ひこ？　おとっつぁんは、またおとまりしてもいいっていったろ？」

「うん。でも、おおめだま……」

不調を隠そうとしたがゆえに、宇一郎から帰ったら「大目玉」だと言われたことを思い出したらしい。

彦一郎につられて三人組がしゅんとしたのも束の間、小太郎がぽんと彦一郎の肩を叩いた。

「よし！　おれにまかせとけ。おっかさん――ううん、おっかさんじゃだめだ」

「あら」

板場で火を見ていた葉が驚く間に、小太郎は表へ飛び出した。

「おとっつぁん！」

「どうした、小太？」

客に断って、光太郎は己を見上げる小太郎を見つめた。

「おれね……おれもひこといっしょに、りょうごくにいく」

「一緒に行ってどうすんでぇ？」

「いっしょにいって……いっしょにおおめだまをもらうんだ」

光太郎は一瞬啞然としたが、すぐに興味深げに問い返した。

「どうして、おめぇまで大目玉を食らわなきゃなんねぇんだ？」

「だって。だっておれは――」

仲太をちらりと見やって、小太郎は胸を張った。

「だって、たったひとつでもおれはひこよりとしうえで、ひこの――ひこのあにきみてぇなもんなんだ」

とっさに口に手をやり、孝次郎は噴き出しそうになるのを必死にこらえた。

——たった二つでも俺の方が年上で——お前の親代わりなんだからよ——

いつかの光太郎の台詞が耳によみがえる。

「……そんならお信さんとおっかさんに、今夜お泊まりしてもいいか訊いてみな」

「おとっつぁん」

「そこまで言うなら、彦と一緒に夜通したっぷり大目玉を食らうがいいや。でもって明日お七さんと戻ってくりゃあ、迎えに行く手間も省けっからよ」

信と葉に否やはなく、結句、孝次郎は両国へ向かう小太郎たちと、長屋へ帰るしんの字兄弟を見送ったのだが——

急にがらんとした土間から板場に戻ると、独楽饅頭を箱に並べる葉と目が合った。

光太郎と小太郎の紛れもない「親子」のやり取りを、葉もしっかり聞いたようだ。

「ふふっ。ふふふふふ」

「あはは——あはははは」

どちらからともなく孝次郎たちは笑い出した。

「うふふふふ、ふふ、ああ可笑しい。急にお兄さんぶっちゃって——」

「まったく誰に似たんだか——あはははは……」

「おい、なんも可笑しいこたねぇぞ」

暖簾の向こうから、むすっとした光太郎の声が聞こえて——孝次郎たちは再び盛大に噴き出した。

十一

卯月は十五日の朝、菓子を納めに孝次郎は墨竜の屋敷を訪ねた。

茶通は試作を重ねたのちに、皮の抹茶は濃いめ、こし餡は斑雪よりもやや甘め硬めにした上で、焼き面には茶葉の代わりに胡麻を数粒埋め込んだ。

店先で売る分は、渋みや費えを考えて抹茶を控えるべきか迷ったが、ありふれた茶通よりも「通好み」がよいと光太郎と頷き合って、墨竜に納めたのとそっくり同じ物を出すことにした。

「――それで、こいつもしばらく茶通と一緒に店に出すことにしやした」

茶通と共に持参したのは、三日前に作った葛焼きである。

「このところ、少し暑さが増してきやしたからね。栗饅頭は秋まで取りやめることにして、代わりに新茶が旨い夏の間はこの二つの菓子を作りやすんで、どうかその、ご贔屓に……」

売り込みの口上にも、ようやく少し慣れてきた。

「ほほう、こりゃうららかだ。夏の初めの――まさに今時分にふさわしく、青々しくて、瑞々しい……」

早速一つつまんで、墨竜が問うた。

「この葛焼きは、名をなんていうんだい？」

「――『結葉（むすびば）』といいやす」

浅草からの帰り道、結んだように重なり合う初夏の青葉が、幼き子供たちの絆を思わせたのだ。

「結葉か。そりゃ打ってつけだ」

目を細めた墨竜につられて、孝次郎も照れた笑みをこぼした。

葉月の良夜

はづきのりょうや

一

「亡くなった？」

「ええ」

眉根を寄せた孝次郎へ、隣家のおかみのてるは重々しく頷いた。

「転んで頭を打って……打ちどころが悪かったみたいでね。その場でぽっくり逝っちまったっていうのよ」

「そりゃなんともお気の毒な……」

「亡骸は今日深川に戻るそうで、お通夜は今夜、野辺送りは明日ですって」

「なんとまあ……」

文月は二日目の明け六ツ過ぎ、馬喰町から朝帰りしたところである。

今年に入って、孝次郎は月に一度は馬喰町の出会い茶屋で暁音と夜を明かすようになっていた。夕餉のみの時は予め暁音が告げるので、そうでない時に孝次郎の方から泊まりに誘う。

湯屋に行くべく湯桶を手にしたものの、いつもの甘やかな余韻は今しがた聞いた知らせで霧散した。井戸端で釣瓶を落としながらあくびをしている春と短い挨拶を交わして、孝次郎は足早に再び木戸を出た。

亡くなったのは治太郎（はるたろう）という男で、二幸堂から木戸を挟んだ隣りの生薬屋・本山堂の長男だ。跡目だった治太郎はまだ二十歳で、神田のとある医者のもとに弟子入りしていた。ゆくゆくは店を継ぐとしても、生薬屋なら医術の心得があった方がよかろうと、治太郎本人が希望してのことである。

雲一つない明けの空が引き続き残暑を予感させるが、通りすがりの本山堂は始まったばかりの朝の喧騒から取り残されたようにひっそりしている。

厳めしい顔つきとは裏腹に穏やかな物言いの店主の万吉や、裁縫は苦手でも料理上手でにこにこと面倒見のよいおかみのせい、また治太郎の四歳年下の弟で店の手伝いをしっかりこなしている作次郎（さくじろう）の顔が次々と浮かんで孝次郎は胸を重くした。

手早く朝風呂を済ませて二幸堂へ行くと、湯桶を土間に置いて板場に入る。

光太郎は朝風呂――暁音と夜を共にした証――に気付いたようだが、今朝はにこりともせず短く問うた。

「聞いたか？　治太郎のこと？」

「ああ」

「通夜には二人で顔を出すぞ。俺は野辺送りも手伝うから、明日はその間お葉に売り子に立ってもらうからよ」

「おう」

一昨年の冬に二幸堂を開いた時には、治太郎は既に本山堂にいなかった。諸国から江戸に出て来た者からすれば深川と神田なぞ取るに足らぬ距離ではあるが、弟子入り先が医者なれば患者は待ったなしで、藪入りでも治太郎が家に長居をすることはなかった。よって孝次郎たちも顔を合わせたのはほんの数回だったが、二十歳にしては小柄で、童顔ながらも瞳や口調に聡明さが溢れる治太郎は、人付き合いを苦手としている孝次郎もしっかりと覚えている。

「まったく、やりきれねぇな」

光太郎のつぶやきに頷いて孝次郎は仕事にかかったものの、「やりきれなさ」は通夜で一層身に染みた。

亡骸は微かに臭い始めていたが、顔には打覆いがかけられている。そう親しくなかったこともあり、顔が見えぬ亡骸には現実味がない代わりに、血の気がなく黙りこくったせいの方が孝次郎には死人のように見えた。

万吉や作次郎も昨夜は眠れなかったらしく眼の下に隈がありありとしている。

万吉が言葉少なに弔問客に挨拶する傍ら、作次郎は口を結んで悲しみと憤りを交互に顔に滲ませた。

——翌日、野辺送りに出かけた光太郎が戻らぬうちに、涼二の一の子分を名乗る玄太(げんた)と、玄太の一の子分を名乗る一弥(いちや)が連れ立って二幸堂にやって来た。強面で逞しい玄太とは対照的に、一弥は光太郎に劣らぬすらりとした色男だ。

菫庵という蕎麦屋に勤める汀と恋仲の玄太は、汀のための粟饅頭を孝次郎に頼んで以来、時折菓子を求めて二幸堂を訪れるが、一弥が一緒というのは珍しい。

「光太郎はあれか？　本山堂か？」と、玄太。

「はい。野辺送りに出かけやした」

もしや二人して光太郎を花街に誘いに来たのかと、店先の葉を気にしながら孝次郎は声を低めた。

「涼二さんがよ、店が引けたら東雲で一杯どうだってんだが、どうだ？」

東雲は入舟町にある涼二の行きつけの居酒屋だ。

「そんなら兄貴が帰って来たら伝えやす」

「莫迦。おめぇに訊いてんだ」

「俺？」

「光太郎と一緒でも構わねぇが、なんだか菓子の相談があるんだと」

「そんなら店が引けたら伺いやす」

「おう、頼んだぜ、こうの字よ」

出がけに言伝を頼まれただけ――と玄太は言ったが、仕込みを終えてから光太郎と共に向かった東雲で再び玄太たちと顔を合わせた。

「来たな、二幸堂。こっちだ、こっち」

敬慕する涼二と一緒なのが嬉しいらしく、奥から涼二より先に玄太が手招く。

「まあ、座れ」

涼二に言われて、光太郎と二人並んで向かいの縁台に腰を下ろした。

追ってやって来た給仕の少年から杯を二つ受け取ると、光太郎は一弥が差し出した折敷（おしき）からちろりを取り上げ、手際よく酒を注いだ。

「酒をもっと頼む。ああ、孝次郎は酒より飯か。何かおかずになるようなつまみと、握り飯も持って来てくんな」

給仕に声をかけてから、涼二は早速切り出した。

「親分が芋（いも）名月に月見の宴（うたげ）を開きたいっていってんで、お前に菓子を頼みてぇのよ。ああ、宴といっても此度招くのは身内の子分たちだけだから、かしこまった菓子じゃあなくて、野郎どもがちょいとつまむような菓子にしてくれ」

芋名月というのは中秋の名月の別称で、葉月（はづき）の十五夜のことである。

「それなら、ありきたりですが団子や――月餅（げっぺい）なんかはいかがでしょう？」

「団子もお前が作ればありきたりにはなるまいよ。――だが、月餅もいいな。ありゃあ清国では、互いの仕合わせを願いながら、一つを親兄弟で分け合って食うもんらしいな」

「そう聞いてやす」

「まあ、お前に任せるからよ。ざっと五十人分ほど頼む。客はその倍は来るが、皆が皆、菓子を食うこたねぇからな」

「かしこまりました」

孝次郎が請け負うと、涼二は光太郎を見やって問うた。

「本山堂の野辺送りに行ったんだってな？」

「ええ」

「本山堂はどうだった？」

「最後の最後でおせいさんが泣き出して、棺にしがみついてなかなか離れず……」

「そうか」

「万吉さんがなだめて、なんとか野辺送りは済ませやしたが、帰りは作次郎がおせいさんの手を引いて……いやもう、見るに忍びなかったですや」

恩人の弥代を亡くして一年が経ったが、弥代が名付けた生姜風味の琥珀・夕凪を作る都度、母のように慕っていた弥代の最期を思い出して孝次郎の胸は痛む。病に倒れたことを知らされてほんの二十日ほどで亡くなったから、孝次郎には不意打ちのようなものだった。しかし治太郎の死は更に急で、ましてや血のつながった我が子、我が兄のこととなれば万吉たちの心痛は想像に難くない。

「親分も昨日今日と塞いじまってなぁ」

「……きっと大親分を思い出されたんでしょう」

己の想いに重ねて考次郎は口を挟んだ。

涼二たちの親分である東不動の長次も、昨年、父親の元長（もとなが）を亡くしている。

「そうだな」と、涼二は頷いた。「それにおそらく、兄貴のこともな」

「兄貴？」

「おう。親分も昔――作次郎より若い、十二だか十三だかの頃に兄貴を亡くしたらしいからな。詳しい話は知らねぇが……」

長次という名は元長の跡継ぎ――長男――だからだと思っていたが、己のように次男に生まれたゆえと判って、孝次郎は長次に少しばかり更なる親しみを覚えた。

「かく言う俺も、作次郎と同じく十六で兄貴を亡くしたからよ。親分と二人してなんだかしみじみしちまった」

「涼二さんにも兄貴――お兄さんが？」

「ああ。親父が太助（たすけ）で兄貴が太一（たいち）。おふくろが仮名ですずってんで、俺の名はそっちをひねって涼二になったんだ」

手のひらに字を書きながら懐かしげな目をした涼二を見て、兄ばかりかおそらく両親も既に亡くなっているのだろうと孝次郎は推察した。

「疝気（せんき）だと騒ぎ始めてあっという間に逝っちまった。あん時もおふくろが、まあ取り乱してな。親父は黙っていたが、ずっと怒っていたな。手塩にかけて育てた息子が、自分より先に病で逝くたぁ思ってもみなかったんだろう。俺も同じさ。俺はあの頃、お前より低いくらいだったが、兄貴はもう六尺あってよ。そら、順番でいけば兄貴が先でおかしかねぇが、まさかあんなに早く、親より先に……どうして兄貴がと、つい天を恨みたくなっちまった」

「お察ししやす」

「そうか？　判るか？」

「俺も昨年……その、ちょうど今頃、兄貴が腹を刺されたって聞いて――」

「ははは、そんなこともあったなぁ」

昨年の文月に、光太郎は京橋の近くで玄太と一弥と飯屋に入り、長次と対立する「鬼熊(おにくま)」こと武兵衛(ぶへえ)という者の子分に匕首(あいくち)で切り付けられた。幸い、傷は浅手で済んだものの、「刺されて血まみれ」という知らせを受けて、孝次郎は一心不乱に永代橋を走って駆け付けたのだ。

「うちは親はもうおりませんから逆縁にはなりやせんが、あん時は随分肝を冷やしやした」

「そらそうだ。おい、聞いたか、光太郎？　お前もいい歳だ。せっかく嫁をもらって子もできたんだ。喧嘩は売るのも買うのもやめて、あんまり身内を――殊に孝次郎の気を揉ませるな。菓子がまずくなっちまう」

「はい……」

「玄太と一弥は喧嘩も商売のうちだからやめろとは言わねぇが、無用の荒事(あらごと)は控えるこった。玄太はもとより、一弥もすかした顔して血の気が多いからな」

「へぇ」

「はぁ」

玄太と一弥がそれぞれ曖昧に頷くと、涼二は孝次郎に微笑んだ。

「今度は一丁、親分と俺とお前——長次、涼二、孝次郎の弟三人で茶会でもするとしようか？」

「と、とんでもねぇです」

「そうか？」

「お、恐れ多いことで……」

「おい、こら、こうの字」と、玄太。「涼二さんのお誘いを断るたぁ、それこそ恐れ多いことだぞ」

「あははははは。無理強いはしねぇが、そう遠慮すんない、こうの字よ……」

涼二に「こうの字」と呼ばれたのは初めてだ。

豪快に笑う涼二を前に、孝次郎は恐縮して身を縮こめた。

二

冗談だと思っていた「茶会」が実現したのは五日後だ。

「玄太さんたちと外で飲むから、夕餉はいらねぇ」

そう言って光太郎が暖簾を下ろして出かけて行ったのちに、涼二がそっと姿を現した。

「おい、こうの字、この後空いてるか？」

「はい」

「そんなら次郎会をするぞ」

「次郎会？」

長次の屋敷で、三人で夕餉を囲もうというのである。

てっきりまた東雲で菓子の相談かと思った孝次郎は慌てたが、断る訳にもいかず、急ぎ仕込みと風呂を済ませて入舟町の長次の屋敷へと向かった。

「よく来てくれた。さ、遠慮なく食ってくれ」

膳や器は揃いの立派な物だが、飯は一汁三菜で思っていたより慎ましい。

「平素は俺も親分もこんなもんだ。贅を尽くしてばかりじゃ、金も身体も持たねぇからな」

武道家のごとき大男の涼二はもとより、「大川の東を牛耳る東不動」と呼ばれる長次もどっしりと引き締まった身体つきだ。

「鰻(うなぎ)だの天麩羅(てんぷら)だのじゃなくて悪いが、今日のお前は客じゃねぇ。もちっと肩の力を抜いて楽にしてくんな」

涼二の言葉に心持ち緊張を解いて、孝次郎はそれでも恐る恐る箸を上げた。

「光太郎は出かけたようだな？」

「はい」

「玄太と一弥とだろう？」

「ええ」

話がよく見えぬままに孝次郎が応えると、長次がふっと笑みを漏らした。

「先日、涼二がおめぇに親しくしたのが、玄太にゃどうも面白くなかったらしい」

玄太は涼二が兄を亡くしていることや家族の名前を、先日、東雲で聞くまで知らなかったようである。

「涼二も俺も、想い出話なんざ滅多にしねぇからな。そうでなくとも、涼二は日頃からおめぇに目をかけてるしなぁ」

目をかけているといっても「菓子職人」としてだ。

しかし己を「一の子分」として涼二を慕う玄太には、涼二から武勲のごとく菓子を褒め称えられたり、想い出話を打ち明けられたり、「次男」という共通項を持つ孝次郎が妬ましく感ぜられたらしい。

「とと、とんでもねぇことです」

思わず声を上げずらせた孝次郎へ、涼二がにやりとして言った。

「おう。まったくとんでもねぇ。だが、餓鬼じみたところがまた愛いやつでなぁ」

「はあ……」

愛らしさからかけ離れた玄太の容貌を思い出しながら、孝次郎は相槌を打った。

「それで玄太はお前に負けねぇように、一弥や光太郎と『太郎組』と称して何やら画策してるみてぇなんだが——面白いから、ちとからかってやることにした」

わざわざ「次郎会」と銘打ち、孝次郎を招く話を玄太にしたというのである。

「太郎組とは……そういや、兄貴はおとといも玄太さんたちと出かけやした」

一刻ほどで帰って来たと葉から聞いていたから、花街に行ったのではないと安堵していたが、まさかそういう集まりだとは思わなかった。

「そうだろう、そうだろう」と、長次がこれまた面白そうに頷いた。「今宵も涼二から我ら次郎会の話を聞いて、『ならこっちは太郎会だ』と自ら光太郎を誘いに行ったそうだ。今頃、永代橋の袂で一弥や光太郎と酌み交わしてんだろう」

孝次郎も一度だけ行ったことがある永代橋の袂の飯屋は「すけ屋」といって、玄太と一弥の行きつけだ。

「さようで……しかし、三人で一体何を画策してるってんでしょう？」

「そこだ、こうの字」と、涼二。「そいつをお前に探って欲しいのよ」

「えっ？」

「あいつのことだから手っ取り早く、何かしらの武勲を立てようとしてんじゃねぇかと思うんだが、一弥と二人だけならともかく、光太郎を巻き込むのはいただけねぇ。そうでなくとも無用の荒事は控えろとこないだ言い渡したばかりだってのに、まったく困った野郎だよ」

困ったどころか、むしろ涼二は頼もしく思っている様子だが、やくざ者のいざこざに光太郎が巻き込まれてはかなわない。

光太郎がまた、玄太を喜んで手助けしそうな気質と男気を持ち合わせているだけに厄介だ。

「まったく……困ったもんで」

「うむ。だから、お前からちょいと光太郎に探りを入れてくれ。つなぎは東雲を通してくれりゃいい」

──続く二日間、孝次郎は言われた通り、さりげなく光太郎の様子を窺った。

「なんだか怪しいねぇ……」

そうつぶやきつつ七が眉根を寄せて見やったのは己の方で、孝次郎はどきりとしながら手を振った。

「なんも怪しいこたぁねぇ」

「そう言われると、ますます怪しい」

間者めいたことをするのはどうにも性に合わぬゆえ、いっそ七や葉に打ち明けて助力を求めたいのはやまやまなのだが、孝次郎にも矜持(きょうじ)がある。言われずとも男同士の「次郎組」の命は他言無用だと判じて、七を見ながら必死に頭を巡らせた。

「お七さん、ちょいと」

内緒話だと知らせるべく人差し指を口にやり、店先へと続く暖簾を見やる。察した七が近付いて来て囁いた。

「若旦那のことかい？」

これは嘘ではないから、小さく頷く。

「どうやらまた、変な遊び心を起こしたみてぇで……近頃よく玄太さんや一弥さんと出かけてくんだ」

これも嘘ではないから、気負わず言えた。

「まさか、また吉原にでも？」

「泊まりはねぇみてぇだから、中じゃあなさそうだ」

「泊まりじゃなくたって女遊びはできるでしょうよ。茶屋でも宿でも、それらしいところはいっくらでもあるじゃないのさ」

遊びではないが、出会い茶屋で暁音と抱き合う孝次郎は再びどきりとしたが、同意を込めて頷いた。

「とにかく、お葉さんに気取られたくねぇ」

だから何も訊いてくれるなと匂わせたつもりが、七はそっと胸を叩いた。

「任しとくれ。このお七がそれとなく探ってあげるよ」

「えっ？」

思わぬ成り行きで、孝次郎は七の助力を得た。

――光太郎さん、玄太さんがなんのご用事で？――

――なぁに、後で一杯やろうってだけさ――

――若旦那、昼間っから店を放って酒盛りとはいいご身分だねぇ――

――莫迦を言っちゃいけねぇ。ちょいと神田の知り合いに用があって――

玄太が訪ねて来た折、光太郎が店を空ける折、七はちょこちょこと聞き出した。

光太郎は七に任せることにして、孝次郎はすけ屋を訪ねた。

すけ屋は主の名をもじったそうで、店主の名は弥助(やすけ)といった。光太郎が女遊びをしているのではないかという懸念を伝えると、弥助はあっさり否定して、聞きかじったことを漏らしてくれた。

七や弥助の話を照らし合わせたのち、孝次郎は東雲に向かった。

涼二に知らせるためだが、「つなぎをつける」なぞ初めてだ。しどろもどろになりつつも、何やら胸が浮き立った。

東雲に言付けたその夜のうちに涼二から長屋へ遣いがあって、翌日早速、此度は玄太たちに知らせることなく、ひっそりと二度目の「次郎会」が催された。

月見の宴まで約一月の、文月は十四日の夜である。

「太郎組はどうやら月見の宴で、親分に何か贈り物をと考えてるみてぇです」

「贈り物？」

問い返した長次に、「はい」と孝次郎は頷いた。

「贈り物といっても誰かの首や島じゃありやせん。その、物が何かまでは絞れなかったんですが、兄貴が古巣の神田で玄太さんたちを職人らに引き合わせたみてぇです。職人の名前から察するに指物師（さしもの）に蒔絵師（まきえ）、煙管（キセル）師なんで、何かそういった物を作らせるつもりじゃねぇかと」

「贈り物ねぇ……」

顎に手をやり涼二がつぶやく。

「太郎組は月見の宴が大親分を偲ぶためでもあることや、だから親分や涼二さんが菓子を用意させようとしていることも知ってやす」

光太郎を探るのに菓子を話の種にするまで孝次郎は気付かなかったが、長次は子分たちを祥月（しょうつき）命日に付き合わせる代わりに、宴に菓子を供えて甘い物好きだった元長を陽気に偲んでもらおうという肚（はら）らしい。

「大親分へのお供えを兼ねた菓子は親分と涼二さんと俺——つまり次郎組がお膳立てするから、太郎組はそれに張り合うつもりで、親分へ贈り物を画策しているようなんで」

孝次郎の推し当てを聞いて、長次と涼二は顔を見合わせて微笑んだ。

「荒事に走らなかったのは感心だ」

「言い出しっぺは光太郎じゃねぇですか？　じゃなきゃ一弥か……玄太の案とは思えませんや」

栗饅頭をきっかけに玄太に慣れ親しんだ孝次郎は、少しばかり玄太に同情しつつ、携えてきた包みを差し出した。

「お呼ばれついでに、試しの月餅をお持ちしやした」

「おお、どれどれ」

すぐさま包みを開き、油紙に包まれた三つの月餅を目にして涼二が目を細める。

「外は十四夜、内は十五夜」

歌うように涼二がつぶやいた通り、六ツを過ぎた晴れた夜空には、ほぼ丸い、十四夜の月が昇り始めている筈だ。

直径二寸強、厚さ一寸弱の月餅を四つに切り分けると、内一切れの片端を極々薄く――二分ほどそいで、長次に差し出す。

濃厚な蓮容餡を薄皮で包み、型に入れて成形した月餅だ。表面が蓮の花に見えるよう彫り込まれた型は、光太郎に頼んで作ってもらった。薄皮が破れやすいのを考慮した花びらの彫りは浅いが、真上からでなくやや横から見たような花の意匠が洒落ている。型押ししたものを四半刻ほど、ほどよい焼き色がつくまで焼いて表にみりんを一塗り、粗熱が取れてからまた一塗りすると艶のある月餅が出来上がる。

「甘い」

透けて見えるほど薄い一切れを口にした長次が顔をしかめた。

「そこがいいんですや」

長次とは対照的に、薄切りの残りの四つ割りを含んだ涼二はご満悦だったが――

「親父の霊前や涼二にはいいが、宴でこいつを喜ぶのは涼二の他、一人、二人しかいねぇだろう。それにこいつは切り分けるのが一手間だ。悪いが宴の菓子は何か他の物にしてくれねぇか？」

「承知しました」

日本国ではまだ馴染みのない菓子である。万人に好まれる味でもないし、ましてや「男所帯」の東不動の宴には向かないと孝次郎も思っていた。甘さを控えることも考えたのだが、涼二が言うように過ぎるほどの甘さが月餅の良さでもある。

――お砂糖を控えるなんてとんでもない。蓮容餡は、この甘味が旨味を深めるんですよ――

七の台詞を思い出しながら、孝次郎は快く頷いた。

「月餅は日持ちするからな。残りは俺がありがたくいただこう」

水分が少なく糖分が多い月餅は、油紙に包んでおけば五日はゆうに持つ。

涼二は四つ割りをまた一切れ口に入れてから、己の手ぬぐいを取り出して、残った半分と手つかずの二つをいそいそと包み直した。

「おまけにこいつは、少しおいた方が旨いんだなぁ……」

これも涼二の言う通りで、一日おいた方が皮が柔らかくなり味も馴染む。昨夜遣いから知らせを受けて、朝一番で作ったものの、真の食べ頃は明日だろう。

――いひひひひ。こいつは明日のお楽しみ。明日になれば、もっと美味しくなるものねぇ――

五つ作った月餅のうち、一つはその場で七と味を確かめた。試しとして三つを包んだのち、残った一つはいつもの味見の分として七に渡した。

時折、売れ残りを買い占める涼二は七には恨めしい存在らしいが、己と意を同じくしていると知ったら、少しは見直すのではなかろうか。

孝次郎自身も涼二を更に近しく感じて、自然と弾んだ声が出た。

「仰る通りです、涼二さん」

おべっかめいた台詞だが、気持ちはしっかり伝わったようだ。

嬉しげに頷いた涼二につられて笑みを漏らすと、長次も目元を緩めて杯を上げた。

三

二日後の十六日はのちの藪入りで、五ツにもならぬうちに、王子から余市（よいち）、八郎（はちろう）、太吉（たきち）の三人が二幸堂へやって来た。

孝次郎と同じく草笛屋に奉公していた八郎と太吉は、二幸堂の仲立ちで昨年より老爺の余市が一人で切り盛りしていた王子の店で働き始めた。

余市の店はその名もずばり「よいち」という。以前は羊羹一品のみの商売だったが、今では隣りの茶屋に倣（なら）って店の前に縁台を出し、水羊羹の壬（みずのえ）や粒餡の田舎汁粉（いなかしるこ）を振る舞うようになっている。

「きちさん！」

二階から、先陣の太吉が駆けて来たのを認めた小太郎が迎えに表へ飛び出した。

孝次郎が板場から覗くと、太吉に続いて八郎と余市も土間に姿を現した。

「今日こそ、こき使ってやるぞ」

「望むところでさ」

にやりとした光太郎へ、また少し大人びた八郎が伝法に応える。

十六歳で育ち盛りの八郎は、半年で二寸ほど背丈が伸びたようである。

睦月（むつき）の藪入りは祝言、その前は光太郎の怪我により、二幸堂は店を閉めていた。

「七ツまでに売り切りたいから、店の菓子作りは八ツまでだ。さあ、作れ。じゃんじゃん作れ」

還暦を三年後に控えた余市の身体を慮（おもんぱか）って、此度は二泊の旅である。初日の今日は早仕舞いののち、八郎と太吉にみっちり菓子作りを指南する約束だった。余市にはゆっくりしてもらうつもりだったが、「まだ役に立つ」と手伝う気満々である。

「あの、孝次郎さん」

余市に続いて板場に足を踏み入れると、八郎は小声で切り出した。

「うん？」

「吉も火を見るくらいはできやす。あっちで随分慣れましたから……」

八郎ほど器用者ではない太吉は十三歳で、よいちでは表の給仕が主な仕事だ。よいちで出している羊羹、水羊羹、汁粉の三種の菓子作りには慣れていても、草笛屋では下働きばかりで職人として修業を積んでいないから、商い中は以前のように売り子を手伝ってもらおうと考えていた。

だが、草笛屋を追われた二人が二幸堂を手伝っていたのはほんのひとときで、王子に移ってから既に一年以上が過ぎている。

「そうか？　そんなら頼まぁ」

孝次郎が顎をしゃくると、太吉は喜び勇んで板場の敷居をまたいだ。

「明日は遊べるんだよね？」

歳の近い——といっても、七歳の小太郎の倍近い——太吉に念押しして、小太郎はしんの字兄弟のいる隣りの長屋へ出かけて行く。

干菓子のうずらと琥珀の夕凪は、昨夜のうちにたっぷり作っておいた。

手間の割に利が少ない黄身餡の幾望（きぼう）は、一日一箱と決めている。まずは幾望を一箱分の四十個作ってしまうと、孝次郎は独楽（こま）饅頭を余市に、金鍔（きんつば）を八郎に任せて、己は斑雪（はだれゆき）に取りかかった。

休みなく使う三つのかまどの火加減は、孝次郎たちが出来具合を見ながら指示を出し、太吉がそれぞれ整える。餡炊きと金鍔の炙（あぶ）りは孝次郎か八郎がつきっきりだが、菓子作りが一巡すると、蒸しは太吉に任せても危なげないと判じた。

いつもは七と二人きりの板場だが、余市と太吉が小柄なのと、八郎と余市の手際の良さ、男同士の気安さが相まって、四人でも思ったほど窮屈ではない。

独楽饅頭、金鍔、斑雪の三種を二箱ずつ作り終え、紅福（べにふく）を作り始めたところで四ツの捨鐘を聞いた。

帰る家への手土産か、帰って来る子供たちへのもてなしか、店の前には既に十人ほど並んでいたようだ。光太郎が暖簾を掲げると、いつもと違って斑雪が飛ぶように売れ、幾望も四半刻と待たずに売り切れた。

金鍔も五つ六つとまとめて買う客が相次ぎ、独楽饅頭より早く減っていく。

紅福は初めの一箱でやめることにして、斑雪、金鍔、独楽饅頭のみ、八ツが鳴るまでひたすら作り続けた。

八ツの鐘で一旦手を止めると、板場の四人で遅い昼餉を食した。

七ツより少し前に生菓子を売り切り、光太郎が暖簾を下ろす。

光太郎は余市と小太郎を連れて早めの湯屋に向かったが、孝次郎は明日の仕込みを終えた板場で、まずは錦玉羹（きんぎょくかん）の春の川、続いて蓮容餡を使った皓月（こうげつ）と月餅、それから白餡を使った恋桜（こいざくら）と紅福を八郎と太吉に教えた。

夕餉もそこそこに菓子作りに挑む八郎の傍らで、太吉は持参した帳面に手順を書き付けるのに余念がない。

「おれには八にぃほどの才がねぇんで……一度では覚えきれねぇから、ありったけ書きとめて、後で八にぃにゆっくり教わります」

己をわきまえた心がけよりも、太吉の筆遣いに孝次郎はより驚いた。

「村の手習い指南所のお師匠さんが、うちの上客でして」

頼み込んで、月に十日ほど店が引けた後に読み書きと算術を教わっているのだと、太吉ははにかんだ。

養父からひどい折檻を受けて育ったせいか、草笛屋ではおどおどしてへまの多かった太吉だったが、祖父のごとき余市と、兄のごとき八郎と暮らすようになって落ち着いたのだろう。少年らしい潑剌さを取り戻した太吉に孝次郎は胸を熱くした。

八郎のことも「八さん」から「八にぃ」へと、いつの間にか変わったようだ。

「仕入れや村の雑事も、吉がちゃきちゃきこなしてくれるんで助かってやす。菓子作りしかできねぇ俺より、吉の方がよっぽどしっかりしてるんで」

苦笑しつつも、八郎が太吉を見やる目は自慢げだ。

「あはは、そんならよいちも安泰だ」

同じくしっかり者の光太郎を思い浮かべながら、孝次郎も笑った。

明けて翌日は、開店まで餡炊きと菓子作りに勤しみ、開店後は板場を七と余市に、売り子を葉に任せて、男五人――光太郎、孝次郎、八郎、太吉、小太郎――で浅草へ繰り出した。

大川の東側を川に沿って北に歩き、両国橋から浅草御門を抜ける。昨日よりはましなのだろうが、駒形堂から広小路、雷門、仲見世、浅草寺は常から見物客が引きも切らない。

「小太、手をつないどこう」

光太郎が差し伸べた手へ、小太郎は即座に首を振る。

「やだよぅ」

「だがなぁ、小太」

「へいきだよぅ」

困り顔になった光太郎の反対側から、太吉が小太郎に手を伸ばした。

「じゃあ、おれとつないどくれよ。おれが迷子になりそうだもの。おれは浅草は二度目なんだ。小太は近くに住んでたんだろう?」

「うん！　すわちょうにすんでたんだ」

弾んだ声で応えて、小太郎は太吉の手をすんなり取った。

「浅草はてんで知らねぇお上りさんだから、小太が一緒でよかったよ」

「じゃあね――じゃあ、おれがきちにぃをあんないしてあげる。おれね、いいおみせたくさんしってるよ！」

太吉が八郎を「八にぃ」と呼んでいるのを聞いて、昨日から早速真似始めた小太郎だ。昨年まで身内では一番年下だった太吉は、小太郎に「兄」と慕われるのが嬉しいらしい。

小太郎が引っ張るように太吉と仲見世に急ぐ数間後ろを、孝次郎たちはのんびりとついて行く。

道行く女たちがちらちらこちらを見やるのが、八郎には気になるようだ。

女たちが盗み見ているのは無論、役者のごとき美男の光太郎である。判っていたこととはいえ、孝次郎はいつもながら人目が居心地悪い。八郎も同様らしいが、殊に同年代の小娘から二十歳過ぎの年増に対してぎこちないのは、八郎が「年頃」である証だろう。

「おい、八よ」

八郎の肩を抱いて光太郎が囁いた。

「俺も『いい店』をたくさん知ってっからよ」

「こ、光太郎さん」

「おめぇももう十六だ。それとももう済ませちまったか？」

「そ、それはまだ……」

筆下ろしのことである。

「なら、次の藪入りまで待つこたねぇ。余市さんには俺から話をつけるから、近々こうの字と三人で――」

「兄貴」

往来でする話じゃねぇだろう――

ちょうど小太郎と太吉が振り返って孝次郎たちを確かめたのへ、慌てて手を上げて応えて孝次郎は声を低めた。

「俺は行かねぇからな」

「なんでぇ、こうの字。冷てぇなぁ。暁音さんに義理立てしようってのか？」

「兄貴だっておめぇ、八を一人で送り出す訳にはいくまい」

「けど、お葉さんが……」

「あの……俺のことは、お、お構いなく」

絞り出すように言うと、八郎は光太郎の腕から逃れて太吉たちに合流した。

小太郎の案内で玩具屋のからくり人形や飴屋の飴細工などを見物しながら仲見世をゆっくり楽しみ、浅草寺を詣でてから家路についた。

小太郎が母への土産として大事に持ち帰った、蓮の花を模した飴細工に葉は大喜びしたが、横から見入る余市の顔はどこか暗い。

「お疲れでしょう？　湯屋に一緒に――いや、先に少し横になりやすか？」

気遣う光太郎へ余市は小さく首を振った。

「今日も早仕舞いしたから、そう疲れちゃいないさ。その、なんだ、さっき佐平さんに髪を結ってもらった時に、隣りの生薬屋の話を聞いたもんだから……」

余市も十六年前、己丑火事で跡取り息子を亡くしている。治太郎よりやや若い十八歳で死した息子は、「羊羹以外の菓子も学んで欲しい」「よそで修業するのも悪くない」という余市の意向で、神田の菓子屋に奉公させていた。

佐平から治太郎の訃報を聞いた余市は、己の息子に重ね合わせて本山堂に深く同情しているようだ。

察した八郎が余市の肩にそっと触れた。

「明日に備えて、風呂に入ってゆっくりしとくれよ」

「酒はほどほどにね」と、太吉も付け足す。

じわりと瞳を潤ませた余市を光太郎が促した。

「じゃあ行きやしょうか。権蔵さんも待ってやすから」

湯屋ののちには、向かいの権蕎麦で夕餉の段取りをつけてある。

「ええと、湯銭は合わせてここに……ああ、もう一度火の元を見て来ますね」

落とした火を確かめるべく、板場に足を向けた葉がふいによろめいた。

「お葉！」

膝をついた葉に光太郎が駆け寄るも、葉の顔は真っ青だ。

「すみません。このところちょっと……」

すわ暑気あたりかと、座敷に葉を寝かせて光太郎は井戸に冷水を汲みに行き、孝次郎は本山堂へと走った。生薬屋なれば、医者やその弟子が来ていないかと当て込んでのことである。

あいにく本山堂は暖簾を下ろしたばかりで客はもういなかったが、孝次郎から話を聞いた万吉が、「女手があった方がいいだろう」と、せいを呼んできてくれた。

まずは帯を解くからと、閉め出された孝次郎たちが手持ち無沙汰に外で待つことしばし、戸口からせいがそっと顔を覗かせた。

「このところ何度か戻してたんだってよ、光太郎さん」

「そらちっとも気が付かなくて……」

「莫迦もん」と、小声でつぶやいたのは余市だ。「それはな、それはもしや――」

光太郎がはっとするのへ、せいはほんのりと、だが久方ぶりの笑みを見せた。

「お葉さんは気付いてたみたいだよ。どうも、おめでたじゃないかって」

四

「小太を身ごもった時も悪阻（つわり）はあんまりなくて……間違いだと困るから、しかと判るまでもう少し待とうと思ったのよ。それにほら、光さん、きっと触れて回るでしょう？」

「そらおめぇ、めでてぇ話だからな……」

あんまりはしゃいでは、治太郎を亡くしたばかりの本山堂に悪いと、葉は光太郎と小太郎に言って聞かせる。

葉の懐妊を喜んだせいの気持ちは疑っていないが、愛息を亡くした悲しみはまた別だ。今頃、治太郎を産み育てた苦労や喜びを思い出して、せいはまた悲嘆に暮れているのではなかろうか。

本山堂に遠慮して、その日はひっそりと祝杯を挙げた孝次郎たちだったが、人付き合いの盛んな光太郎である。二幸堂の朗報はあっという間に町の者の知るところとなった。

「お葉さん、おめでたなんですってね。おてるさんから聞いたわ」

翌日の夕刻、帰りしなの井戸端で春が話しかけてきた。

てるは息子たちから聞いたのだろう。はしゃぐなとは言われたが口止めされてはいない小太郎が、早速伸太と信次に明かしたらしい。

葉は本山堂に遠慮していたが、昨夜からうずうずしている光太郎や小太郎の気持ちが孝次郎にはよく判る。

嬉しくねぇ筈がねぇ——

新しい命の知らせを聞いて、二親と弥代と、亡くした命が脳裏をよぎった。だが弥代が逝ってからも既に一年が経っており、孝次郎にとっては初めて迎える血縁だ。

「どうもそうらしいや」

照れ臭さと共に応えると、春はにっこりとした。

「悪阻の最中だとご飯の支度も大変でしょう？　お手伝いに行きましょうか？」

「あ、いや、お葉さんは悪阻は軽い方だって……」

「そうお？　でも女手がないとこれから大変よ。昼間はお七さんがいるからいいけど、何かあったら遠慮しないで頼ってちょうだい。家事も子守もお手のものよ」

昼間は川向こうの店――てる曰く「天満屋（てんまや）」という廻船問屋らしい――で、女中をしているという春である。

「じゃあ、あの、お葉さんに伝えとく」

「忘れないでね。私、きっと役に立つから。うふふ、楽しみねぇ……」

無邪気な笑みが愛らしく――そう感じた己に戸惑った。

気付いた春が今度は艶っぽく口角を上げて言った。

「あの子たちがいなくなって、寂しいわね、孝次郎さん？」

「そ、それほどでも」

あの子たち、というのは八郎と太吉のことである。二日間、余市には店の座敷で寝てもらい、八郎と太吉は孝次郎の家に泊めていた。

「――私は寂しいわ。子供がいるといないじゃ大違いだもの。それに……一人暮らしはやっぱり退屈だもの」

返事に困った孝次郎を上目遣いにじっと見つめて――春は再び「ふふ」っと笑みをこぼした。そのまま応えを待たずに踵（きびす）を返すも、思わせぶりにそっと孝次郎の袖に触れていく。

揺れた袖をつかんで孝次郎は家に足を向けたが、長屋の皆は団らん中で、戸口は開いていても表に出ている者はいない。

一度は自惚れかと思ったものだが、春の己に対する好意はこの数箇月で長屋の公然の秘密になっていた。暁音と「いい仲」なのも皆知っているから見て見ぬふりが多いものの、近頃は大家の栄作を始め、それとなく春を「推す」者が数人でてきた。

危ねぇ、危ねぇ――

井戸端でのやり取りを誰にも見られずに済んだことにほっとしながら、孝次郎は畳の上にごろりと横になった。

もう数日で処暑だが、暑さはしばらく尾を引きそうだ。

布団を敷くのを面倒がって手枕でうだうだしていると、隣りの晋平一家から賑やかな笑い声が聞こえてきた。

明日は、お弥代さんの祥月命日……

ふいに襲ってきた侘しさが、弥代ではなく暁音の顔を思い出させた。

菓子を買いに来た暁音と二言三言、言葉は交わしたものの、文月はまだ出会い茶屋はおろか夕餉も共にしていない。

侘しさとは別に何やら熱くなってきた胸と身体を持て余して、孝次郎は翌夕、暁音に会いに行くことにした。

仕込みを終えて伊沢町の長屋に着いたのは、六ツが鳴ろうかという頃合いだ。

暁音の長屋を訪ねることは滅多にないが、こちらの長屋にも己と暁音の仲は知られている。

——菓子を渡して、ちょいと世間話をするだけだ。

臆することはないと、手土産の菓子を抱え直して木戸をくぐるも、肝心の暁音は留守だった。

隣りの開いたままの戸口から、ほぼ寝たきりの老婆の徳の声がした。

「上野に行くから、いつもより遅くなるって、朝のうちに言ってたよ」

上野には暁音の三味線の師匠が住んでいる。

「そうでしたか」

「六ツには戻るだろうから、少しうちで待っておいでよ」

退屈しのぎかもしれないが、長屋での暁音の様子を知りたくもある。数瞬迷って孝次郎は頷いた。

「そんなら……」

徳の家の敷居をまたいで上がりかまちに座ると、寝床から徳が手招いた。

「ねぇ、ちょいと」

身体を伸ばして耳を澄ませると、徳が声を潜めて言った。

「暁音さんね、見合い話がきてんだよ」

「見合い話？」

「お師匠さんのつてだってさ。お相手は暁音さんより三つ四つ年上のやもめらしいんだけど、いい人だから一度会ってみないかって――」

「そ、それで上野に？」

孝次郎が更に身体を乗り出した時、暁音が足早に戻って来た。

「あら、孝次郎さん。どうしたの？」

問われて孝次郎は応えに迷った。

葉の懐妊はいい話の種だが、一度となく子を亡くしたことがあるという暁音には言いにくい。暁音のことだから喜んでくれるだろうが、同時にせいと同じように悲しませてしまうのではないかと思うのだ。

「その……藪入りで八たちが来てやして」

「ふふ、さぞ賑やかだったんでしょうね」

土産の菓子を徳と分けると、暁音は察しよく孝次郎を表へ連れ出した。

「夕餉は帰り道で済ませてしまったから、行きがけにどこかに寄りましょう」

馬喰町への「行きがけ」だと解して孝次郎は胸を躍らせた。

「あ、いや、腹はそんなに空いてねぇんで……」

空腹を隠して見栄を張ったが、あからさまだったかと言葉を濁す。

だが暁音は気を悪くすることもなく、微笑んで大川の方へ足を向けた。

出会い茶屋に上がってすぐ、部屋の水桶へ伸ばした暁音の手をつかんで横にした。

暁音はやや恥じらったが、湯上がりではない、既に汗ばんだ肌と匂いが孝次郎をより逸らせた。

縁談を聞いたせいもある。

悦びを分かち合って安堵するも、身体を離した途端再び不安にかられてしまう。

どう訊ねたものかと思いあぐねていると、暁音が先に口を開いた。

「……お春さんはどうしてるの？」

「お春さん？」

「相変わらず、孝次郎さんにご執心なのかしら？」

「ご――ご執心なんて、そんな莫迦なこたありやせん」

「ちっとも莫迦なことじゃあないわ」

少しだけ身体を起こして孝次郎を見つめると、暁音は困った笑みを浮かべた。

「光太郎さんは商売上手だけれど、二幸堂が繁盛してるのは、孝次郎さんのお菓子が美味しいから――孝次郎さんこそが立役者だと、深川ではみんな知ってるわ。光太郎さんは身を固めてしまったから、これからもっと、孝次郎さんに粉をかけてくる人が増えるんじゃないかしら？」

ということは、お春さんも……？

「……なんだ。それなら安心だ」

ほっとしてつぶやくと、「えっ？」と暁音がきょとんとした。

「おかしいと思ったんでさ。後家でもいくらでも貰い手があるだろうに、俺なんざに馴れ馴れしいのはどうしたことかと……金目当てなら合点がいきやす。けど、繁盛してるっていっても高が知れてんのになぁ。お葉さんと小太郎がきて食い扶持が増えたし、俺の家賃も……何より、うちの財布は兄貴が握ってるってのに」

売り上げは上がっているが、光太郎と孝次郎の「小遣い」はいまだ一日百文だ。夜は一人で食すことが多いものの、朝と昼は店で済ませていて、葉が支度してくれる分、孝次郎は前より楽になった。女たちから光太郎への贈り物はなくなったが、葉は買い物上手で、値打ちの着物やら草履やらを孝次郎の分も揃えてくれる。

「だから俺に粉かけたところで、なんの得もねぇんでさ」

「孝次郎さんたら」

微苦笑を漏らして暁音は言った。

「さっきのはつまらない思いつきよ。ううん、これからはお金目当ての人も出てくるでしょうけど……お春さんは違うわ。同じ長屋に住んでいて、毎日孝次郎さんを間近で見てるんだもの。お春さんは孝次郎さんの人柄に惹かれてるのよ」

口振りは穏やかだが何やら嫉妬めいた台詞が嬉しい反面、急に春のことを持ち出したのは何ゆえか。

長屋の噂話でも聞いたんだろうか……

「……だとしても、俺は暁音さん一筋でさ」

暁音を見つめて言い切ってから、孝次郎も身体を起こした。

「暁音さんこそ、み、見合い話がきてるとか」

「お徳さんね。もう」

大げさに膨れた暁音に、誤魔化されまいと孝次郎は続けた。

「お師匠さんの口利きだと聞きやした」

「そうなの。だから断りにくくて」

「今日もそれで上野に？」

「ええ、まあ。――でも、そのうちお断りするわ」

「そのうち？」

「お師匠さんがいつになく乗り気なの。お相手の方にも悪いし、なんとか角が立たないようにお断りしたいと思って、いろいろ思案しているところよ」

ほっと胸をなでおろしたのも束の間だった。

「だってやっぱり独り身は気楽でいいもの。お春さんくらい若ければ、もう一度誰かとの暮らしを望んだかもしれないけれど、今となってはねぇ……」

にこやかに言われると、祝言を望む孝次郎としては複雑だ。

また、暁音が断る理由はあくまで自身の自由な暮らしのためで、己を――孝次郎を一筋に想ってのことではないらしい。

「暁音さん」

暁音の想いを確かめたくも、孝次郎を遮るように暁音は言った。

「本当に、早くなんとかしないといけないわね」

困ったように微笑む暁音に、孝次郎は言葉を飲み込むしかなかった。

代わりに再び——今度は遠慮がちに暁音を求めた。

五

湯上がりに、権蕎麦で思案していると権蔵が話しかけてきた。

「よぅ、こうの字。うちの店でつまらねぇ溜息つかねぇでくれ」

夕刻は店を息子夫婦に任せている権蔵は、折敷に己の酒を載せて気楽なものだ。

「すいやせん」

「どうした？　こいつのことか？」

小指を立てて見せる権蔵へ、孝次郎は小さく頷いた。

権蔵は一瞬驚いた顔をしたが、すぐに折敷と共に孝次郎の隣に座る。

「お春のことかい？」

「と、とんでもねぇ」

「——ってぇと、暁音さんとはまだ切れてねぇのかい？」

「とんでもねぇ」

幸次郎が目を剝くと、権蔵は一口酒を飲んでから顎に手をやった。

「けどよぅ、暁音さんはあれだろ？　後妻にいくんだろ？」

「とと、とんでもねぇ！」

暁音と馬喰町を訪ねてから三日が経っていた。

「孝次郎、おめぇよぅ……とんでもねぇ、とんでもねぇって、莫迦の一つ覚えみてぇによぅ」

「後妻話は断るって、暁音さんは言ってやした」

暁音の言葉は疑っていない。

暁音の己への好意も。

ただ百歩譲って祝言はなしにしても、暁音の唯一無二の男になりたい孝次郎としては、やはりどこか不安なままだ。

また一口酒を含んで、権蔵は苦笑した。

「けど、おめぇと身を固める気はねぇんだろう？」

ずばり言われて、孝次郎は言葉を返せない。

「もったいねぇ話だよ、暁音さんもおめぇも。いくら器量よしで吉原出の手練れだろうが、暁音さんは三十路をとっくに過ぎてんだ。後妻話がくるうちが花さね。とうの立った——子供も望めねぇ女が一人で意地張ってても、なんもいいこたぁねぇ。こうの字もよぅ、お春は後家だが死別だそうだな。家事はお茶の子さいさいで、年増といえどもまだまだ若ぇ。おめぇもそろそろ跡継ぎが欲しくねぇのかい？　店は小太が継ぐにしても、おめぇの味を受け継ぐ子を育ててぇだろう？」

我が子が欲しくないといえば嘘になる。

しんの字兄弟と接するようになって、晋平を羨むこともしばしばだ。これから生まれる甥か姪でさえ既に愛おしく、待ち遠しく思うのだから、光太郎の喜びは己の比ではないだろう。

だが、血のつながらない小太郎とて光太郎との絆は深い。

「……跡継ぎなら、俺の子じゃなくたっていいんでさ。誰か――腕のある職人なら俺ぁ喜んで育てやす」

なんとなく八郎を思い浮かべながら、昨年、恩人の新八に語ったことを孝次郎は権蔵にも繰り返した。

「それに俺の親父は根付師だったけど、俺と兄貴は二人とも今、菓子屋でさ。店は継ぎたきゃ小太が継ぎゃあいいが、小太はまだ七つだし、今から決めつけるこたねぇでしょう？」

「そうだなぁ……うちはうめぇこと愚息が跡を継いでくれたが、治太郎みてぇなこともあるしなぁ……」

つぶやくように言ってから、権蔵はにやりとした。

「それにしても、おめぇは一途なやつだなぁ。よし！　俺が加勢してやっから、今度暁音さんをうちに連れて来な。暁音さんの郷は信濃なんだってな。信濃といやぁ蕎麦だぜ、こうの字。秋新にゃあまだ二月あるが、うちの仕入れ先の主は信濃出だからな。うちの蕎麦だって菫庵に負けねぇだろう？」

秋新というのは秋の新蕎麦のことで、新蕎麦といえば春新よりも秋新を主に指す。

暁音とよく行く蕎麦屋は小網稲荷の近くの出店で菫庵ではないのだが、どちらにしても権蔵には面白くないと思われた。

権蕎麦に誘うというのは一案だ。

長屋に出入りしたがらない暁音だが、蕎麦屋なら共にしてもらえそうである。権蔵の後押しがあれば心強いし、近所の者の目に留まれば自ずと春や長屋の者も諦めてくれるだろう。

「じゃあそのうち……」

「そのうち？」

「ち、近々……そ、その、暁音さんに訊いてみやす」

「なんでぇ、こうの字、この腑抜け野郎が。蕎麦屋に行くのに、いちいち女にお伺いを立ててるようじゃあ駄目だ。しっかりしろい！」

鼓舞する権蔵に背中をはたかれ、半ば追い出されるように権蕎麦を出た。

自分でも情けなく思うのだが、暁音にはどうしても強気になれぬ。

権蔵の叱咤はともかく、少しでも暁音の歓心を買いたくて、孝次郎は蕎麦饅頭を作ることにした。

権蔵さんの言う通り、信濃国といやぁ蕎麦だ――

白く丸い蕎麦饅頭なら、注文の月見菓子にももってこいだ。

これぞ一石二鳥とばかりに翌日権蔵に蕎麦粉の仕入れ先を聞きに行き、その足で馬喰町よりやや南東に位置する難波町の、その名も「信濃屋（しなのや）」に向かった。

信濃屋は間口二間の店幅は二幸堂と変わらぬのだが、二間まるごと表通りに開いているため二幸堂よりずっと広く感じた。蕎麦粉が主な商品なのだが、傍らに少しだけ味噌や醤油もおいている。

蕎麦粉だけでもざっと十種はあるというのが、卯月（うづき）に墨竜に連れて行ってもらった葉茶屋・季良屋（きよしや）のこだわりを思い出させた。

「ええと、信濃の蕎麦粉を……」

「うちのはどれも信濃の粉だに」

店主と思しき男が苦笑すると、背後からも小さく噴き出した者がいる。

「味噌や醤油も信濃の物しかおいてないぞ、孝次郎」

「宗（そう）さん」

宗次郎（そうじろう）という、孝次郎と同じくかつての草笛屋の奉公人だ。八郎と太吉の兄弟子でもあった宗次郎は昨年末に草笛屋を辞め、岩附町（いわつきちょう）のいちむら屋という菓子屋に移っていた。

「蕎麦饅頭でも作ろうってのか？」

隠すほどのことではないから、孝次郎は素直に頷いた。

「ええ。——宗さんも？」

「私は年越しに備えて——ああ、旦那さまがうちでも晦日蕎麦を店の者に打たせようってんで、今から少しずつ若いのに教えておこうと思ってな」

「そうですか」

草笛屋では年越しに皆で食する晦日蕎麦を、修業を兼ねて持ち回りで店の職人が打っていた。

「どうせなら旨いものを作らせたいし食いたいと旦那さまが仰って、あちこち訪ねて、この店にたどり着いたんだ。ここはどの粉もそれぞれ旨いぞ」

宗次郎が店主を見やると、店主は盆の窪に手をやった。

「へへ、うちの石臼と挽き方は門外不出ずら」

粗挽きされた玄蕎麦こと蕎麦の実は、殻、殻が取れた丸抜き、上割れ、小割れ、花粉、といくつかに挽き抜き——選別——される。丸抜きと割れを挽いてふるったものは更科粉、一番粉と呼ばれ、中でも上割れのみを挽いたものは極上品だ。残りを更に挽くと二番粉、三番粉となり、外皮が多い三番粉が一番色も濃く香りも高いが、口当たりや喉越しは一番粉の方がずっと滑らかである。

産地の違う一番粉を二種買い求めると、先に買い物を済ませた宗次郎が言った。

「一杯どうだ？　ああ、酒じゃなくて蕎麦の話だ。この先に、ここの蕎麦粉を使う手頃な店があるんだが」

　孝次郎があまり飲まぬのを覚えていたようだ。

　宗次郎にいざなわれた蕎麦屋は権蕎麦に似た、夫婦が二人で営むこぢんまりとした店だった。

「……八郎と太吉は王子で達者にしてるんだってな？」

　――旦那さまには逆らうな――

　そう言って、太吉を庇おうとした八郎を失望させた宗次郎だが、弟弟子だった二人の行方は気にかけていたらしい。

「よいちっていう店で菓子作りをしとります」

「うん。しばらく前に今の旦那さまが羊羹を持ち帰ってくだすって、店の皆で味見した。あれは町中では真似できない味だな。水羊羹も食べてみたいが、王子まで行く暇はなかなかなくてな……」

　いちむら屋では上菓子を任されていて、売り物を作り終えると、若い職人を仕込んだり、新しい菓子を思案したりと忙しく過ごしているという。

「朝から晩まであっという間だ。藪入りもこき使われたが、今は通いで夜はゆっくりできるから悪くない。何より旦那さまがあすことは大違いだ」

　あすこ、というのは草笛屋のことに他ならない。

店の名を口にせぬのは亡き先代・信吉を偲ぶゆえの情けと思われた。

「旦那さまは菓子好きが高じて菓子屋を開いた――あすこの先代のようなお人でな。旨い菓子を作るためなら多少の無理は聞き入れてくださるし、いまだ私らに交じって菓子作りをすることもしばしばだ。水をけちるような莫迦な真似はけしてせん」

友比古という名のいちむら屋の主は宗次郎より一歳年下らしいが、宗次郎は孝次郎より五歳は年上だったと記憶している。信吉も三十路で日本橋に店を構えたというから、当年三十一、二歳の友比古を宗次郎が敬重するのは頷ける。

草笛屋の主の信俊は孝次郎より一歳年上の二十七歳だ。急逝した信吉の跡を継いだのは三年前だが、当時でも若輩者とは言い難い。「跡取りでも下働きから」という信吉の信念によって若い頃は孝次郎たちと菓子作りを学んだものの、労せず店主となったせいか、菓子に対するこだわりや職人を労う気持ちに欠けていた。

「あすこはいよいよ怪しいらしい」

「ってぇと？」

「上客が少しずつ離れているそうだ。売り上げは落ちてるのにつけは膨らむばかりだから、暮れに払えるかどうか判らんと……それなりの筋から聞いた話だ」

店主となった信俊は、遊興費を捻り出そうと、それまで使っていた上水を安物に切り替えた。反発した孝次郎は一人で餡炊き部屋に追いやられ、光太郎が二幸堂を興すまでの一年ほどひたすら餡を作って過ごした。

孝次郎より長く奉公していて、上菓子の職人として重用されていたにもかかわらず、宗次郎が草笛屋に見切りをつけたのは暖簾分けがふいになったからで、その理由は金繰りだろうと孝次郎は踏んでいた。

「あすこは、宗さんの暖簾分けを断ったそうで」

「私にはやれんと、はっきり言われたよ。私だけじゃなく、他の誰にもやるつもりはないと。台所が苦しいんだろうと思って、祝い金はいらない、間口一間の店でいいから支度金だけ出してくれって頼んだんだが、取りつく島もなかったな。店の暖簾は俺だけのものだ、うちが気に食わないならどこへなりといけ――と。どうもいちむら屋の名を出したのが気に障ったらしい。旦那さまのことは見知っていたが、誘われたってのは方便で、あすこに見切りをつけた後で売り込みに伺ったのさ」

「そうだったんで……」

宗次郎なりに先代が築いた「草笛屋」を守ろうとしたのだろう。言葉の端々に微かな無念が感ぜられて孝次郎はもごもごと相槌を打った。

「まあもう過ぎた話だ。私にも、お前にも。お前の方もうまくいってるようじゃないか。今年は大分儲けているらしいな。うちの勘定方がぼやいていたよ。お前一人で、うちの職人の三人前も四人前も稼いでいるんじゃないかってな。お前の働きぶりならありうることだが、働き詰めはよくないぞ。お前の他は手伝いが一人しかいないそうじゃないか」

「はあ。けどまあ、兄貴が年明けに嫁をもらいやして、俺も今は通いなんでさ。俺も気楽な独り身なんで、夜は長屋でゆっくりぐっすり休んどります」

「いや待て、孝次郎」

慌てて言って、宗次郎は困った笑みを浮かべた。

「通いなのは同じだが、私はもう独り身ではないぞ」

「えっ？」

「先ほど言った勘定方に年頃の……いや、少しばかりとうは立っているが、私からすれば妙齢の妹がおってな。私も皐月に祝言を挙げたのだ」

「皐月に……」

宗次郎がいつ「売り込み」に行ったのかは定かではないが、いちむら屋で働き始めたのは昨年末だ。とすると、ほんの四箇月ほどで帳場の者と打ち解け、妹の伴侶として見込まれて祝言に至ったことになる。

それとも……

「宗さんは、その勘定方のお人とは以前からのお知り合いで……？」

「いや、そいつとは何やらうまが合って、他の職人より先に馴染んでな。妹――お紺というのだが――とも初会で話が弾んで……まあ、そういう運びになった」

「そ、そりゃ、おめでとうございます」

祝辞は本心からだが、とんとん拍子に祝言に至ったことへの羨望や、同志を失ったような喪失感は否めない。

「お前もこれからだ」

孝次郎の胸中を察したのか、宗次郎がとりなすように言った。

「菓子作りしか能のない、三十路過ぎの私のような男でも好いてくれる女子がいたんだ。それに女子は総じて菓子好きだ。旨い菓子を贈るのも一手だぞ？」

華やかかつ細やかな上菓子を得意とする宗次郎である。おそらく紺という嫁にも、ことあるごとに女心をくすぐるような上菓子を土産としたのだろう。

だが、己がこれから作ろうとしている蕎麦饅頭は地味で素朴な――やくざな男たちにも食べてもらえそうな――菓子である。宗次郎の言葉は励みとなるどころか、孝次郎を悩ませた。

「お前の餡は本当に旨いからなぁ……旦那さまも舌を巻いておられたよ」

「旦那さんが？」

問い返した孝次郎へ、宗次郎は力強く頷いた。

「言ったろう？　旦那さまは無類の菓子好きなんだ。二幸堂の菓子は一通り食しているよ。どこの店へ出向いても土産を買ってきてくださるから、私も何度も相伴にあずかっている。旦那さまは小豆餡が殊にお好きでな。だからお前の菓子では、金鍔と斑雪がお気に入りだそうだ」

「あ、ありがたいことで」

「味噌饅頭も白粒餡の大福も旨かった。ああいう菓子ではお前にはとても勝てそうにないから、私はもう上菓子だけにするさ」

熟練者である宗次郎の飾らぬ言葉がじんとくる。

八郎や太吉のことなど、宗次郎に訊かれるまま半刻ほど語り合ってから、孝次郎は難波町を後にした。

六

宗次郎の称賛に気を良くして、孝次郎は蕎麦饅頭作りに精を出した。

餡はこし餡。柔らかく、口溶けのよい餡を合わせたいが、柔らか過ぎると包みにくい。丸めておけるぎりぎりまで水気を絞って整えると、次に皮に入れる山芋をすり下ろす。山芋に砂糖を加えてすり鉢で餅状になるまで丹念に練り、これに蕎麦粉を加えるのだが、蕎麦打ちと同じく、過不足なく練り込むのが難しい。練り込みが足りぬと皮が割れやすくなり、過ぎると皮が固くなるのだ。

「うん！　味よし、色よし、艶もよし！　今日も餡子は申し分ないねぇ」

鍋とへらについた餡を味見して七はご機嫌だ。

「味見もいいが、火を見ててくれ」

「判ってますよぅ。さっさと仕上げておくんなさい。ほら、お師匠さん、蒸しの支度はとうにできてんですよぅ」

「へぇへぇ」

孝次郎も餡には満足しているが、皮の材料の分量や練り込み、蒸し時間の試行錯誤に、ここしばらくは一日おきに早めに他の菓子作りと仕込みを終えている。

七ツを過ぎたが、助っ人と称して七が居座っているのは、蒸し立ての蕎麦饅頭を食するためだ。光太郎は今日は、暖簾を下ろすや否や出かけて行った。

平たくした皮に餡を包み、手早く丸く形を整え、まずは五つを蒸籠(せいろ)に並べた。

「八百数えてくんな」

「ほいきた、合点承知之助」

おどけて応えるも、火加減を見ながら蒸し時間を数える七は真剣だ。

蒸し上がるのを待つ間に次の皮を作り始めて、砂糖や粉、練り込み、蒸し時間を少しずつ変えてみる。一度目の饅頭を味見してから三度目の五つを作り、二度目の味見の後に四度目と、計二十個の饅頭を作ったところで七を帰した。

「ほんじゃ、お師匠、また明日」

残った蕎麦饅頭の半分を抱えてにこにこと七が板場を出て行くと、入れ替わりに葉と小太郎が顔を覗かせた。

「おしまいですか?」

「すっかり遅くなっちまって」

「ううん。私と小太はお風呂のついでに食べてきちゃったから、片付けは私がするわ。孝次郎さんは湯屋へどうぞ」

「ど、どうもすまねぇこって。――ああ、よかったらそこの饅頭を。六つありやすからお葉さんと小太に一つずつ、後は隣りに土産にしやすんで」

　歓声を上げた小太郎を撫でてから、孝次郎は湯屋へ向かう。

　湯上がりに権蕎麦に一歩足を踏み出すも、饅頭を四つ食べたばかりでそれほど腹は減っていない。また、まだ暁音に声をかけていないため、権蔵と顔を合わせるのが少々気まずく、孝次郎はすぐに踵を返した。

　晋平一家への土産を取りに今一度店に戻ると、光太郎が帰っていた。

　六ツは既に鳴ったものの、玄太たちと一緒だと言っていたから一刻ほどで戻ったのは早い方だ。

「おお、今日は早ぇんだな」

「いや、これからまた出かけんだ」

「これから？」

「ああ、ちょいと神田にな。おそらくあっちに泊まるが、朝には戻るからよ」

「泊まりって……いってぇどこに？」

「さあ、まだ決めてねぇが、神田なら誰かしら泊めてくれるさ。なぁに、玄太さんと一弥さんも一緒だから案ずるな」

そう言われても……

安心するどころか、玄太と一弥が一緒なら神田に行くというのは嘘ではないかと孝次郎は勘繰った。長次への贈り物がなんであれ、注文でも受け取りでも今から出向くことはないからだ。

もしや、太郎組は花街に繰り出すつもりでは――？

が、葉と小太郎の手前、問い質すのは躊躇われた。

――光太郎は約束通り翌朝帰って来たものの、何やらへそを曲げている。

「若旦那はどうしたんだい？」

客にはいつも通り愛想よくしているのだが、七も瞬く間に見抜いたようだ。

「昨晩、なんかあったらしいや」

「昨晩だって？」

玄太たちと泊まりだったことを告げると、やはり花街行きを疑ったのか七までむくれてしまった。

「朝帰りだったんだってね、若旦那？」

「ああ、うん」

「一体どちらにお泊まりで？」

「古巣の神田さ」

「玄太さんたちと三人で？」

「うん、まあな」

言葉少なにそっけない光太郎に七は――孝次郎も――ますます疑念を強くする。

その上光太郎は、昼過ぎにやって来た玄太と何やら話し込んだのちに、二階にいた葉を呼び出して店先を預けて出かけてしまった。

「今日もおそらく泊まりになると……」

困った笑みを浮かべた葉へ、幸次郎は内心舌打ちをした。

何やってんだ、兄貴――

葉に告げた通り光太郎はその夜戻らなかったが、翌朝、左の目尻と頬に隠せぬ痣をこしらえてきた。

七

「酔っぱらい同士、ちとやりあっちまいまして……」

盆の窪に手をやって光太郎は客の笑いを誘った。

拳も痛めたらしく、利き手には手ぬぐいが巻かれている。

喧嘩ののち、昨晩は松田町の塗物師・留春の家に泊まったという。留春は亡き父親の勘太郎と懇意にしていた職人で、孝次郎たちを赤子の時から知っている。

光太郎は女に手を上げぬし、怪我の具合からして相手は男に違いない。花街ならそれなりの男たちが目を光らせていて殴り合いの喧嘩は稀だろうから、どうやら女遊びではなかったようだと、孝次郎と七は——おそらく葉も——ひとまず胸を撫で下ろした。

だが孝次郎は、光太郎の言い分を丸々信じてはいなかった。

店が引けてから小太郎を連れて三人で湯屋に行くと、案の定、着物の下にもいくつか痣が見られる。

「おとっつぁん……いたくないの？」

「うん？　ああ、これっぱかしは屁でもねぇや」

おそるおそる問うた小太郎の頬を軽くつまんで、光太郎はにっこりとした。

「びっくりさせちまってすまねぇな。これからは酒も喧嘩も控えるからよ」

「しょうがねぇなぁ、おとっつぁんは」

誰だかから聞いた台詞を真似して小太郎が笑う。そこはかとなく自慢げなのも愛らしいが、孝次郎は笑ってばかりいられない。

「こりゃ『ちとやりあった』じゃ済まねぇだろう。どんだけの大立ち回りだったんだ？」

「そんな大したもんじゃあねぇさ。……酔ってたからなぁ。思ったより長引いちまったただけで、あっちも今頃、青たんだらけさ」

「留春さんも驚いたんじゃねぇのかい？」

「まあなぁ。『相変わらず、しょうがねぇな』って言われたよ」

「ふふ、まったくしょうがねぇなぁ」と、小太郎が繰り返す。

「ああ、まったくだ」

小太郎と顔を見合わせて微笑む兄に、孝次郎はそれ以上問うのを諦めた。

その代わり、「権蕎麦に寄る」と嘘をついて湯屋の前で二人と別れ、二人の背中が遠ざかるや否や、湯桶を抱えて東雲に向かった。

「おう、こりゃ以心伝心か？」

奥の縁台に座った涼二がくすりとして言った。

「ちょうどお前を呼びに行かせようかと思ってたのよ」

「さ、昨夜の——太郎組のことですか？　それとも宴の菓子のことでしょうか？」

「菓子の話も聞きてぇが、まずはやつらの話が先だ」

にこやかに孝次郎を手招きした涼二曰く、玄太と一弥もそこそこの痣を作って帰ったそうだ。

「光太郎が酔っ払って、他の酔客とつまらねぇ喧嘩をおっ始めたんで、一弥と二人で間に入って止めたってんだが——これこそつまらねぇ嘘さ」

止めに入ったくらいで、痣をいくつも作るような二人ではないというのである。

「あいつら——いや、おそらく玄太が性懲りもなく、でけぇ喧嘩を売り買いしたんだろう。一弥と光太郎はいいとばっちりだ。なぁ孝次郎、昨夜、やつらは光太郎の知り合いに世話になったんだってな？　お前、ちょいと神田まで出張って、何があったのか探って来ちゃくれねぇか？」

「はい。もとよりそのつもりでした。ここへ来たのは玄太さんたちの様子が知りたかったからでして。善は急げ、俺ぁ今から松田町に行って来やす」

「そう気張らずともいいんだが、早いに越したこたぁねぇ。相手によっちゃ意趣返しがあるやもしれねぇからな……荒事は俺たちの領分だ。まさかとは思うが、余計な手出しはすんじゃねぇぞ」

「合点です」

頷いてすっくと立ち上がった孝次郎を、涼二が呼び止めた。

「おい待て、こうの字。宴の菓子はどうなった？」

「そっちは蕎麦饅頭にしようと思いやす」

「ほう」

「つまみやすいように小ぶりにしやす。砂糖を控えて、餡はあんまり甘くならねぇようにしていやすが、一番粉は色は月のように白くても、どうも香りが今ひとつなのが悩みどころで――」

「ああ待て、こうの字。後は出来てから――食ってからのお楽しみだ。俺の楽しみを奪ってくれるな」

苦笑しながら涼二が遮る。

「蕎麦饅頭たぁ妙案だ。お前のいいようにしてくんな。菓子はお前の領分だ」

「合点です」

もう一度――今度は口元を緩めて孝次郎は頷いた。

八

提灯(ちょうちん)を片手に訪れた孝次郎を見て、留春が目を丸くする。

「昨日は光太郎、今日は孝次郎……まったくおめぇたちは仲がいいな。店の名を二幸堂にするだけあらぁ。しかも二人揃って手ぶらときた」

「す、すいやせん」

勢い余って来たがゆえに、手土産をすっかり忘れていた。

「ご無沙汰しておりやす。そ、その節は――あ、重箱をあつらえてくだすって、どうもありがとうごぜぇやす」

留春には恋桜を入れる重箱を皮切りに、注文菓子に使う重箱をいくつか安く作ってもらっていた。

「おう。光太郎はともかく、おめぇはご無沙汰にもほどがあらぁ。ええと、こないだ会ったのは――」

「おととしの、文月の藪入りかと」

草笛屋を出る数箇月前のことである。

「うん？　まだそんなもんか？　もう五年は会ってねぇような気がするぜ。なんだかでかくなりやがってよぅ」

この物言いは二年前と変わらない。二年前どころか、それこそ五年ほど前から顔を合わせる都度、同じことを言われている。

生後から二年前まで二十五年も松田町で暮らした光太郎と違い、孝次郎は十二歳で草笛屋に奉公に出た。藪入りでたまさか町に帰って来ても、生来の気質と火傷痕を恥じらうがゆえに町の者とはほんの二言三言挨拶を交わすだけだったから、留春の記憶には少年の姿が焼き付いたままらしい。

歳もあろう。

留春は勘太郎と同年代で、もう五十路の筈だ。物忘れが、というよりも、昔を懐かしむことが増えたのだろう。

また、たった二年でも町はちらほら、様変わり、代替わりしていて、己と似たような年頃の者たちが店や長屋を切り回しているのが見受けられる。

「あの……留丸さんは？」

がらんとした二間三間の長屋を見回して孝次郎は問うた。

留春は息子には恵まれなかったが、娘が三人いて、留丸という弟子を長女の婿に取った。妻は亡くなって久しく、次女と三女も嫁に出たが、二年前に訪ねた時は長女夫婦と二人の孫と、五人でここで暮らしていた筈だ。

「やつらなら、今は近所の長屋に住んでら。ほら、お末ばあさんが亡くなって、空いたところに越したのよ。あれもええと、おととしの如月か？」

「昨年の如月ですや」

この末が今際の際まで飼っていた鶉を光太郎に残し、光太郎がのちに彦一郎に譲ったのである。

「おお、そうか。いやはや男児二人ってのは止まらねぇのよ。朝から晩まで駆けずり回るもんだから、俺も留丸も仕事になんねぇ。だから飯ん時は俺があっちに通って、仕事ん時は留丸がこっちに通ってんのさ」

「そうなんで」

「そうなのさ。まったく、勘さんはすげぇや。男手一つでおめぇたち二人を育て上げたんだからなぁ」

まるでまだ勘太郎が生きているかのごとく話すものだから、ふいに懐古が胸に溢れて孝次郎はしばし言葉に詰まった。

「店は上々なんだってな」

「……おかげさまで」

「次は菓子を持って来てくれよ。味噌饅頭と……あれがいいな。あの、ちょいと酒の匂いがするやつ」

「斑雪ですね」

「そうそう、斑雪だ。洒落た名をつけやがって、こん畜生」

宿を頼むと、「今更、水くせぇ」と、留春は家に上がるよう促した。なんだかんだ、孫までいるのに夜一人というのが寂しいらしい。

留春と話して、光太郎たちが昨晩しか泊まっていないことが判った。一昨晩どこにいたかは知れないが、太郎組が注文した「贈り物」は印籠だと留春があっさり教えてくれた。

「俺んところに先に来たんだが、俺ぁ器が売りだからよ。それにもう、あんまし細けぇ絵は描けねぇや。文箱やら重箱やらは慣れてるが、印籠みてぇな小間物はどうもなぁ。けど留丸じゃぁまだ腕が足りねぇからよ。印籠なら哲三（てつぞう）に頼みなって俺が言ったのさ」

光太郎が玄太たちに引き合わせた蒔絵師の名が哲三だった。

「煙管や煙草盆はどうかとも話してたが、どっちもお気に入りがあるってんで、結句、印籠に落ち着いたのさ。『そんなら根付は俺が彫る』って、光太郎が張り切ってたぜ」

「兄貴が根付を……」

「おうよ。菓子屋の方が気楽でいいってんだが、すっかりやめちまうのはもったいねぇや。ほら、見事なもんだろう？」

立ち上がって、留春は簞笥の上から巾着を持って来た。

巾着についている柘植の根付は臼で、臼の中には丸くなった兎が大きな丸餅を抱えて眠っている。格別細かな細工ではないが、彫りは柔らかく丁寧で、少しふてぶてしい兎の意匠が光太郎らしい。

「これはおととし――いや、その前か。年男になるってんで、年越し前に留丸と娘が光太郎に注文してくれたのよ」

「そりゃ二人とも孝行者だなぁ」

「だろう？」

嬉しげに目を細めた留春に孝次郎も思わず顔をほころばせたが、同時に後悔の念が胸をよぎる。「孝行次男坊の孝次郎」と光太郎は人に孝次郎の名を説くが、幼いうちに亡くなった母親はもちろん、五年前に亡くなった父親にも大した孝行はしていない。

手代になった時ゃ喜んでくれたが――

十六歳で草笛屋では誰よりも早く手代になった孝次郎を、藪入りで勘太郎と光太郎が一緒になって祝ってくれた。己丑火事以来、勘太郎とはどことなくぎくしゃくしたままだったが、囃し立てる光太郎の傍らで、珍しく心からの笑顔を見せてくれたのが孝次郎には想い出深い。

ちょうど十年前となった二人の姿を思い出すと、光太郎が此度、再び根付を彫ろうとしているのが嬉しかった。

「けど、光太郎は昨日の喧嘩で手を痛めてたな」と、留春が眉をひそめた。

「そうなんでさ。その……相手が誰か、留春さんはご存知で？」

「うん？　兄貴の仇を討とうってのか？」

一転ににやにやしながら留春がからかう。

「いや、相手にも怪我させちまったそうなんで、様子を見に……」

「なんでぇ、つまんねぇな。けどまあ、仕方ねぇか。玄太と一弥ってのは堅気じゃねぇってからな」

一人合点して留春は続けた。

「印籠を受け取りに行って、哲三んちの近くの飲み屋で酔っぱらいと喧嘩になったとしか言わなかったが、相手はおそらく医者だ。『仁術が聞いて呆れら』と寝床で玄太がぼやいてたからな。俺ぁまだまだ耳はいいのよ」

――留春の家で夜を明かし、翌朝一番に孝次郎は上白壁町の哲三を訪ねた。

「昨夜は光太郎、今朝はおめぇか」

留春とは裏腹に、じろりと孝次郎を睨んで哲三は言った。

どうやら光太郎は三晩続けて神田に来たらしい。

「兄貴が昨晩来たんですか？」

「ああ来たさ。おととい、ここからの帰りしなに喧嘩になって、印籠が割れちまったから、もっかい作り直してくれってよ。莫迦にすんな、おととい来やがれと、すぐさま叩き出してやったけどな。つまらねぇ喧嘩で俺の逸物をあっという間におしゃかにしやがって！」

苦々しく吐き捨ててから、哲三は孝次郎を見た。

「うん？　とすると、おめぇ、兄貴に頼まれて来たんじゃねぇのかい？」

「俺は、兄貴が誰とやり合ったのか確かめに……」

「進次郎（しんじろう）って医者とその連れさ。往来でいきなり、光太郎とやつの仲間が喧嘩を吹っかけてきたんだと。光太郎も顔に痣をこさえてたが、あっちはもっとひでぇことやられたと、かかあが昨日ぷんぷんしてた。大事なお医者先生に、なんてことしてくれたんだってな」

「飲み屋じゃなく、往来でいきなり？」

「かかあが聞いてきた話じゃな」

「医者の名は進次郎ってんですね？」

「おう。永富町の良順（りょうじゅん）先生んとこの若先生だ」

永富町と聞いて孝次郎は閃いた。

良順という名には大いに心当たりがある。

「ありがとうござぇやす」

大きく礼を言って、孝次郎は上白壁町を後にした。

九

続く十日余りは飛ぶように過ぎ、葉月は十五日目となった。

観月にもってこいの晴れ空に、月見菓子を求める客が相次ぎ、七ツに早仕舞いするつもりが更に一刻も早まった。

八ツに暖簾を下ろすも、孝次郎と七は七ツまで蕎麦饅頭を作り、七ツで七が帰ってしまうと、孝次郎は出来立ての蕎麦饅頭をいくつか包んだ。

「ちと、伊沢町に行って来る」

「おう。長居はすんじゃねぇぞ。親分の宴に遅れちゃならねぇからな。てめぇは一日千秋だろうが、近頃お盛んだから積もる話はねぇだろう。昨日だって――」

にやにやする光太郎を軽く睨みつけて、孝次郎は店を出た。

今朝を含めてこの十日ほど、孝次郎は三日にあげず朝帰りをしていた。暁音と一緒だったと光太郎は思っているようだが、暁音には処暑(しょしょ)の前に会ったきりだ。

「月見菓子を作ったんで持って来やした」

戸口で声をかけると、「お団子かい?」と、隣人の徳が先に問うた。

「いや、蕎麦饅頭でさ」

「蕎麦饅頭?」と、今度は暁音が問い返す。

「親分に月見の菓子を頼まれやして。ほんとは月餅を作るつもりで――ああ、作ってはみたんですが、なんだかその、甘過ぎるってんで、みんなにつまんでもらえるように蕎麦饅頭になったんです。あの……暁音さんも蕎麦はお好きでしょう？」

「ええ、好きよ。もう少ししたら秋新ね」

包みを受け取って暁音が微笑む。

「月餅は清国のお菓子で、芋名月に家人みんなで分けて食べるんだったわね」

昨年、病床の弥代に語った際、暁音も傍らにいた。弥代が文月に亡くなったがゆえに、昨年の芋名月こと葉月の十五夜には、月餅は結句作らずじまいだった。

己の話したことを暁音が覚えていてくれたのは嬉しいが、ならば月餅を作ってくるべきだったかと、うっすら後悔の念が湧く。

「後で長屋のみんなとお月見をするのだけれど、孝次郎さんもご一緒にどう？」

「そ、それが、饅頭のついでに、親分のところに呼ばれてやして……」

「あら残念」

言葉とは裏腹に、思ったよりあっけらかんとして暁音は言った。

「じゃあ、引き止めちゃ悪いわね。このお饅頭、月餅の代わりに後でみんなと分けて食べるわ。わざわざ届けてくれてありがとう」

礼は言われたものの、できることなら己が「家人」――つまり伴侶として暁音と饅頭を分け合いたかったと、孝次郎は複雑だ。

「その……また近いうちに」

「ええ、また」

にっこりとした暁音に安堵しながら、孝次郎は足早に黒江町に戻った。

一旦長屋へ寄って、よそ行きとしている光太郎のお下がりに着替えてから店に戻ると、既に支度を終えていた光太郎が重箱を包んだ風呂敷を手にした。五十個用意した蕎麦饅頭は一寸余りと、七なら軽く一口で食せるほど小さなもので、留春が作った二重の重箱に綺麗に収まった。

「さ、行くぞ。早くしねぇと日が暮れちまう」

東の空には月が既に昇りかけている。葉から畳んだ提灯を受け取り、羨ましげな小太郎に見送られて、入舟町の長次の屋敷に向かった。

二部屋をつなげた広間で、宴は始まったばかりであった。子分たちは稼業も終業もまちまちで、仕事を終えた者たちから順に集まって来ているという。

孝次郎たちはまずは二人並んで、上座の長次に挨拶をした。

長次に促された涼二が風呂敷包みを解き、恭しく重箱の蓋を取る。

等間隔に並んだ蕎麦饅頭を見つめて、涼二が目元を緩めた。

「いろいろ試して、ちょいとつまめるように、うんと小さくしてみました。粉も一番粉ほど色はよくねぇですが、香りが立つ二番粉に。無論、三番粉の方が香りはいいんですが、そうすると色がなんだか――」

「野暮ったくなっちまうわな」と、涼二が先回りして言いつつ頷いた。

「そうなんで」

長次の許しを得て、涼二は早速一つつまんで口に入れ――「ふ、ふ」と静かに笑みを漏らした。

「砂糖は三盆糖にしたんだな？」

「はい。蕎麦や芋に合うかと、黒糖を使うことも考えやしたが、黒糖だとこくは深くなりやすが――」

「蕎麦の香りが霞んじまう」

にやりとした涼二に、孝次郎も思わず微笑んだ。

「そうなんで」

「二番粉でも充分白いし、むしろほんのり生成りなのが一番粉より芋名月にはふさわしいや。皮は薄いのにしっとり柔くて、餡はさらりとまろやかで……よくこんなのをこんだけ小さく、真ん丸に作ることができるもんだ。孝次郎、お前はほんとに無類の男だ」

「ど、どうも身に余るお言葉で……」

菓子好きの涼二からの称賛は嬉しいのだが、己が「無類の男」と呼ばれたいのは涼二ではなく暁音である。

「やい、こうの字、てめぇ、次郎だからってつけ上がんじゃねぇぞ」

杯を片手に、本気とも冗談ともいえぬしかめ面で玄太が言う。

――餓鬼じみたところがまた愛いやつでなぁ――

涼二の台詞を思い出して、孝次郎は形ばかり首をすくめて見せた。

「親父に恨まれる前に一つ供えてくるとするか」

小皿に一つ蕎麦饅頭を取り分けると、長次は孝次郎を見やって問うた。

「こいつはなんて名の菓子だ？」

「名はまだ……その、蕎麦饅頭としか」

忙しさにかまけて菓子の名付けまで気が回らなかった。慌てた孝次郎の横から光太郎がにこやかに言った。

「親分がつけてくだせぇ。――大親分みたいに何か、粋な名を」

蓮蓉餡に蓮餅(はすもち)を浮かべた皓月は、亡き元長の命名だ。

「俺はそんな柄じゃねぇ。親父と違って茶の湯もろくに知らねぇし、菓子もそれほど好きじゃねぇ。涼二、お前が名付けろ」

「俺だって、そんな柄じゃねぇですや」

「いいからつけろ」

「そんなら――」

開け放した戸の向こうの、暮れゆく空を束の間見つめて涼二は言った。

「ひねりはねぇですが、『良夜(りょうや)』ってぇのはどうでしょう？」

月の美しい夜のことで、中秋の名月の別名でもある。

「いいな」と、長次がにんまりとする。「文字通り、良い夜になりそうだ、なぁ、孝次郎？」

「ええ」

孝次郎が小さく口角を上げて頷くと、涼二も愉しげに微笑んだ。

光太郎が肘で小突いて囁いた。

「どういうことでぇ？」

「晴れてるから、いい月夜になるってことだろう」

孝次郎がとぼけると、長次が小皿を持って立ち上がる。

「おめぇたちもついでに線香をあげちゃくれないか？」

長次の後をついて仏間に行くと、光太郎が一礼して申し出た。

「それじゃ、一つ線香をあげさせてもらいやす」

「ちょいと待ちな。玄太と一弥も来るからよ」

「玄太さんたちも？」

微苦笑を浮かべた長次に光太郎が問い返す間に、玄太たちが追って姿を現した。

「涼二さんが、酔い潰れねぇうちに仏間に行って来いと……ったく、涼二さんは俺を見くびってんでさ。俺ぁ、ちっとやそっとじゃ酔わねぇし、親分の屋敷でへべれけになるような礼儀知らずでもねぇってのに」

「玄太さん」と、ふてくされる玄太を一弥が小声で止めた。

開いたままだった襖戸の向こうから、涼二がひょいと顔を覗かせる。

「涼二さん」

目を丸くしたのは玄太だが、孝次郎も少なからず驚いた。六尺の大男だというのに、足音がまったくしなかったからである。

「見くびってやしねぇよ、玄太。お前を潰すにゃ、酒が一斗は要るからな」

後ろ手に襖を閉めると、涼二はどっかと座って笑った。

「太郎と次郎が揃ったな」

仏間は八畳あったが、男が六人も座ると狭く感じる。

「涼二さん、俺は――」

「太郎組は、親分に何やら贈り物があるんだってな？」

玄太を遮って涼二が問うた。

「えっ？　あ、いや」

「なんでぇ、違うのかい？」と、長次ががっかりした顔をする。

「ち、違わねぇです。けどそいつは、ええと、もちっと待ってくだせぇ、親分」

「待てねぇな」

言下に言うと、長次は孝次郎を見た。

「孝次郎、出してくれ」

「はい」

頷いて、孝次郎は懐から袱紗(ふくさ)に包んだ物を取り出した。長屋に寄って着替えた際に、目立たぬよう仕込んできた代物だ。

一弥と光太郎が二人して、それぞれ整った眉をひそめた。

目を白黒させている玄太に包みを黙って差し出すと、涼二が玄太を無言で促す。

「まさか」と一弥と光太郎がこれまた同時につぶやいた。

「そのまさかよ」

くすりとした涼二の隣りで玄太が開いた包みから、黒塗りの印籠が現れた。

十

泥水に見立てた黒漆(くろうるし)の上に、伸びた蓮の葉と花が金色を基調に描かれている。

太郎組が、長次のために作らせた印籠と寸分違わぬ――哲三に言わせれば、むしろ前作より出来がいい――物の筈だ。

光太郎が口を開いた。

「こうの字、てめぇ、どうやって？」

「哲三さんに頭を下げたに決まってら」

「けど、哲三さんは、俺にはおととい来やがれと……」

「そら、兄貴がほんとのことを言わなかったからさ」

「言ったさ。喧嘩で割れちまったって、莫迦正直によ」

「だが、どうして喧嘩を売ったのかは言わなかったろう？」

「訳を話す前に叩き出されたからな。あの親爺、妙に腕っぷしが強い上に、手加減なしときた。こちとら、身体中痣だらけだったってのによ……」

——哲三から良順の名を聞いて、孝次郎はその日の夕刻に再び神田に出向いた。

進次郎の名は初めて聞いたが、その師だという良順は、つい先日急死した本山堂の治太郎の師でもあったからだ。

とすると、ただの喧嘩とは思えねぇ——

そう直感した孝次郎は、続く十日余りも神田に通い、時には留春の家に泊めてもらって真相を調べていたのである。

「おい、お前たち」と、涼二が太郎組を見回した。「こうの字がしっかり調べてきたからな。ねたは上がってんだ。とっとと喧嘩の次第を白状しやがれ」

一弥と光太郎を交互に見た玄太へ、一弥、そして光太郎が順に頷く。

観念したように玄太が口を開いた。

「喧嘩の前の日、光太郎とすけ屋で先に始めてたら、後から来た一弥がとんでもねぇ話を聞いてきやがったんで」

——本山堂の治太郎なんですが、女があれは殺しだって言うんですや——

数多(あまた)いる一弥の女の一人が永富町に住んでいて、寝物語に一弥が聞いたところによると、治太郎は転んだのではなく、兄弟子に突き飛ばされたというのである。

一弥の女は藤(ふじ)という名で、治太郎の死の真相を治太郎の弟分だった草太(そうた)という少年から直(じか)に聞いていた。

「お藤が言うには」と、一弥。「草太が物陰で今にもぶっ倒れそうな顔をしてたから声をかけたそうで。訳を話してごらんと諭してみたら、治太郎は実は殺されたのだと……ですが、草太はすぐに、今のはただの戯言だから誰にも言わないでくれと打ち消して、お藤が止める間もなく逃げちまったそうなんです」

「お藤の話は聞き捨てなんねぇ、兎(と)にも角(かく)にもその草太ってのに会えねぇかと、俺らは良順って医者の家を訪ねたんでさ。けど、光太郎は神田じゃ顔を知られてるし、一弥も同じ町のお藤のところへ出入りしてるってんで……仕方なく俺が行って、草太に言伝を頼まれたから呼んでくれって頼んだところ、なんと草太は暇を出されて家に帰ったと言われやして。その日はもう大分遅かったから、三人でお藤のところに泊めてもらいやした」

ますます疑念を深くして、翌日、太郎組は再び神田を訪れた。

ちょうど印籠が出来上がるという頃合いで、上白壁町の哲三を先に訪ねて印籠を受け取ると、太郎組は永富町へ移って良順の屋敷を窺った。

「出て来る者を見張ってたら、そのうち医者みてぇな若ぇのが二人来たから、一弥を残して、光太郎と後をつけたんでさ。尻尾をつかむまでは見張るだけにしようと思ったんですが、そしたらやつら一町と行かねぇうちに――」

――近頃、どうもよく眠れんのだ――

――治太郎の呪いやもしれんぞ――

――莫迦を言え。ならばお前こそ呪われてしかるべきではないか、進次郎――

――ふん。化けて出てきたところで、あんなやつ恐るるに足らん――

「もう一人はともかく、進次郎って野郎が笑いながら言いやがるんで、俺ぁ我慢できなくなって、やつらを問い質しやした。けれども、やつらはのらりくらりとつまらねぇ言い逃れをしやがるんで」

――言いがかりもほどほどにしてくれ――

――そ、草太は患者の命取りとなるような過ちを犯したがゆえに、先生から暇を出されたのだ――

――草太は女の同情を引くべく、つまらぬ嘘をついたのだ。我らが治太郎を手にかけたなど……なんの証拠もあるまいに――

「証拠がなくたって、顔や声で判りやす」と、光太郎。「腸が煮えくり返っちまって、つい手が出ちまいやした」

「おめぇがやらなきゃ、俺がやってた」

だからこそ光太郎は先に手を出したのだろう、と孝次郎は思った。

腸が煮えくり返ったというのも本当だろうが、玄太が――やくざ者が堅気に手を出したとなると、より大ごとになると踏んでのことだ。

「二人くらい軽くのしちまえると思ったんですが、町の者が進次郎に加勢してきやして、結句、玄太さんと一弥さんを巻き込んじまいやした」

まずは玄太、それから騒ぎを聞きつけた一弥が交じって、十人ほどの大立ち回りとなったらしい。番人が来る前に皆散り散りになったものの、哲三の妻の他にも光太郎を見知っている者が見物していて、光太郎がいたことはすぐに噂になった。

「女に弱り目を見せるとろくなことにならねぇと一弥が言い張るんで、その日はお藤のとこじゃなく、光太郎の知り合いの……留春さんちに行ったんでさ」

――酔っ払いにいきなり殴りつけられまして――

孝次郎が番人に聞いたところ、進次郎はそんな風に話したそうだ。番人は町の者からも話を聞いていて、孝次郎が訪ねる前に光太郎の素性を既に知っていた。

だが、喧嘩は両成敗が通例だ。

光太郎を咎めれば、進次郎たちを始め喧嘩に加わった町の者にも障りがあると判じて、不問に付すことにしたという。

「あいつら――いや、進次郎ってのが治太郎を殺ったに違いありやせん」

長次と涼二を交互に見つめて、玄太が断言した。

「やつはもう一人と二人がかりで光太郎を殴る蹴るしてから、大げさに助けを求めて町の者を巻き込みやがった。だから俺も一弥も、光太郎ばかりに任せてられなくなりやして……町の者がやつらを庇って、やつらの代わりに俺たちにかかってきたんですが、俺は見やしたぜ。進次郎の野郎、か細い声で町の者の同情を引きながら、目は爛々(らんらん)としていて俺たちがやられるのを愉しんでやした。なんとか証拠をつかみてぇんですが、俺らはしばらくあの辺りには近付けやせんし……」

「証拠なら孝次郎がもう挙げてきた」

長次の台詞に、太郎組が一斉に孝次郎を見た。

「その……草太は芝にいる請人のもとにいやした」

医者の妾の息子だという草太は十五歳で、四年前、母親が亡くなった際、父親の知人を請人に、奉公人として良順に預けられた。良順はやもめで娘が二人いるが息子はいない。屋敷はそう広くないが、志ある者には門戸を開いてやりたいと、治太郎を含め六人の弟子がいた。歳や立場は違えど、前後して屋敷にきたのが縁で、治太郎と草太はすぐに打ち解けたそうである。

草太が治太郎の弟と一つしか違わぬ歳だったのも、二人をより近付けた。兄弟のごとく仲の良い二人を良順は喜び、やがて治太郎や他の弟子の勧めで草太を奉公人から弟子に取り立てたのだが、それが進次郎と為之介(ためのすけ)というもう一人の弟子には面白くなかったようだ。

共に二十歳過ぎの進次郎と為之介はよき兄弟子を装いながら、裏でこまごまと草太をからかい憂さ晴らしを始めた。気付いた治太郎が二人を咎めると、自省するどころか年下の治太郎の進言に腹を立て、からかいは更に手の込んだ嫌がらせに発展していった。

「治太郎が死んだ前の日、進次郎がある患者の薬の処方を間違えたそうです。草太が気付いて当たり障りのないようそっと口を挟んで、患者も『弘法も筆の誤り』だと笑い飛ばしたってんですが、進次郎は人前で恥をかかされたと腹を立て、翌日、良順先生が他の弟子と出かけた隙に、為之介と二人で草太を挟み、嫌みを言い始めたそうです」

治太郎が気付いて止めに入ると、「お前は引っ込んでろ！」とまずは進次郎が治太郎を為之介の方へ押しやり——否、突き飛ばし——よろけた治太郎を受け止めた為之介がもう一度、ふざけて進次郎の方へ押し返した。

「けど、進次郎は受け止めずにさっと身を避けたんで、治太郎はそのまま仰向けに転んで薬研で頭を打ちやした。治太郎が呆気なく逝っちまったんで為之介は慌てたそうですが、進次郎は至って冷静に、お美緒さん——良順先生の下の娘——を盾に草太を口止めしたんです」

良順の次女の美緒は草太より一つ年下で、病弱でしょっちゅう服薬している。進次郎は草太が美緒に想いを寄せているのを知っていて、真相をばらせば美緒の薬に毒を混ぜると脅したのだった。

「進次郎はお美緒さんのお姉さん——お奈緒さんの許嫁でした」

「なんだと？」と、玄太が眉根を寄せた。

「先生に訴えたところで、己と進次郎なら先生は進次郎の言い分を信じてしまうだろうと草太は考えやした。それで、お美緒さんのためにも一度は脅しに屈したものの、慕っていた治太郎に申し訳なく鬱々として、外でお藤さんについこぼしてしまったんです。進次郎はお藤さんのことは知らなかったようですが、草太が誰かに漏らしたようだと勘付いて、あらぬ失敗をでっちあげ、良順先生に進言しやした。先生に呼ばれて草太は、弁解したところで進次郎の嫌がらせはやまぬだろう、先生の説得は請人と相談するとして、己はとにかくお美緒さんから離れた方がよいと判じて、やってもいない過ちを認めて屋敷を去ったそうです」

　孝次郎が一息入れると、玄太より先に一弥が問うた。

「こうの字、おめぇ、そんだけのことをどうやって調べ上げた？」

「まずは番屋を訪ねたのちに、そちらさんと同じく、俺も草太が出てったのを知らずに良順先生のもとへ行きやした。でもって、同じように門前払いを食らいやしたが、すぐにお奈緒さんが追っかけて来て、互いに知っていることを洗いざらい話すことができたんです。治太郎が死した時、妹のお美緒さんはなんと一部始終を聞いていやした」

「なんだと？」と、今度は太郎組三人の声が重なった。

美緒は実は密かに草太に想いを寄せていて、進次郎たちが草太に冷たくしているのをそれとなく察していた。あの日美緒は、父親が出かけたのをいいことに草太の様子をこっそり覗きに行って、進次郎たちが草太に浴びせた嫌み、止めに入った治太郎の死、続く脅しの全てを聞いた。

「あまりのことに、息を潜めて部屋へ戻ったお美緒さんは、そのまま寝込んじまいやした。進次郎にぞっこんのお姉さんには相談し難く、さりとて草太と話す機会を窺うも叶わず、そうこうする間に草太は屋敷を去ってしまい……もしや進次郎は己の盗み聞きを知っていて、今にも毒を盛られるのではないかと、部屋にこもってしまったんです。お奈緒さんはすっかりやつれたお美緒さんを案じてなんとか話を聞き出しやしたが、にわかには信じられずにいたところ、玄太さん、それから俺が五日と空けずに草太を訪ねて来たんで、俺を追っかけて来たそうです」

互いの話をつなぎ合わせて事の次第を悟ると、孝次郎は哲三宅へ、奈緒は父親のもとへとすぐさま次の行動に移った。

懸命に喧嘩の理由を話すと、哲三は印籠の作り直しを承諾してくれた。

良順も奈緒と美緒の訴えを聞いてから、進次郎と為之介以外の弟子を一人ずつこっそり呼び出したという。また、患者にもそれとなく訊ねてみたところ、進次郎がこれまでに幾度も草太を始めとする他の弟子たちの、虚偽の失態を良順に伝えていたことが判明した。

「それから良順先生は自ら草太のところへ赴きやした。草太と話して全てを明らかにした上で、昨日、進次郎と為之介を呼びつけました」

「そ、それでやつらはどうなった？」と、玄太が身を乗り出した。

「先生は二人に破門を申し渡しやした。進次郎は本性丸出しに怒鳴り散らして逃げ出しましたが、為之介は治太郎を殺めたことを悔いていて、先生と一緒におとなしく番所へ行ったそうです。殺すつもりがなかったこと、薬研の上に倒れたのは不慮の災難でもあったことなどで、本山堂がよしとすれば為之介は遠島で済むやもしれません。進次郎も三町も行かねぇうちに捕まったそうですが、こっちは打首を免れねぇやもという話でした。昨晩はまだお調べ中とのことでしたが、今頃もう本山堂にも知らせがいっているかと思いやす」

殺しの刑罰は斬首だが、誤って殺人に至った際には死者の身寄りの寛恕があれば刑が軽くなることもある。

孝次郎は昨晩、哲三のところへ印籠を取りに行ったのちに良順宅に寄り、事の始末を聞いたついでに泊めてもらった。

「ちょうど草太も芝から出て来てやして、夕餉の席でみんなでこれからの話をしやした。先生たっての願いで、草太は弟子に戻ることになりやしたが、医術を一通り修めたのちゆくゆくは……本山堂で働きたいそうです」

「本山堂で？」と、問い返したのは涼二だ。

　昨日の今日だから、進次郎の捕縛を含め、涼二と長次も初めて聞く話である。

「ええ」と、孝次郎は頷いた。「治太郎にはこれまで散々助けられてきたし、あの日も治太郎は己の身代わりになって亡くなったのだと……治太郎の代わりにはなれねぇが、医術を一通り修めた暁には、治太郎の意を汲んで、本山堂にその恩を返したいとのことです」

「そいつぁ嬉しい話だな。俺たち——その、深川のもんにはよ」

　玄太が言うのへ、長次を始め、皆が頷く。

　印籠を手に取って長次が玄太に微笑んだ。

「蓮の花たぁ、おめぇにしちゃ気の利いた意匠じゃねぇか」

「そら親分、泥の中でも花を咲かせて実を結ぶのが、我らが深川の東不動——ってなもんで」

「ほう」

「そもそもお不動さんは、大日如来(だいにちにょらい)さんの化身でさ」

「うむ」

「大日如来さんといえば仏の中の仏、ほらあの、ま——曼荼羅(まんだら)でも真ん中におわしやす。曼荼羅の真ん中ってのは仏さんがお座りになってる蓮の花、ええと、蓮華(れんげ)を象ったものでして……ええとそれから、ああそうだ。蓮の実ってのいい滋養になりやして、疝気や腹下し、不眠や、し、心痛にも効きやして……ええい、畜生！」

今にも噴き出しそうな涼二の顔を見て、玄太は口を尖らせた。

「どうせ全部こいつらの受け売りでさ。俺ぁ、お不動さんが背にしてる火焔に、剣や羂索の意匠はどうかと思ったんですが、こいつらばかりか、哲三まで『野暮の極み』だと言いやがるんで」

「ふ、ふ、そりゃあ――なぁ、涼二？」

「ええ、親分」

相槌を打ってから、涼二はむくれる玄太に微笑んだ。

「意匠はさておき、受け売りでもよく覚えたもんだ」

「ああ、玄太にしちゃあ上出来よ」と、長次も頷く。「――なぁ玄太、意匠よりも印籠よりも、おめぇの――太郎組の心遣いや心意気が俺には何よりの贈り物だ」

「へぇ……」

「此度はおめぇたちの喧嘩が孝次郎を神田へ向かわせ、結句、治太郎の仇討ちが叶ったが、玄太、おめぇはどうも血の気が多くていけねぇ。俺や涼二に一言話してくれりゃあ、神田での大立ち回りは避けられたろう」

「はっ！　申し訳ありやせん！」

頭を下げる玄太の横で、光太郎も神妙に聞いている。

「避けられねぇなら荒事もやむなしだがな、おめぇもいい歳だ。血の気で喧嘩を売り買いすんじゃねぇ。身体が利くかどうかじゃねぇんだ。腕っぷしだけじゃ、ついてくる者は限られてくる。おめぇが涼二を慕うように、おめぇを慕う者がいるってのを忘れるな。――澄ました顔してやがるが、一弥、おめぇもだぞ？」

「へい。心得ましてございます」

澄まして一礼した一弥に苦笑して、長次は再び玄太を見やった。

「俺は親分、おめぇは子分……本山堂じゃねぇが、逆縁はごめんだぜ」

「け、けど親分、俺ぁいつだって親分の盾になる覚悟で――」

「そうさせねぇのが俺の仕事だ」

玄太を遮ってきっぱり言うと、長次は印籠を光太郎に差し出した。

「早速使いてぇところだが、根付がねぇんじゃ様にならねぇ。また近々、根付と一緒に持って来てくれ」

「かしこまりやした」

深々と頭を下げて光太郎が印籠を受け取ると、長次は膝を打って立ち上がった。

「さぁて、宴に戻るとしようや。皆に知らせたいこともあるしな……」

十一

――涼二を俺の跡目とする――

それが長次が「皆に知らせたいこと」であった。

元長は傘寿（さんじゅ）を迎えてから亡くなったが、元長が三十路過ぎてから生まれたという長次は五十路前で墨竜と変わらぬ年頃だ。二十歳前後で娘を二人授かったのち、更に十二年を経て一人息子の元一（もといち）を授かった。

孝次郎が此度初めて顔を合わせた元一はまだ十六歳で、鼻や口、身体つきこそ長次に似ているものの、目は穏やかで、末は仏師になりたいそうである。長女は身内の、次女は外の男にそれぞれ嫁ぎ、どちらも子宝に恵まれたが、元一に万が一のことがあっても夫や子供を跡目とする気はないらしい。

血縁ではないが、涼二は長次の右腕だ。その涼二が跡目となるのに反対する者はいなかった。もとより皆、元一では務まらぬと思っていたふしがあり、また、玄太のごとく長次と涼二を敬慕してやまない者たちである。

元一も跡目から解放されたのがよほど嬉しかったのか、皆に酌をして回り始めた。

女気がないせいもあろうが、男たちは皆、今宵の宴が元長を偲ぶものでもあると承知していて、酒が進んでも羽目を外す者は見当たらない。

孝次郎たちは隅の方で半刻ほど遠慮がちに飲み食いした後に、そっと暇を告げて家路についた。

「良夜とはまさにこのことよ」

光太郎に倣って、孝次郎も空を見上げた。

東方から真ん丸の姿を現した月が、更に高みへと昇っていく。

「うん。いい夜だ。兄貴の驚き顔も見れたしな」

「てやんでぇ。それを言うなら、おめぇの得意顔の方が見応えあったさ」

にやにやして歩き出した光太郎に孝次郎も足を揃える。

提灯で足元を照らしながら、孝次郎は切り出した。

「なぁ、兄貴」

「なんだ？」

「草太のことなんだが……明日、良順先生と本山堂に出向くってんだが、兄貴も一緒に行って、本山堂に話を通してやってくれねぇか？」

「なんで俺が？　仲立ちを頼まれたってんなら、おめぇが自分で行きゃあいい」

「で、でも、こういう話は兄貴のほうが……俺よりずっと弁も立つし」

己が勝手に引き受けてきたせいで、何やらへそを曲げたのかと思いきや、光太郎はにやにやしたままである。

「さっきはしゃんとしてたじゃねぇか。すらすらと、親分たちの前だってのに、ちっとも物怖じしねぇでよ。俺ぁな、こうの字。俺ぁ……なんだか鼻が高かった」

「兄貴」

「お奈緒さんも、哲三さんも、良順先生も、草太も――みんな、おめぇの話をちゃんと聞いてくれたんだろう？　おめぇを信じて、ほんとのことを明かしてくれたんだ。こうの字、おめぇもなかなかやるじゃあねぇか……」

何故だか光太郎の顔を見てはいけない気がして、孝次郎は提灯の灯りを追いながら黙々と足を動かした。

汐見橋を渡り、永代寺門前町を二町は無言で歩いた。

まもなく五ツが鳴るだろうが、通りにはいつもより屋台が多く並んで賑やかだ。

そこここで月を愛でる声を聞きながら、孝次郎は再び口を開いた。

「……なぁ、兄貴」

「なんだ？」

「帰ったら根付を見してくれよ。もうとっくに仕上げてあるんだろう？」

「……おう」

「蓮の実――じゃ、小さ過ぎるか。とすると蕾か蓮根か？」

「そいつぁ、見てのお楽しみだ」

調子を戻して、こちらを見やった光太郎がにっこりとする。

「久しぶりに彫ってみたが、それがおめぇ、てめぇで驚くほどのいい出来なのよ」

――なんも驚くこたぁねぇ。

「そんなにすげぇのが出来たのか？」

「おう。こうの字の良夜に負けねぇ出来だ」

「ふうん、そいつぁ楽しみだ」

どちらからともなく――孝次郎たちは、まっすぐ黒江町へ続く道を急ぎ始めた。

長月の福如雲

ながつきのふくじょうん

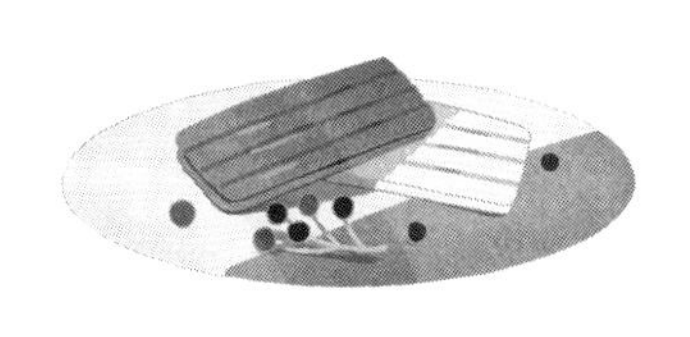

一

「それがねぇ、ほんとにいい男だったんですよぅ……」

いつになくうっとりとして七が言う。

「まあ、そんなに?」

問い返したのは、手伝いで板場に入っている葉だ。

「ええ。お師匠と若旦那を足して二で割って、お金持ちにしたような殿方が友比古さまなんです」

師匠というのは孝次郎、若旦那は光太郎、友比古はいちむら屋の主のことである。

「ふん。なぁにが『友比古さま』だ。宇一郎さんに言いつけるぞ」

店先へ続く暖簾から光太郎が顔を覗かせ鼻を鳴らしたが、七は「ふふん」と鼻を鳴らし返してどこ吹く風だ。

「うちの人は、こんなことで焼き餅焼いたりしませんよぅだ」

「けっ」

「友比古さまは、お顔は光太郎さんに、板場では孝次郎さんに及ばないけど、大の甘い物好きで、美味しいお菓子を食べたい一念であのいちむら屋を興したってんだからねぇ。江戸のお菓子のことも――この私には負けるけど――よくご存知で、もう惚れ惚れしちまいましたよ。ああそうそう、どこぞの若旦那のように大人げない物言いや、やっかみとは無縁の品のあるお人だしねぇ……」

孝次郎と葉が噴き出すと、光太郎は再び「けっ」とつぶやいて暖簾の向こうに消えて行った。

昨日、孝次郎と七は早めに菓子作りを終えて、いちむら屋を訪ねた。

宗次郎に勧められてのことである。

以前、草笛屋で一緒に働いていた宗次郎は昨年末に、いわゆる十軒店界隈に店を構えるいちむら屋に移った。文月(ふみづき)に信濃屋で孝次郎と再会した宗次郎は、中秋の名月の次の日に深川まで孝次郎を訪ねて来た。

――一度、店に遊びに来ないか?――

主の友比古からの誘いでもあると聞いて、孝次郎と七は次の「修業」――という名のよその菓子屋の「味見」――に、いちむら屋に行くことにした。

三十路過ぎの友比古は、七が言うように孝次郎たちを足して二で割ったがごとく、そこそこ男前で、そこそこ菓子作りが上手かった。

――菓子職人になりたかったんだが、どうも目立った才はないようでね。職人になるのは諦めて、店を開くことにしたんだよ。菓子屋の主になれれば、好きなだけ菓子が食べられると思ってねぇ――

似たような理由で二幸堂に勤め始めた七は、友比古と瞬く間に打ち解けた。

また二人とも江戸中の菓子屋に精通していて、どこそこに菓子屋が開いただの、どこそこでは新しい菓子を売り始めただのという話が尽きない。

「二人とも、まるで歩く菓子番付でさ」

「ふふ、目に浮かぶようだわ」と、葉。

詳しくは語らなかったが、友比古は裕福な家の出らしく、いちむら屋の元手は家が整えてくれたようだ。以前は一膳飯屋と蕎麦屋だったところを二軒分丸ごと建て替えており、まだ新しい店は看板から店先、板場、座敷まで、全てが整然と小洒落ていて、かつ清潔だった。

「うちも綺麗にしている方とは思うんですが……」と、孝次郎は板場を見回す。

「まあねぇ」と、七。「でも、うちとは広さがまったく違うよ。あっちは餡子のかまどだけで四つもあるんだもの。店先はうちと変わらない大きさなのに、あんなに奥が広いなんて」

客用の座敷へと続く廊下に坪庭があるのはまだしも、板場が廊下と隣り合わせになっており、覗き窓から客が板場の様子を窺うことができるのには驚いた。

餡炊きのかまどが多いのは、いちむら屋の菓子が、串団子と大福以外は注文の上菓子だからだ。店先でも日替わりで売る上菓子を二つ決めていて、この二つなら待つのを厭わなければ前もって注文していなくても買えるという。

「でもねぇ、ふふふ、もともとは団子と金鍔(きんつば)だったんだって。でもうちの金鍔を食べてから、金鍔はやめて大福にしたんだって。ねぇ、お師匠？」

「あら、それは嬉しいですね、孝次郎さん？」

「はあ、まあ……」

——二幸堂の金鍔は江戸一だよ、孝次郎さん。うちのも旨かったんだがそちらのを食べて以来どうもねぇ。焼くのも一手間だし……ってのは負け惜しみだがね——

にこやかに友比古にそう言われて、孝次郎は面映ゆさを隠せなかった。

店で出している上菓子は春先の練切の恋桜(こいざくら)のみだが、時折茶会などの注文菓子を作ることを話すと、友比古は目を輝かせて喜んだ。

「四季の川に、残秋(ざんしゅう)、天道(てんとう)にも興味津々だったけど、なんならお師匠をいちむら屋に招いて、出来たての上菓子を食してみたいとも言ってたねぇ。材料はなんでも用意するからってねぇ。もうなんだか私の方が舞い上がっちまったよ。だって、職人冥利に尽きるじゃないのさ、ねぇ、お師匠？」

「ああ」

七ほどではないが、思いのたけ菓子が作れると思うと孝次郎の胸も浮き立った。

宗次郎を始めとするいちむら屋の職人と比べられるだろうが、怖じ気はほんの僅かなものだ。それよりも若い頃から温めてきた上菓子の案があれこれ溢れてきて、昨夜はなかなか寝付けなかったほどである。

「なぁ」と、暖簾の向こうから光太郎が再び声をかけてきた。

どうやら客の相手をしながらも、ずっと聞き耳を立てていたようだ。

「恋桜だけじゃなくて、うちも季節に合わせて上菓子をいくつか出さねぇか？」

「妙案でございます、旦那さま」

七が即座に追従するのへ、葉が口に手をやって笑いをこらえた。

「まあ、そのうち……」

曖昧な返事を返して、孝次郎はさりげなく板場を見回した。

「えへへ、お菓子が増えれば味見も増えるものねぇ。そういえば、昨日は友比古さまが上菓子と団子、大福をそれぞれ三つずつも土産に持たせてくれて――」

「なんでぇ、やっぱり菓子につられただけか。そんなこったろうと思ったぜ」

「何を仰います、旦那さま。いい男ってのは総じて太っ腹なんです。旦那さまも味見は一つずつなんてけちけちしたことは言わずに、ここは一つ友比古さまを見習って味見は三つずつ――いいえ、二つずつでもいいんですよ？」

「けっ、莫迦莫迦しい。寝言は寝て言いやがれ」

孝次郎とて上菓子を作りたい気持ちはあるが、店で出すとなると複雑だ。

上菓子としては単純な恋桜でさえ、店頭に並べるのは控えて、作り立てを食べて欲しいというのが職人としての本音である。

かまどが三つしかなく、今出している菓子を作るにも手狭な板場がいつにも増して恨めしい。また七はよくやってくれていて、葉も今日のように忙しい時には手伝ってくれるのはありがたいが、本職が己一人では作れる菓子にも限りがある。

二人の掛け合いに葉は微苦笑を浮かべたが、孝次郎はかまどの鍋を差し替えながら、皆に聞こえぬよう小さく溜息をついた。

二

草笛屋に行ってみようと思い立ったのは、いちむら屋を訪ねてから七日後だ。

――あすこはいよいよ怪しいらしい――

文月に宗次郎からそう聞いてから、どことなくずっと気にかかっていた。

秋分を四日過ぎて、日がますます短くなっているというのに七も同行を申し出た。

「私もほら、あれ以来すっかり足が遠のいててさ」

あれ、というのは昨年の春、両国橋で手代の浩助(こうすけ)を殴ったことである。

葉に頼み込んで朝から手伝ってもらい、八ツ過ぎには店を出ることができた。

小走りに永代橋から南新堀町、亀島町から新場橋を渡った。新右衛門町に沿って大通りへ出ると、道を挟んだ数寄屋町の角に草笛屋がある。

短くも店の前に行列が見えて、何やらほっとしたのも束の間、列に加わる前に表へ出て来た手代の浩助に見つかってしまった。

「お前たちに売る菓子はないぞ」

信俊の腰巾着の浩助はそう言って、追い払うように手を振った。

「客に向かってその言いようはないでしょう」

むっとして七が言うと、浩助は小さく鼻を鳴らした。

「誰が客だ。うちに喧嘩を売っておいて、よくのこのこと顔を出せたもんだ」

「喧嘩を売ってきたのはそちらでしょうに」

声を高くした七には応えず、浩助は愛想笑いと共に並んでいる客に頭を下げる。

「お騒がせして申し訳ありません。深川の菓子屋の者たちなのですが、うちを妬んで、あることないこと言い立てるものですから、出入りを禁じているのです。まったく困ったものでございます」

「なんですって！」

憤慨する七を、孝次郎は慌てて店先から引き離した。

「妬んでるのも、あることないこと言い立ててるのもあっちじゃないのさ」

「けど、ここで喧嘩腰になっちゃあ、やつの思う壺だ……これじゃあ、今日は菓子は買えねぇや。短気は損気だぜ、お七さん」

「うう」

「そうとも、短気は損気じゃ」

菓子が買えぬと聞いて唇を噛んだ七の後ろから、朗らかな声がした。

振り返った七の向こうに、二人の見知った男たちがいる。

「鐵真さんと……ええと、嘉泉さんじゃなくて――」

「桃山といいます」

「ああ、そうでした。桃山さん」

鐵真を含め、桃山も嘉泉も墨竜の茶会の常連客だ。

桃山とは面識はなかったが、それこそ七が両国橋で信俊と浩助をやり込める前に、嘉泉と桃山が一緒にいるところを見かけたことがあった。

鐵真の本名は仁左衛門といって、草笛屋からほど近い、土佐屋という打物屋の隠居である。年明け早々に小太郎を攫い、手にかけようとしたのがこの鐵真の孫の松弥で、かつての土佐屋の跡目にして信俊の友人でもあった。小太郎の一件では口止め料を積んだ鐵真のおかげでお上の裁きを免れたものの、身内からは「江戸払い」とされ、今は下野国の親類の店で下働きをしている。

鐵真たちは通りすがりに、孝次郎たちが邪険にされたのを見ていたようだ。事情を話すと「それなら儂らが買って来てやろう」と、二人して草笛屋に足を向けた。

もののひとときで戻って来た鐵真に誘われ、孝次郎たちは土佐屋の座敷でそれぞれ菓子を賞味した。

上菓子はいちむら屋と同じく注文になるため、買い求めたのは大福に金鍔、それから白餅という白こし餡を包んだ白い求肥に三盆糖をまぶした菓子の三種だ。

「うん……こりゃあ……」

三種を瞬く間に平らげた七が眉尻を下げたが、大福を食べただけの孝次郎も同じ気持ちだ。

旨くなくはないのだが、皮はやや固めで餡は以前より甘味に欠ける。

「甘さを抑えて、小豆の風味を際立たせた餡はありますが、これがそれとは言い難いです。これじゃあただ砂糖を減らしただけで……」

「うむ。しかも春先から四文も値上がりしたんだよ」と、桃山。

「というと、大福は今二十文？」

前の値段を知る七が目を剝いた。

「孝次郎さんがいなくなってからは、十六文でもぼったくりだと思ってたのに」

七の台詞に頷いて、鐵真が声を低めた。

「……内証が大分苦しいらしい」

「そう聞きました」

「近頃はもう、儂の周りで草笛屋に行く者はおらんでな。並んでいるのは番付を持ったお上りだけじゃ。草笛屋は前の番付でまだ関脇じゃったし、草笛屋の懐紙には店の印が入っておるでの。お上りはあの懐紙に包まれた菓子を頰張りながら、表店を冷やかして回るのが粋だと思っておるんじゃ。注文菓子はまだましなようじゃが、儂の見立てじゃ、次の番付では前頭落ちもありうるぞ」

　相撲の番付に見立てた各種の番付は、「別格」とされる行司から、大関、関脇、小結、前頭、十枚目、幕下の順に続く。孝次郎が知る限り、草笛屋は関脇から落ちたことがない。二幸堂は春の番付では前頭の中ほどに名があった。

　前頭落ち――

　当然の報いであったが「様を見ろ」とは思えなかった。

　信俊の店主としての仕打ちと不才を蔑むよりも、先代の信吉が皆と築いてきた味と誉れが消えゆくのが無念でならない。

　茶を一杯だけ振る舞ってもらい、七ツの鐘を聞いてまもなく辞去したが、表へ出ると七が上目遣いに孝次郎を見た。

「ねぇ、お師匠。ちょっとだけ足を延ばして、いちむら屋に行きましょうよ」

「口直しか……」

「そうですよ。朝から一心に働いたのは、美味しいお菓子を食べるためです。味が落ちたのは判っていたことですけどね。腐っても関脇があんまりです。日本橋の名折れです。あんなお菓子じゃ今日という日を終われません。それにお師匠、旦那さまからいただいたお菓子代は、まだそっくり残ってるじゃないですか」

　孝次郎が差し出した菓子代は「いらん、いらん。これしきなんでもないわ」と鐵真に断られていた。

「判った」と、孝次郎は苦笑を漏らした。「判ったから、往来で『お師匠』はやめてくれ」

「判ってくれりゃいいんですよ。さささ、売り切れ御免となる前に早く」

人混みを避け、日本橋ではなく江戸橋を渡ることにする。

そのまま堀沿いに伊勢町から岩附町に行こうと話していると、途中の本小田原町で孝次郎は少し足を緩めた。

前を行く女に見覚えがある。

背格好や着物の色柄――こちらはうろ覚えだが――からして春と思われた。

女が角を折れて西へ行くのが見えて、孝次郎は角で足を止めて通りを見回した。

半町ほど向こうの店先で、女が店の者と話しているのが目に留まる。二言三言交わした後に、店の者が辺りをはばかるようにそっと女を招き入れた。春が勤めているのは天満屋という廻船問屋の筈だが、店の看板には「明久（あけひさ）」と書かれている。

「どうしたんだい、孝次郎さん？」

「あ、いやその、猫が……」

他のことならすぐさま七に相談するが、春のことだと言いにくい。

また、いつもの七なら勘付かれたやもしれないが、今の七は菓子で頭が一杯だ。

「猫なら帰りに愛でてくださいよ。今は一刻の――いや、半刻もひとときも猶予はないんだから。ご存知でしょう？　げに恐ろしきは」

「食い物の恨み……」

「その通り」

きっぱり言い切って七は孝次郎を促した。

小走りに駆け付けたいちむら屋で菓子を買うと、七は満足げに微笑んだ。

「じゃあ、孝次郎さん、また明日」

左手には土産用に包んでもらった大福、右手には既に一口食べた団子を一串持っている。

両国橋へと向かう七とは町角で別れ、孝次郎は再び江戸橋へ戻り始めた。

帰りしなに本小田原町へ回ってみると、明久が料亭だということが判った。

見間違いとは思えなかった。

長屋に帰ってみると春はやはり留守である。

だからなんだってんじゃねぇんだが……

土産の大福を喜ぶ晋平一家の声を背中に聞きつつ、己の家の前で孝次郎は今一度、灯りの見えぬ春の家を盗み見た。

三

光太郎と七には上菓子を勧められたが、孝次郎はどうも乗り気でなかった。

上菓子ならやはり、いちむら屋のように注文で、出来立てをできるだけ早く賞味して欲しいと思うのだ。

「臆したんじゃねぇだろうな？」

「そんなんじゃねぇ。いちむら屋でなら、宗さんと同じくらい旨い上菓子を作ってみせるぜ」

己の腕よりも、板場や材料次第だと仄めかすと、光太郎はややむくれながらも納得したようだ。

「そんなら、てめぇ、新しい菓子はなしか？」

「いや、そっちは飴はどうかと。ほら、小太が浅草で買ったような」

「おっ、そいつぁいいな」

飴と聞いて一度はひそめた眉を開いて、光太郎は声を弾ませた。

藪入りに八郎たちが訪ねて来た際、浅草で小太郎が案内した気に入りの店の一軒が飴屋だった。小太郎が葉への土産に買い求めたのは作り置きの蓮華の細工だったが、飴屋がその場で作った細工は白馬であった。

「おめぇもああいうのができんのかい？」

まるで浅草での小太郎や太吉のように、光太郎が目を輝かせる。

「どうだろう？　しばらく稽古すりゃなんとかなるんじゃねぇかと……」

「なんでぇ、今はできねぇのかい」

これまた子供のように落胆した顔が可笑しくて、孝次郎は苦笑を漏らした。

「まあ、ちょいと試しでやらせてくれよ」

「おう、餅は餅屋、菓子はこうの字。おめぇがそうしてぇなら好きにしな」

そう言って光太郎はにっこりしたが、七はむすっとしたままだ。

「だったら、飴は飴屋に任しときゃいいんですよ」

「けど、飴なら日持ちするし、江戸見物の客にもいい土産になるかと……」

「お上りさんならどうせ浅草に行きますよ。でもって浅草の飴屋で飴を買えばいいんです。もうね、餡子のないお菓子はうずらと夕凪で間に合ってんです」

餡子がないばかりでなく、日持ちするうずらと夕凪は売れ残っても七の腹には入らない。これもまた七が飴菓子に反対な所以だろう。

「そうさなぁ……」

七の扱いにも慣れてきた孝次郎だ。考え込む振りをして、飴作りに勤しんだ。

近頃は七ツで七が帰っても、葉が手伝ってくれる分、仕込みが早い。

草笛屋では、昔も今も飴は売り物にしていない。作り方は兄弟子から教わったものの、平たく伸ばしたものと棒状にしたものを切った、ごく基本的な飴だった。

基となる飴自体は水に砂糖と水飴を混ぜるだけだから、かまども一つあれば足りるのだが、なかなか思うような細工にならない。

馬は素人には無理だと踏んで、まずは兎に挑戦したのだが、兎は兎でも生き写しからはほど遠い、雪兎のような丸く簡素な形がせいぜいだ。自在に練るには沸騰しかけた湯と変わらぬほど熱いうちに触れねばならず、あたふたしているとまとまらず、のろのろしているとすぐに固くなってしまう。

「難しいもんだな……」

引っ張り過ぎて割れてしまった欠片を見て思わずつぶやいたが、落胆からではなかった。飴をこねくり回していると、泥で馬やら団子やらを作った幼き頃が思い出されてなんとも楽しい。

二晩も練習すると、雪兎よりも兎らしいものや、埴輪よりも馬らしいものが作れるようになり、小太郎やしんの字兄弟、彦一郎は喜んだのだが、七は相変わらず冷ややかだ。

「そりゃ孝次郎さんのことだから、少し稽古すりゃ、見られるものができるでしょうよ。でも、これだけ手間暇かけて、一体どれだけの儲けになるってんです？」

「お七さんの仰る通りで」

盆の窪に手をやっておどけて見せたが、本音である。

練切のように、慣れれば凝った細工もできるだろうが、孝次郎には飴の他にも作るべき菓子がある。ただでさえ人手が足りぬのだから、店に出す菓子は七や葉にも作れるものが望ましい。

でもまあ、もうちっとこいつで遊んでからでもいいやな——

七の嫌みをかわしつつ、長月(ながつき)に入っても飴細工を楽しんでいると、三日目の七ツ過ぎに店先から鐵真の声がした。

「日向(ひなた)が終わらぬうちにと思っての」

粟饅頭(あわまんじゅう)を二幸堂では日向と名付けた。夏は足が早く、冬は固くなりやすいため、ほどよい気候の春と秋にのみ売ることにした菓子だ。

「ちょうど先ほど、最後の分が蒸し上がったところでして」と、光太郎。

「おおそうか。ならば六つもらおうかの。五つをこの箱に、一つは今ここで食べるでな。ああそれから、斑雪(はだれゆき)も五つ入れとくれ」

今日も夕刻は飴細工を楽しむべく、店の菓子は既に作り終えていた。

鐵真が去ってすぐ、孝次郎はふと思いついて、火種を残したままの板場を葉に預けて表へ急いだ。

西へゆくこと一町ほどで鐵真に追いついた。

「あの……日本橋界隈にお詳しい鐵真さんを見込んで、ちと訊きたいことが」

「おお、孝次郎。なんじゃ？　草笛屋のことか？」

「いえ。ええと、明久って店をご存知ですか？　本小田原町の？」

「もちろんじゃ。あすこは女将がやり手でな。花板もしっかりしとる。今なら秋鯖の煮付けが滅法旨いぞ」

「明久はもしや、天満屋って廻船問屋とつながりがありやすか？」

「うん？　天満屋なら女将の妹の嫁ぎ先じゃが……一体どうした？」

「ええと、その――うちの長屋の者を明久で見かけやして。勤め先は天満屋だと聞いていたので……」

「む？　その長屋の者というのは女じゃな？」

ずばり言われて孝次郎はうろたえた。

「あ、いや、女には違いないですが、その、そういうつもりはないんで」

「ほほう。お前さんは確か、三味の師匠に首ったけだと墨竜さんは言っておったような……」

「その通りです。お春さんはただ、長屋でよく顔を合わせるだけです」

「春となな？　その女子の名は春というのか？」

「ええ」

「それなら明久に出入りしてもおかしくないが……おかしいのは深川に住んでいて、天満屋に勤めておるということじゃ。お春は芝へ帰ったと聞いておったでの」

「墨竜さんから、お春さんは以前、芝神明の近くの茶屋に勤めていたと聞きました。確か、茶屋の名は花前屋――」

「そうじゃ。花前屋では『小春』と呼ばれておった」

かつて花前屋の看板娘だった春は、墨竜曰く「どこぞの大店の息子に見初められて」店を辞めた。その大店の息子というのが明久の跡取り・明彦（あきひこ）だったと、鐵真は言うのである。

「明久の次男と三男は赤子の時分に亡くなってての。女将――お広さんというんじゃが――は、明彦さんを猫可愛がりしておった。明彦さんは、まあいうたらぼんぼんでな。おふみさんという許嫁がいたにもかかわらず、お春に手を出して、孕ませてしもうての。それで、おふみさんの代わりにお春を娶ると言い出して、お広さんと大喧嘩になったんじゃ」

春に店を辞めさせ、母親を説き伏せるまではと神田に長屋を借りて住まわせたのだが、ほどなくして許嫁のふみも身ごもっていることが判明した。

「おふみさんの家もそこそこの商家でな。祝言の前に娘に手を付けやがってと、一家総出で大騒ぎよ。結句、明彦さんが折れて、おふみさんが正妻に、お春は囲われ者になったんじゃが……なんと明彦さんは、どちらの子も見ることなく、病で亡くなってしもうてなぁ」

「えっ？　子が生まれる前にですか？」

「うむ。まこと、何があるか判らんもんじゃ」

しみじみと鐵真がつぶやいたのは、跡目から外さねばならなくなった孫の松弥を思い出してのことでもあろう。

「お広さんは、お春をすぐにでもお払い箱にしたかったようじゃが、先に生まれたおふみさんの子が女でな。追って生まれたお春の子が男だったもんじゃから、産後の肥立ちを見ながら、金を積んで子供を引き取ることにしたんじゃ。お春は長いこと渋っていたらしいが、とうとう今年の春に、大枚と引き換えに息子を手放したと聞いておる。神田の長屋は引き払って、古巣の芝に戻ったとお広さんは言っておったが、まさか深川にいて、天満屋で働いとるとは……お広さんの温情かのう？」

首をかしげた鐵真とは永代橋の手前で別れた。

――私は寂しいわ。子供がいるといないじゃ大違いだもの――

あれは我が子を手放した母の言葉だったのだ。

店に戻ると鐵真を追いかけて行った理由を光太郎に問われたが、今しがた聞いたばかりの春の身の上を話すのは、何故だか気が進まなかった。

「草笛屋のことでちっと……」

言葉を濁して、孝次郎はそそくさと板場へ逃げた。

四

暁音が二幸堂を訪れたのは翌日の昼下がりだ。

中秋の名月ののちに、一度権蕎麦で夕餉を共にしていたが、馬喰町は文月の半ば以来ご無沙汰である。

「孝次郎さん、お忙しいかしら？」

光太郎に問う暁音の声を聞くや否や、孝次郎は七に断って表へ出た。

にやにやする光太郎と目を合わさぬよう、店先から少し離れてから孝次郎は暁音を誘った。

「あの、夕餉に蕎麦でも食いに行きやせんか？」

「ええ。そのつもりでお誘いを兼ねて来てみたの」

二つ返事で頷いて、暁音は微笑んだ。

「今日も権蕎麦へ？」

「あ、いや、今日は川向こうの……」

「判ったわ。じゃあいつも通り、六ツに永代橋でどうかしら？」

「はい」

今度は孝次郎が二つ返事で応じると、暁音は会釈をこぼして帰って行った。

「孝次郎さんたら、鼻の下が伸びてるよ」

「そ、そんなことは」

七にからかわれながらも、夕餉とその後を楽しみに仕事に励んだ孝次郎だったが、七ツを過ぎてすぐ、暁音が再びやって来た。

「ちょっと断れない用事ができてしまって……夕餉はまた近いうちに」

「そ、それじゃあまた、近いうちに」

落胆が顔に出ぬよう努めたが、うまくいったとは思えなかった。

　七が帰った後なのがせめてもの救いかと、肩を落として片付けを始めたところへ、表から玄太の声が聞こえてくる。

「なんだ、日向はもう売り切れか？」

「先ほど最後の二つが売れちまいやした。どうもすみません」

「ちっ、遅かったか」

「お汀さんに土産にするんで？」

「ああ。なくならねぇうちに持ってくと約束してから、もう十日にならぁな。今日こそはと思ったんだが……」

　暖簾を少しだけめくって、孝次郎は小声で言った。

「六ツまで待ってもらえるなら、もう一回作りやすが？」

「おお、こうの字。そうしてくれりゃあ恩に着るぜ」

　ぱっと顔を輝かせて玄太が言った。

「いくつ要りやすか？」

「そうさなぁ、五つもありゃあ――けどよ、五つだけ作るってのはかえって手間だろう？」

「そりゃまあ……」

「だったらよ、一回分、俺が丸々買い取ってもいいぜ？」

「丸々ってぇと――一度に四十はできやすが？」

「む……」

四十と聞いて眉根を寄せるも一瞬だった。

「てやんでぇ、俺に二言はねぇ」

孝次郎がかまどに火を入れ直してこし餡を作る間に、玄太は暇潰しを兼ねて髪を結い直しに隣りの佐平のところへ出かけて行った。

出来上がった四十個の日向は、玄太が持参した塗箱と二幸堂の重箱に詰め、入り切らなかった十数個は両隣りの佐平と本山堂へと玄太が配りに行く。

「こうの字、おめぇも一緒に来いよ。なんでも好きなもんを食わせてやっからよ」

「いや、でも」

「遠慮すんない。光太郎に聞いたぜ。暁音さんに振られちまって暇なんだろう？」

「ふ、振られたってんじゃ……」

「いいから、いいから。ああ、帰りはおめぇ一人だからな」

かくして孝次郎は飴細工を休んで、玄太について店を出たのだが――

「あ……」

「どうした、こうの字？」

道中の、永代橋の袂に暁音が見えた。

すけ屋の二軒隣りの茶屋の縁台で、男と話し込んでいる。

「おい」

玄太に促されて、孝次郎は身を隠すようにして永代橋を渡り始めた。

……縁談の相手だろうか？

もうとっくに断った筈じゃなかったのか……？

「おい」と、再び呼んで、玄太は声を低くした。「あの野郎は幇間だ」

「幇間？」

「中で何度か見たことがある。きっと昔話でもしてんだろう」

玄太なりに気を遣ってくれているようだ。

そういえば——と、孝次郎は思い出した。

小太郎が松弥に攫われた時、松弥をそそのかしたのが吉原遊女の莢花だった。莢花の光太郎への執着が起こした事件であったが、莢花とその間夫を調べに暁音が吉原に行った際、知り合いの幇間の助けを借りたと聞いていた。

あの男が同じ幇間かどうかは判らぬが、あの男の「用事」で己が袖にされたのは確かなことだ。

暁音さんはあの時、幇間を待って浅草の宿で夜を明かしたと言っていた……

縁談の相手ではないと判ってほっとするも、今になって「知り合いの幇間」とやらは、暁音と深い仲だったのではないかと孝次郎は勘繰った。

暁音さんが中を訪ねて、焼けぼっくいに火がついたってことも……

それどころか、もしや二人の仲はずっと切れずに続いていて、あの男ゆえに暁音は己の求婚なぞ度外視しているのではなかろうかと、ついつい考え込んでしまう。

「こうの字よぅ、いつまでもしけた顔しててんじゃねぇぞ」

菫庵に着いて尚、悶々としている孝次郎を玄太が小突いた。

「孝次郎さん、どうしたんですか？」

嬉しげに日向を受け取りながら汀が訊ねた。

「女の心変わりを疑ってんのよ」と、孝次郎の代わりに玄太が応える。「ほら、前にちっと話したろう？　暁音さんていう――」

「三味のお師匠さんですね。ふふ、孝次郎さんも隅に置けないわ」

「……ですが、暁音さんはどうやら俺じゃあ物足りねぇようで、俺と夫婦になる気はねぇそうです」

「なんでぇ、そんなとこまで話が進んでんのかい？　おめぇにしちゃあ上出来だ」

「ちっとも進んじゃいませんや」

不貞腐れて孝次郎がいまだ慣れぬ酒に口をつけると、玄太も微苦笑を浮かべて杯を干した。

「こうの字、暁音さんは男をもてあそぶようなお人じゃねぇ。おめぇがいるのに他の男に粉かけたりなんざしねぇよ。けどよ、俺ぁ、判らねぇでもねぇや。夫婦の契りってのはまた別なのよ。暁音さんは若い時分に苦労してっからよ。きっといろんな訳があるんだろうよ」

「そりゃあるんでしょう。けれどもそんなの、俺は百も承知なんですや」

「私もよ」

　そう頷いたのは汀である。

「私もね、いろんな訳があるのは百も承知なのですけれど……どうしてどうして、いくつになっても恋の悩みは尽きませんこと」

　困った笑みを向けた汀に、孝次郎も微苦笑を返した。

　恋仲の玄太と汀だが、玄太はどうやら夫婦の契りに乗り気ではないらしい。稼業を気にしてのことなんだろうが――

　しかし、汀はとっくに、やくざ者の妻となる覚悟ができているようだ。

　気まずいのか玄太はそっぽを向いて徳利に手を伸ばしたが、汀の方が先に徳利を持ち上げて微笑んだ。

「さ、どうぞ」

「おう」

「日向、二人じゃこんなに食べ切れないから、皆さんに少しおすそ分けしてもよいですか？」

「好きにしろい」

　店主夫婦を始め、他の客に汀は日向を勧めて回った。

「よろしければお一ついかがですか？　二幸堂の日向っていう栗饅頭です」

「おお、こりゃお日さまみたいな菓子だねぇ」

「郷里の……会津のお菓子なんです」

「へぇ、会津の菓子なのかい。こんな饅頭は見たことないよ」

「とっても美味しいお菓子なんです。美味しくて——懐かしい——」

暁音と男のことは気がかりだが、日向を喜ぶ汀の言葉と笑顔が、しばし孝次郎の胸を和らげた。

五

「今日はもうそいつでやめだ。雲行きがますます怪しくなってきた」

八ツ半という頃合いに、光太郎が暖簾から顔を覗かせて言った。

ちょうど独楽(こま)饅頭と斑雪を蒸しにかけ、金鍔用の餡の成形を始めたところである。

「じゃあ、お七さんはもう上がってくんな」

「ほんじゃ、遠慮なく。雨はともかく雷にならなきゃいいけどねぇ」

七がつぶやくと、光太郎が再び顔を覗かせた。

「なんでぇ、お七さん、雷が怖ぇのかい？」

「私は雷なんか平気の平左さ。でも、彦がねぇ……」

「じゃあ、こいつは彦に土産だ」

菓子が十個は入っていそうな包みを差し出されて、七は目を丸くした。

「あれまあ、こりゃ明日も雨だよ」

「うん？　だったらやめとくか？」

「ちょ、ちょっと旦那さま。今のはつまらぬ戯言ですよぅ……」

葉の手伝いを得て、七ツ過ぎには仕込みまで全て終えた。

光太郎一家と四人で早々に湯屋へ行き、煮売り屋でおかずを買って帰ると、二幸堂まであと半町という辺りで雨が降り出す。

身重の葉には光太郎が、小太郎には孝次郎が寄り添い、急ぎ足で店に戻った。

「こうの字、悪ぃが湯を沸かしてくれ。お葉が冷えたら大変だ。ええと、火鉢はどこに仕舞ったんだったか――」

「大げさですよ、もう。火鉢なんてまだ早いわ」

「そんなこたねぇ」

仲睦まじい兄夫婦を横目に、孝次郎はかまどに火を入れ直した。

湯を沸かすついでに冷や飯を温めて、一家と夕餉を済ませると、雨脚はますます強くなっている。

傘を借りて戻った長屋は、どの家もぴっちり戸口が閉まっていた。

腹はくちいし、外はもう充分暗い。

家に入ると、孝次郎はすぐに布団を出して横になった。

だが、いつもよりずっと早い刻限だけに眠気はなかなか訪れず、代わりに永代橋で見かけた暁音と幇間の姿が思い出される。

近いうちに、と暁音は言ったが、今日でもう三日目だ。

いや、「まだ」三日目なのか……？

吉原の幇間が深川まで元遊女を訪ねてくる理由をあれこれ推察するも、己がそうだからか、どうしても色恋に結びついていく。布団の中にいるのがまた暁音の肢体を思い出させて、孝次郎は焦がれる胸と一物を抑え切れなくなった。

鳴り始めた六ツが朧げに耳に届く。

やがて果てた身体を仰向けにすると、ひととき聞こえなかった雨音が一層激しく屋根を叩いている。

しばらくじっと天井を見つめていたが、喉に渇きを覚えて孝次郎はゆっくりと土間に降りた。柄杓から直に喉を潤すと、小窓の向こうに雷光が差した。

束の間待った雷鳴は雨音にかき消されるほど小さいものだ。

今頃、彦はお七さんにしがみついてんだろう――

小窓から表を窺いながら孝次郎がくすりとすると、再び雷光が表を照らした。

今度は五つも数えぬうちに雷鳴、それから地響きが続く。

思わず戸口を開くと、隣りからも晋平の顔が覗いた。

「落ちたな？」

「ああ、半里もねぇんじゃねぇかと……」

雷光から雷鳴まで一つの間が約三町といわれている。つまり三つ数えたならおよそ四半里の距離だが、三つから五つは待ったと孝次郎には思われた。

半里も離れていれば深川は無事だが、例えば回向院——七の長屋がある松坂町は、ここ黒江町から半里と少しだ。

晋平と二人してじっと耳を傾けるも、火事を知らせる半鐘は聞こえてこない。

安堵しながら晋平と顔を見合わせたが、雨と共に風も強くなってきた。

「ま、こんだけ降ってりゃ火がついてもすぐに消えらぁ。雨も夜明けまでにやめば大川も案ずるこたねぇや」

「そうだな」と、孝次郎は頷いた。「後は屋根が飛ばねぇのを祈るばかりだ」

「違ぇねぇ」

戸口を閉めて心張り棒をあてがうも、途端にひとしきり強い雨風が吹き抜けて孝次郎は慌てて引き戸を押さえた。

屋根より先に戸が飛びそうだ——

それでももう成すすべはないと布団に戻ろうとした矢先、戸を叩く音がした。

「晋平さん？」

応えを待たずに心張り棒を外して戸を開くと、飛び込んで来たのは春である。

「孝次郎さん」

囁きながら春は孝次郎に抱きついた。

「私……怖くて……」

「お春さん」

引き離そうと肩に手をかけたが、春は頭を振ってむしゃぶりついてくる。

春を抱きかかえるように孝次郎が上がりかまちに座り込むと、孝次郎の背にしかと手を回したまま春は繰り返した。

「一人じゃ怖いのよ……こんな嵐の夜に、一人は嫌……」

吐息と変わらぬ囁きが襟元の火傷痕を静かに嬲る。

はす向かいから出て来ただけなのに、戸を叩く間に大分濡れたようだ。

薄闇に、白いうなじに滴る雫が、張り付いた着物で形があらわになった春の背中に染みていく。

香と白粉が混じり合った女の匂いと、着物の上からでも伝わる二つの乳房——

「駄目だ、お春さん」

「何が駄目なの？」

「何がって……」

背中を離れた春の手が孝次郎の襟を押し広げ、指先が火傷痕にそっと触れる。

股間が疼くのを感じて、孝次郎は絞り出すようにつぶやいた。

「駄目だ……と、戸を閉めねぇと」

「ああ、そうね……」

開いたままの戸口を春が振り返った隙に、孝次郎はくるりと身を返して上がりかまちに春を押し倒した。

「すまねぇ」

それだけ言うと孝次郎はすっくと立ち上がり、雨風の中に飛び出した。

灯りはないが、二幸堂までは慣れた道だ。

が、火の元と戸締りにはうるさい光太郎である。押せども引けども土間への入り口はもちろん、店先の板戸もびくともしない。

雨戸の閉まった二階を見上げて、戸を叩くべきか兄の名を呼ぶべきか迷うことしばし、すっと開いた戸口の向こうに心張り棒を振りかぶった光太郎が立っていた。

「あ、兄貴」

「なんだ、こうの字か。盗人かと思ったぜ。いってぇどうした?」

「どうしたもこうしたも」

土間に足を踏み入れるや否や、一つ大きなくしゃみが出た。

六

一体、どんな顔して長屋に戻ればいいんだか……

一夜明けて空はからりと晴れたが、孝次郎の気は重い。

「おはようさん！　いやまあ、昨夜はすごかったたねぇ――」

陽気に板場に入って来た七だったが、一瞬にして「む？」と眉をひそめた。

「お、おはようさん」

「むむ？」

孝次郎を上から下までじっくりと見て、七は顎に手をやった。

「それ、光太郎さんの着物じゃないのかい？」

「そ、そうだが、それがどうしたい？」

「お出かけでもないのに、どうして光太郎さんの着物を着てんのさ？」

「昨日の雨で濡れちまって……」

「着替えもかい？」

「そ、それは」

光太郎には昨夜、長屋での出来事に加えて鐵真から聞いた春の身の上を明かしてあった。ついでに、「つまらない思いつき」と暁音は言ったが、春が金目当てで己に近付こうとしているのではないかという推察も。

だが両国から通う七は町の小さな噂――孝次郎と春の仲を疑うような――は知らない筈だ。それでなくとも七には、なあなあな暁音との付き合いに発破をかけられてばかりなのだから、春のことは伏せておきたい。

「こうの字は昨晩、座敷で寝たんだ」

ひょいと板場に入って来た光太郎が助け舟を出してくれた。

「みんなで湯屋に行った後に雨が降り出してよ。ここで夕餉を食べた後、長屋に戻るのは億劫だろうって、俺が引き止めたのさ」

「ふうん、でも孝次郎さんの湯桶は見当たらないねぇ？」

土間をじろりと見やった七に、流石の光太郎も言葉に詰まる。

「それにこの着物。何やら女の匂いがするよ」

孝次郎の方へ一歩踏み出して、七はわざとらしく鼻をひくつかせた。

「そ、そらお葉だ。俺の着物なんだから、お葉の香りが移ったんだろう」

「でもこりゃ、お葉さんの香りじゃないねぇ」

「そんな莫迦な」

うろたえる光太郎に、七は閻魔のごとくかっと目を見開いた。

「このお七を騙そうなんて百年早い……私ゃ全てお見通しだよ！」

「いくらお七さんでも昨夜のことは見通せねぇさ。なぁ、孝次郎？」

曖昧に頷いた孝次郎を一瞥して、七は光太郎に向き直る。

「――若旦那はおととい、すけ屋で玄太さんたちと悪巧みしていたね？」

「わ、悪巧みなんてとんだ言いがかりだ」

声が上ずったところをみると、どうやら七の言ったことは本当らしい。

「言いがかりねぇ？　身重のお葉さんをほっぽって、近々中へ繰り出すって聞いたけどねぇ？」

「そうなのか、兄貴？」

「ち、違う。ありゃ八のために」

「八のため？」と、七の眉間の皺が深くなる。

「おうよ」と、光太郎は心持ち胸を張った。「年を越す前に八を男にしてやろうっていう、親心ならぬ兄心で、けしてやましい話じゃねぇ」

「ふん！　充分やましい話じゃないのさ！」

「声が高ぇよ、お七さん。お葉に聞こえちまう」

二階を見上げて光太郎が慌てて人差し指を口に当てた。

「玄太さんもお汀さんという人がありながら――うん？　だったら昨日はなんだったんだい？　私ゃてっきり嵐に乗じて、太郎組が孝次郎さんも連れて中に出かけたのかと」

「外れも外れ、大外れだ。まったく何が『お見通し』だ。さぁ、つまらねぇ推し当てはよして、とっとと仕事にかかってくんな」

そう言って光太郎はわざとらしく手を振ったが、七はつんとして腕組みをした。

「そうは問屋がおろしませんぜ、若旦那。中じゃないなら長屋でしょう？」

「えっ？」と、孝次郎たちは声を揃えた。

「湯桶もなければ傘も一本足りません。孝次郎さんが昨晩、雨の中、一度長屋に帰ったのは明白です。なのに座敷で夜を明かし、今朝も長屋に帰っていないということは、何か長屋でよからぬことがあったんでしょう。ああ、よからぬことといっても不幸じゃないね。だってその顔は悲しいってよりも、やましいって顔だもの。とすると、こりゃ、お春さんと何かやましいことが……」

「ややや、やましいなんて、あ、あっちがいきなり抱きついてきて……その、嵐の夜に、一人じゃ怖いと……」

「それでいたしちまったのかい？　見損なったよ、この不届き者め！」

「い、いたしちゃいねぇ。なぁ、兄貴？」

「おう。そうなる前に逃げて来たのよ」

「そんな莫迦な」

今度は七がつぶやいて、孝次郎をしげしげと見つめた。

「あのお春さんから夜這いを受けて、ほだされずに逃げたとは……いや、孝次郎さんならありうるか」

「そうとも、こうの字なら――いや、俺にだってありうるぞ」

「はいはい」

ふと気付いて、孝次郎は七に問うた。

「お七さんは、お春さんのことを知ってんだな？　その、お春さんが俺に……」

「無論です」と、七は澄まして応える。「町じゃ随分噂になってますからねぇ。若く見目好い後家が、孝次郎さんにべた惚れだって」

「そんな。じゃあもしや、暁音さんも?」

「そりゃ知ってるだろうね。だって、お春さんはそこここで暁音さんのことを探ってるみたいだもの」

「なんだって?」

「三十路過ぎの元遊女になんか負けやしないと、どこぞで啖呵を切ったとか」

「そこここだの、どこぞだの、女ってのは噂話に事欠かねぇな」

驚くやら呆れるやらの光太郎へ、七はにんまりと微笑んだ。

「女の噂話をあまり侮らない方がいいよ、若旦那。火のないところに煙は立たぬし、壁に耳あり障子に目あり——ゆえに井戸端でも真実は語られるなり。すけ屋の話だって大方合ってたじゃないのさ。——ねぇ、お葉さん?」

ぎょっとして孝次郎たちが振り向くと、いつの間にやら板場と土間の境に葉が立っていた。

「や、お葉、あれは違うんだ」

「何がです?」

「だから、すけ屋の」

「すけ屋の話ってなんなんですか?」

微笑を浮かべて問うた葉は、光太郎より上手なようだ。

「そりゃあれだ。つまり……つまりだな」

苦虫を嚙み潰したような光太郎を見て、孝次郎は七と笑みを交わしたが、暁音を想うと胸がざわついた。

七

斑雪を手土産に、孝次郎はその日のうちに暁音を訪ねた。

暁音はその場で隣りの徳と向かいのたみというおかみに土産の包みを渡してしまうと、孝次郎を外へと促した。

「永代橋へ……」

「ああ、はい」

永代橋と聞いて、夕餉とその先の馬喰町行きを期待したのも束の間だ。

木戸を出て緑橋へ向かうも暁音は黙ったままである。

緑橋を渡り、堀沿いをやや早足で黙々と歩き、永代橋が見えてきてやっと、暁音は再び口を開いた。

「……五日の夕方に、玄太さんと橋を渡って行ったでしょう?」

どうやら暁音の方も孝次郎に気付いていたらしい。

「ええ。暁音さんも、その、男とあの茶屋に……」

孝次郎が茶屋を指すと、暁音は頷いた。

「やっぱり気付いてたのね。もしや見られてしまったかしらと気になっていたのだけれど、なんだかばつが悪くって……それで昨夜の嵐にかこつけて、今朝、明けてすぐに孝次郎さんを訪ねてみたの」

「えっ？」

「そしたら、お春さんがいらしてて、孝次郎さんはもうお勤めに出たって……」

「まさか」

まさか春が己の家に居座っていようとは思わなかった。己が逃げ出した後、自分の家に戻ったものと思い込んでいたのだ。

茶屋の縁台に腰を下ろした暁音に倣い、孝次郎も慌てて隣りに座る。

すぐに運ばれてきた茶を暁音がゆっくり含む間に、孝次郎の脳裏には出しっ放しにしてきた夜具や、寝間着姿の春が次々浮かんだ。

「あ、あれは違うんでさ」

「何が違うの？」

「あれは、お春さんが勝手に――」

しどろもどろに顚末を語ると、徐々に暁音の顔に明るさが戻った。

「他ならぬ、孝次郎さんの言うことだから信じるわ」

そっけなかったのは春への嫉妬だったのだろう。安堵した様子の暁音に孝次郎も胸を撫で下ろしたが、己の嫉妬はいまだ燻(くすぶ)ったままである。

「それで……あの男は一体誰なんで？」

おずおずと訊ねた孝次郎をまっすぐ見つめて暁音は言った。

「あの人は中の知り合いよ。ほら、小太ちゃんがいなくなった時、中のつてを頼ったことがあったでしょう？」

孝次郎が推察した通り、莢花と松弥のつながりを教えてくれた幇間だという。

「その……」

二人は昔の「馴染み」、つまり男女の仲であったのか。

今もまだ――己のように――時折逢瀬することがあるのではないか。

問うべきか否か迷った孝次郎へ、困ったように暁音が微笑む。

「あの人とは……千代嗣(ちよつぐ)さんとはそういう仲ではないわ。そうなりかけたこともあったけど、お互い想い合ってというんじゃないの。だから結句、そうはならなかったのよ」

「そ、そうだったんで」

「あの日は千代嗣さんが深川に来て、珍しく相談ごとがあるって言うから、お稽古の後にここでお話を聞いたの」

相談ごとというのは巴絵(ともえ)という吉原遊女のことであった。

千代嗣の弟子の千代平が巴絵に入れ込んでいて、巴絵の気を引くのに必死らしい。だが巴絵はそこそこ大きな妓楼の座敷持で、そこそこ人気があるゆえに、「揚げ代しか払えぬ男に用はない」と千代平は袖にされてばかりだという。

「でも、まったく気がない訳ではなさそうよ」

「と、いうと？」

「巴絵さんは千代平さんに言ったんですって。『五つの宝を持ってきたら、間夫にしてやってもいい』って」

「五つの宝って、輝夜姫じゃあるまいし……いや、あれは五人の公達にそれぞれ違う宝を所望したんだったか。けど、どっちにしたって、気に入らない者を諦めさせようって方便でしょう？」

「輝夜姫はね。でも、巴絵さんは他の誰にもこのことは言ってないようよ」

「そんなの、判りゃしやせんや」

孝次郎には珍しくすぐに反論が口をついた。

「閨で他の男に同じことを囁いてるかもしれねぇでしょう。宝を五つなんてあやふやなことを言って、その実、金目の物ならなんでもいいんじゃねぇですか？　それに『間夫にしてやってもいい』ということは、巴絵の所見次第で間夫になれねぇこともあるんでしょう」

「ふふ。千代嗣さんも初めはそう考えたそうよ」

だが、千代平が「五つの宝」を探し始めるまで、他の男は本当に誰もその話を知らなかったらしい。

「千代平さんから話を聞いた別の幇間が、抜け駆けしようとそれらしい小間物を五つ持って行ったら、巴絵さんは『なんのことか？』ととぼけたそうよ。それでいて千代平さんには――からかい交じりだそうだけど――改めて催促したというの」

「だったら、宝ってのはなんでもいいんじゃねぇかと……千代平もそれらしい小間物を五つ持って行きゃあ、巴絵は満足するんでしょう」

「そう思うでしょう？　それで千代平さんも、あまり高い物ではないけど、櫛に簪(かんざし)、笄(こうがい)、手鏡、紅猪口(べにちょく)の五つを揃えて持って行ったんですって。でも……」

「でも、巴絵は断ったっていうんですか？」

「ええ。『こんなありきたりの物が宝とは笑わせる』と。千代平さんはもう一度、違う物を揃えて出直すと言ったのだけど、巴絵さんは『もういい。あれはただの戯れだったのだから』と袖にして、それから千代平さんに冷たいんですって」

「ひでぇ話だ」

「とはいえ、千代平さんは諦め切れないようで、それで千代嗣さんが私を訪ねて来たの。千代平さんにまだ脈があるのかどうか、あるなら次は何を贈ればいいのか知恵を貸して欲しいって。でも……もう脈はないんじゃないかと伝えたわ」

「千代平はもてあそばれたんでさ。巴絵は初めっから千代平をからかうつもりで、気のあるふりを――」

「それはどうかしら？」

孝次郎を遮った暁音の声は静かで――どこか切なかった。

「前に言ったでしょう。あそこでは一日一日がとても長いの。年季明けを待ちわびるだけじゃとても生きていけないわ。いい馴染みができれば、落籍いてくれないかと夢見たり、どうせここで死ぬのなら、身銭を切ってでも好いた人に抱かれたいと願ったり。けれども馴染みの多くは馴染みで終わるし、間夫との逢瀬もそう長くは続かないのよ。巴絵さんは二十歳、千代平さんは十九だそうよ。千代平さんはこれからまだ、中でも外でもいろんな女の人に出会うでしょう。落籍きもしない遊女の間夫なんてそのうち飽きるわ。それまでに身請けされればいいけど、そうでなかったら巴絵さんに残るのは増えた借金だけよ」

「だから、思い直したっていうんですか？」

「おそらくね……」

そう暁音はつぶやいたが、孝次郎はおいそれと合点できなかった。

千代平たちの方がずっと若く、六歳離れている孝次郎たちに比べて歳の差もないに等しいが、どうしても千代平に己を、巴絵に暁音を重ねてしまう。

「……馴染みで終わらず、ちゃんと請け出す男もいれば、落籍くだけの金はなくとも年季明けまで――その後もずっと――添い遂げる男もいやす」

「見てきたようなことを言うのね。そうは言っても、孝次郎さんはそんな人、一人も知らないでしょう？」

「ええ、知らねぇです。けど俺はそういう男です。金があるなら巴絵をすぐさま落籍きやす。金がねぇならねぇなりに、無事に年季が明けるようできる限り尽くしやすし、年季が明けたら後はずっと面倒みやす。大した贅沢はさしてやれねぇでしょうが、俺はけしていい加減な気持ちで女に誓いを立てたりしません」

一息に言うと、急に面映ゆさがこみ上げてくる。

「だ、だからといって、千代平がそうだとは言いやせんが、巴絵を一度はその気にさせたってなら、もう一度だけしつこくしても損はねぇかと……」

目をぱちくりしてから、暁音は小さく噴き出した。

「もう、孝次郎さんたら」

「ええと、竹取で姫さんが公達に望んだ五つの宝はなんでしたっけ？　次は何かそれらしい物を持って行くのも手じゃねぇですか？」

「仏の御石の鉢、蓬萊の玉の枝、龍の首の珠、火鼠の皮衣、燕の子安貝よ」

照れ隠しを兼ねた問いにすらすらと答えられて、孝次郎は驚きを隠せない。

「千代嗣さんが頼りにする訳でさ。よくご存知で」

「そりゃあもう、竹取は擦り切れるほど何度も読んだもの。中では女を取っ替え引っ替えする源氏なんかより、竹取の方がずっと人気だったのよ」

輝夜姫はほんの数年を地上で過ごし、やがて訪れた迎えの者に連れられ、地上での全てを忘れて故郷の月へと帰って行く。吉原という閉じられた世界で、暁音やおそらく巴絵を含め、これまでに幾百、否、幾千人もの遊女が輝夜姫のごとき結末を夢見ただろうと思うと、孝次郎の胸は締め付けられた。

茶托に金を置くと、往来から見えぬように、暁音がそっと孝次郎の腕に触れた。

「お蕎麦でも食べに行きましょう」

どきりとして暁音と共に立ち上がったが、ふと気付いて、永代橋へと向かう暁音を呼び止めた。

「あ、あの、ちと待ってくだせぇ」

「どうしたの？」

「それが、昨晩身一つで飛び出したんで、持ち合わせが……」

光太郎から日銭としてもらった百文で蕎麦代はまかなえるが、もしもその「先」があるとしたらまったく足りない。春と顔を合わせるのは気が進まぬが、孝次郎とてこの機を逃すほどぼんくらではない。

「長屋までひとっ走りして、財布を取ったらすぐに戻って来やすんで」

くすりとして、暁音は上目遣いに孝次郎を見つめた。

「それなら心配いらないわ。私だって少しは稼ぎがあるのよ。それに……今、離れ離れになるのは嫌だわ」

思わせぶりに微笑む暁音に、孝次郎は急いで並ぶ。

永代橋を渡りながら、二人で千代平に勧める五つの宝を思案した。

「御石の鉢には茶碗――ううん、杯の方がいいかしら。蓬萊の玉の枝にはびらびら簪でも」

「そんなら龍の首の珠は真珠か珊瑚(さんご)……ってのは、千代平には難しいか」

「とんぼ玉はどうかしら。勾玉(まがたま)も石によっては高くはないわ」

「火鼠の皮衣はどうしやす？」

「鼠に限らず獣の毛で織ったものはなんだか野暮ったいから、半襟か袱紗(ふくさ)か手拭いといったところね。火鼠が赤いとは限らないから、紅色でも粋な鼠色でも」

「残るは子安……」

つい言葉を濁したのは「子安貝」の割れ目が女陰を思わせ、ゆえに安産のお守りとされているからだ。

「燕の子安貝は無理だけど、ただの子安貝なら手に入るでしょう。でもそれじゃあひねりがないから、いっそ入谷か雑司ヶ谷の鬼子母神さまか、代々木の八幡さまのお守りでもいいわね」

鬼子母神は言わずもがな、代々木八幡宮も子宝や安産祈願で評判だ。望むと望まざるとにかかわらず、懐妊、堕胎、流産と切っても切れない遊女なれば、この手の場所に詳しくて当然なのだが、無論、年季中の直の祈願は叶わない。

「藪入り前だったら、出稽古先の女中さんに頼んだのだけれど……水戸には六地蔵寺っていう安産、子育ての霊場があるんですって」

「水戸、ですか？」

「その女中さんも巴絵さんも水戸の出なのよ。巴絵さんは城下に住んでいたそうで、少し高飛車で気位の高いところがあるのだけれど、そこがまたいいと千代平さんは惚気(のろけ)てて……もしかしたら、よいところの娘さんだったんじゃないかと、千代嗣さんは言ってたわ」

「暁音さん！」

思わず大きな声が出た。

驚いて足を止めた暁音に、孝次郎は勢い込んで言った。

「水戸なら『吉原殿中(よしわらでんちゅう)』って菓子がありやす」

「吉原？」

「あ、いや、吉原といっても中のことじゃねぇんです。その昔、水戸の御城に吉原って名の奥女中がいて、その人が作った菓子だから吉原殿中ってんですが、のちに武蔵は中山道の熊谷宿に水戸からきたお人が茶屋だか菓子屋だかを開きやして、吉原殿中改め『五嘉棒(ごかぼう)』という菓子を出すようになったそうです」

漢字に疎い孝次郎だが、主な菓子の名は一通り頭に入っている。

手のひらに五嘉棒の字を書きながら孝次郎は続けた。

「この五嘉棒は、やがて五嘉宝とも五箇宝と書かれるようになりやして、つまり」

「五つの宝……」

目を輝かせた暁音に、孝次郎は大きく頷いた。

八

幸い、今なら水飴がたんとある。

《おこし米を水飴で太さ三四半寸ほどの棒状に固め、きな粉と水飴で作った薄皮を巻きつける。上から更にきな粉をはたいて二寸ほどの長さに切る》

草笛屋で書き付けた作り方を見ながら、孝次郎は五嘉棒を作った。

五嘉棒は先代の信吉がどこぞからもらった土産のおすそ分けを、一切れ食べたことがあるだけだ。

「おいしい」

「おいしい」

遊びに来ていた彦一郎と小太郎が、目を細めて顔を見合わせる。

「二人とも、きな粉を落とさないように……」

「うん、こりゃあきな粉が香ばしいな」

「もうあなた、言ってる傍から」

子供たちより先に光太郎の胸元をはたいた葉が、皆の笑いを誘った。

「きな粉……うん、きな粉もいいね……」

二つ目、三つ目と立て続けに五嘉棒を食んで、七は言った。

「でもこれ、餡子で包んだらもっと美味しいんじゃないかねぇ？　薄い餡子で包んで、きな粉の代わりにざらめをまぶして……いや、練切餡だったらざらめはいらないね。ああ、餡子は無論小豆だよ」

「お七さんよ……」

苦笑しながら孝次郎は、「献上用」の五嘉棒を油紙でしっかりと包んだ。

馬喰町で夜を過ごした翌朝、暁音はその足で浅草の千代嗣を訪ねに行った。

いい気はしなかったが、春との一件を信じてくれた暁音である。己も暁音を信じて送り出す他なく、五嘉棒も暁音に託し、浅草の茶屋町にある暁音の出稽古先で受け渡しすることになった。

八ツ前に取りに来た暁音に包みを渡し、夕刻に長屋に帰ると、通りすがりの井戸端で春に捕まった。

「お菓子、美味しかったわ。五嘉棒っていうんですってね。初めて食べたわ」

小太郎と彦一郎が遊びに出る際、長屋への土産として持たせた五嘉棒を食べたのだろう。

馬喰町に泊まったため、孝次郎が長屋に戻ったのは嵐から一日おいた朝である。

春はとっくに自分の家に戻っていて、通りすがりの挨拶も平素と変わらず、一度は拍子抜けした孝次郎だったが、朝風呂に向かう前にやはり井戸端で捕まった。

――ひどい人ね。あんな風に女を置き去りにするなんて――

――け、けどあれは――

――あんなにひどい人とは思わなかったわ――

ひどい、ひどいと言いながら、嫣然とした春にたじたじとなったものである。

俺には暁音さんがいる――

そう言い返したかったが、他の住人がやって来て叶わなかった。

春の「夜這い」や、己が春を置いて逃げ出したことは長屋の皆に知れているようだ。だが、さりげなく褒めてくれた隣家のてるを除いて、皆沈黙を守っているのがここしばらく居心地悪い。

「……そりゃよかった」

短く応えて、孝次郎はさっさと井戸端を後にした。

――千代嗣が千代平を伴って二幸堂へやって来たのは五日後だ。

「此度は千代平のために一肌脱いでくださって、ありがとう存じます」

深々と頭を下げた千代嗣は己と変わらぬ身体つきだが、年の頃は暁音と同じく三十路をいくつか過ぎているようだ。千代平の方はまだ少し線が細く、だが話に聞いていたような恋やつれもなく、まだ十代の若者らしい潑剌とした顔をしている。

「五嘉棒、巴絵さんは大層喜んでくれました」

五嘉棒の包みを携えて行った夜、巴絵には先客がいた。

遊女が複数の客を取ることを廻しといい、千代平は巴絵の部屋でなく廻し部屋に案内された。大部屋を屏風で区切っただけの廻し部屋では最中の声も筒抜けで、恋の駆け引きもへったくれもないのだが、「贈り物」を開いた巴絵は瞬く間に目を潤ませて、袖で顔を隠しながらひとしきり静かに泣いたという。

「下婢に茶を持って来させまして、巴絵さんは五嘉棒をゆっくりといくつも食べました。私も二つばかり相伴に預かりました。きな粉を拭うのに、巴絵さんは時折唇に指をやって……あんなに嬉しそうな巴絵さんは初めてで、私はなんだか、よその声が聞こえぬほど舞い上がってしまいました」

そののち巴絵は廻し部屋で一刻も千代平と過ごし、やがてやって来た床回しに叱られて、渋々先客のもとへ戻って行ったそうである。

「それで、翌日に文が届きまして、五日後——つまり明日の霜降は、その、二人で朝までしっぽり温め合おうと……」

「千代平」

千代嗣にたしなめられ、千代平は首をすくめた。

愛嬌とおべっかで客を持ち上げ、座を盛り上げるのが幇間だ。おどけた芸で笑いを取ることもしばしばだからもっとくだけた者たちかと思いきや、存外、礼儀や師弟関係に厳しいようだ。

「うまくいったようで何よりです」

「孝次郎さんと暁音さんのおかげです。千代嗣兄さんから、少しお二人のお話を聞きました。私も是非、お二人にあやかりたいもので」

「千代平」

余計なことを言うなと言わんばかりに、千代嗣が懐から財布を取り出した。

「これで皆に土産の菓子を買って先に帰りなさい。私が帰るまでに今晩のお座敷の稽古と支度をしておくように」

「判りました」

千代平が店の方へ回ると、千代嗣は孝次郎へ向き直った。

「少し……外で話せませんか？」

七と葉に板場を頼み、孝次郎は千代嗣と表へ出た。

なんの話かは判らぬが、人気がない方がよいのだろうと、孝次郎は千代嗣を堀の方へといざなった。

「暁音さんとは古い付き合いでして」

「そう聞いております」

「ですが、それだけなのです」

「そ、そうとも聞いております」

孝次郎が応えると、千代嗣は微かに目元を緩めた。

「そうですか。商売柄、誤解されることが多いもので……暁音さんもおそらく、前のお勤めのせいで、あらぬ誹謗を受けることがまだあるでしょう。暁音さんがあすこを去ってもう随分経ちますが、昔とすっぱり縁切りできる者なぞ、そういませんからね」

「……でしょうね」

孝次郎が小さく頷くと、千代嗣も頷き返して堀を見やった。

「私はあすこで生まれました。母は名前だけ、父は名前さえも知りません。物心ついた頃に一度職人の家に里子に出されましたが、ある火事の折、私だけあすこを訪ねていて生き延びました。以来、今の師匠のもとに引き取られまして、家は町中にありますが、毎晩あすこに通っております」

黙ったままの孝次郎へ目を移して、千代嗣は続けた。

「暁音さんは、初めてのお座敷でうまく話せぬ私を三味で盛り上げてくださいました。歳が近いこともあり、折々に言葉を交わすようになりまして……幾度か、互いに情にほだされそうになったこともありましたが、誓ってことには至りませんでした。このことはどうか、お疑いなきようお願い申し上げます」

「あ、暁音さんも、同じように言っていました。ですから俺――私は、もう疑ってはおりません」

孝次郎が言うと、千代嗣はようやくそれと判る微笑を浮かべた。

「それならよかった。千代平のことで深川に相談に来てから暁音さんには三度会いましたが、三度ともどうも何やら迷っている様子でしたので、つい余計な世話を焼いてしまいました」

「迷っているとは、一体何を……?」

「そこまでは判りかねます」と、千代嗣は孝次郎の問いをかわした。「暁音さんもいくつもの苦労を重ねてきた人ですからね。そういう者は、たとえ今は人並みに暮らしていても、どこかおっかなびっくりなんですよ。――それでも、あの人があなた一筋なのは間違いありませんから、どうか大事にしてあげてください」

「言われなくても……私もあの人一筋ですから」

きっぱり言ったはいいが、暁音と同年代で、己の知らぬ暁音を知る千代嗣への嫉妬が消えた訳ではなかった。

「どうもご馳走さまでございます」

ややおどけて、千代嗣は小さく頭を下げた。

「そろそろお暇いたします。商い中にお手間を取らせました」

「いえ」

孝次郎が別れの挨拶を告げる前に、躊躇いがちに千代嗣が切り出した。

「――千代平はまだ知りませんが、巴絵はあと一月と待たずに落籍(ひ)かれます。巴絵も承知している話です」

「えっ？」

「手付が支払われたと聞きましたので、もうどうしようもありません。千代平はあの通り純な男でして、巴絵は大分前から千代平がお気に入りでした。束の間とはいえ、想いが成就したことは二人のよき想い出となるでしょう」

「そんな、せっかくこれから――」

「孝次郎さんはどうか暁音さんとお仕合わせに。これは私の嘘偽りない願いです」

一礼すると、千代嗣は返事を待たずに表通りへ去って行った。

九

身請けは概ね喜ばしいことであるから、巴絵にとってもそうであるよう、孝次郎は――千代平も――祈る他ない。

それでも巴絵が五つの宝をねだったことや、千代平の無邪気な笑顔を思い出すとやるせなく、孝次郎は続く二日を飴作りに没頭することで気を紛らわせた。

五嘉棒も飴を使った菓子ではあるが、おこし米を作ったり、薄皮を巻いたりという手間に加え、こぼれるきな粉が店先では扱いにくい。よって、初めから店に並べることは考えていなかった。

孝次郎が新たに水飴を買い足したのを見て、七が溜息まじりに言った。

「お師匠……もう飴は諦めて、何か餡子を使ったお菓子を作りましょうよ」

「ああ、けどまあ、俺にも一案が――」

「えっ？　なんですか？　大福ですか？　お団子ですか？」

「いちむら屋じゃあるめぇし、二番煎じはやらねぇよ」

「じゃあ、一体なんなんですか？」

「だから飴さ」

「ですから、飴はもういいんですってば！」

ぷりぷりしながら帰宅した七は、翌朝、一転ににこしながら孝次郎の差し出した菓子に次々と手を出した。

「ふふ、お師匠……こりゃ妙案でございます」

「そうかい？」

「ええ、この……なんですか？　霜柱のような――いえ、霜柱を食べたことはないんですがね――でもこう、齧ればさくさく、舐めればじわりと……うん、そしてちゃあんと餡子の――小豆の味がしますねぇ。ふふ、ふ、こりゃあ天にも昇るような、うふふふふ……」

飴に七の好物である小豆餡を混ぜたのだが、そんじょそこらの飴ではない。さらし餡を混ぜて淡い紅色になった飴を、ひたすら練って空気を含ませた。白っぽく艶が出るまで柔らかくしたものを伸し棒で伸し広げ、飴の両端を光太郎に手伝ってもらって二人がかりで引っ張り、まっすぐ、薄く、板状に更に伸ばした。

これを冷えたのちに切り分けたのだが、包丁を入れると、七がたとえた霜柱よりも軽く優しい音がしたものだ。

「よくもまあ、こんなお菓子を思いつくもんですねぇ……」

「ああ、いや、さらし餡を入れたのは俺の思いつきだが、こいつも昔、先代から教わった菓子で、五嘉棒の書付と一緒に仕舞い込んでたのを思い出したんだ。聞いただけで、見たことも食ったこともないんだが、その名も『飴煎餅（せんべい）』っていう信濃の菓子さ。先代も切り口が霜柱のようだと言ってたから、これで大方合ってるんじゃねぇかと……」

「ふうん、信濃のお菓子ねぇ」

にんまりとして七は言った。

「それなら合ってるかどうかは、暁音さんに判じてもらったらどうかねぇ？」

「はなからそのつもりさ」

五嘉棒を喜んだ巴絵の話を聞いて、蕎麦饅頭に続き、やはり何か故郷にちなんだ菓子を暁音のために作りたいと思ったのだ。

「さあ、味見はしまいにしてくんな。暁音さんに持ってく分がなくなっちまう」

飴の入ったざるを取り上げると、七はすがるように眉尻を下げた。

「そんな顔しなくたって、兄貴と話してこいつは店に出すことにしたから、これからいくらでも味見できるさ。――ああそうだ、こいつはお七さんが名付けてくんな。お七さんが餡子、餡子とうるさいから、俺もそんなら一丁、飴に餡でも混ぜてみるかと……」

「ああ、ご無体な」

「うるさいとはなんですか」

そうむくれたのも一瞬で、七はそれから終日、名付けに夢中になった。

「ちょうど霜降を過ぎたとこだけど、『霜降』じゃ芸がないものねぇ？　初霜、薄霜、霜風、霜晴……でもこの色合いじゃ霜と呼ぶのは変だよねぇ……？」

ああでもない、こうでもないと、結句、決まらぬまま七が七ツで帰ってしまうと、孝次郎は割れぬように飴を塗箱に入れて暁音の長屋に向かった。

仄かに小豆餡の味がする飴煎餅は、暁音の長屋でも好評だった。

だが残念ながら、暁音には馴染みがないようだ。

「松本には飴のお菓子が多いと聞いたことがあるけれど、こんな飴は見るのも食べるのも初めてよ。お煎餅よりもずっと軽いから、お七さんじゃなくてもいくらでもお腹に入りそう」

褒め言葉は嬉しいものの、汀にとっての日向や、巴絵にとっての五嘉棒のように、懐かしんでもらえなかったのが孝次郎にはいささか寂しい。

――暁音の姉が奉公先で失火の咎を受け、一家は窮地に陥ったという。

過労で姉と父親が死したのち、兄は遠方へ奉公に行き、暁音は吉原に売られて江戸に来た。やがて兄も亡くなったが、女郎の身なれば、暁音はあとあと知らせを伝え聞いただけである。

以前、少しだけ明かしてくれたその身の上からして、暁音は菓子という菓子をほとんど口にせずに育ったと思われる。もしくは、辛い想い出と化した今となっては、郷里の味など思い出したくないのやもしれない。

けれども俺は菓子しか知らねぇし――

千代嗣の言葉に励まされ、孝次郎一筋だという暁音の気持ちも今なら確かに感ぜられる。なのに郷里の菓子にこだわってしまうのは、夫婦となれぬ――光太郎のように「一家」を築けぬ――歯がゆさからか。

「美味しいお菓子のお礼に、夕餉を馳走するよ」

そう言ったのは、暁音の向かいに住むたみだ。

「ああでも、今日もお出かけかい？」

「ええと、今日は――」

「おたみさんの栗ご飯、とっても美味しいのよ」

どうやら「お出かけ」はないらしいと踏んで孝次郎は内心がっかりしたが、葉月からここしばらくまで、治太郎の死の真相を探ったり、千代嗣に嫉妬したりと落ち着かず、栗をじっくり味わっていない。

「じゃあ、遠慮なく馳走になりやす」

「うん。たっぷり炊いたからたんとお食べ」

たみの家も九尺二間と狭いため、丼に栗ご飯、鍋に味噌汁を分けてもらうと暁音は孝次郎を己の家に促した。

「寒いから閉めとくよ。足りないようなら声かけとくれ」と、にっこりして戸口を閉めたたみに倣って、暁音もそっと引き戸を閉める。

「どうぞ上がって」

更に促されて草履を脱いだが、上がりかまちの向こうに上がるのは初めてだ。既に肌身を許し合っているとはいえ、同じ二人きりでも出会い茶屋と暁音の長屋ではまったく違う。

しゃちほこばって折敷の前に座ると、向かいに座った暁音が噴き出した。

「案ずるなかれ。私は誰かさんのように取って食べたりしないから」

「とと、取って食べたりなんて」

「さ、温かいうちにいただきましょう」

暁音に続いて箸を上げると、孝次郎はすぐに顔をほころばせた。

「こりゃ世辞抜きに旨いですや。栗も米も炊き具合がちょうどいい」

「うふふ、言った通りでしょう？　毎年、三度は炊いてくれるのだけど、今年はおそらくこれが最後よ。孝次郎さんは運がいいわ」

飯と汁だけの簡素な夕餉だが、こうして向かい合う様は夫婦と違わぬと、孝次郎はこのささやかなひとときに感謝した。

空腹ゆえに、ほどなくして一杯目を平らげてしまうと、暁音が丼からお代わりをよそってくれた。少しでも長く暁音と時を共にしたいがゆえに、二杯目は暁音に合わせてゆっくりと箸を動かす。

「……暁音さんは栗がお好きなんで？」

一口一口、そっと栗を食む暁音の様子が、どこか日向を手にした汀に似ている。

信濃では栗もよく採れると聞く。

暁音が栗に親しんで育ったとしたら、名物菓子でなくとも、かつて暁音の同輩の彩が草餅を懐かしんだように、栗の菓子ならもっと喜んでもらえそうだ。

探るように――期待を込めた孝次郎の問いに、暁音は箸でつまんだ栗を見ながら微苦笑を浮かべた。

「そうね……好きでもあり、嫌いでもあり……ううん、やっぱり好きなのかしら」

それは取りも直さず、暁音の故郷への想いではなかろうか。

だが、目を伏せたまま栗を口に運んだ暁音に、孝次郎はそれ以上問えなかった。

「そ、そんなら旬が終わらねぇうちに、何か一つ栗の菓子でも……」

躊躇いがちにそれだけ言うと、暁音はようやく孝次郎を見た。

「栗でもなんでも、孝次郎さんが作るなら、きっと美味しいお菓子でしょうね」

言葉は本心からだと疑わないが、静かな瞳と笑みが切ない。

そっと孝次郎は目を落とし、碗に残る栗に箸をやった。

十

――「福、雲の如し」で「福如雲（ふくじょうん）」――

七によって、飴煎餅は「福如雲」と命名された。

「霜みたいだけど、雲みたいでもあるからね。ほら、雲のごとくふわりと軽いし、薄紅色が茜雲みたいに福福としていてめでたいし。福如雲ってのは、幸が雲のようにどんどん湧き出る様のことらしいよ」

回向院の僧やら、手習い指南所の師匠やらにあれこれ聞きに行き、七なりに知恵を絞ったそうである。

「お七さんにしちゃあ風流だ」

「私にしちゃあって、なんだい、若旦那」

頬を膨らませた七だったが、墨竜や鐵真を始め、富岡八幡宮の禰宜（ねぎ）や出仕（しゅっし）、小太郎たちが通う指南所の師匠などからこぞって褒められ機嫌を直した。

だが福如雲は、二枚一組のうずらより材料代と手間がかかるため、二枚で八文とうずらの倍の値にせざるを得ず、売れ行きは今一つ。その名も町の者にはなかなか覚えてもらえず、「餡子雲」だの「雲小豆」だのと勝手気ままに呼ばれている。

「この雅が判らぬとは」と、七はひととき悔しがったが、七とて裏長屋に住み、やりくりしながら菓子代を捻出しているのはそこらの者と変わらない。

「まあ、福如雲二枚と金鍔一つだったら、私でも金鍔を選ぶものねぇ……斑雪と福如雲だったら、ううむ、やっぱり斑雪かねぇ？　軽いけど懐紙に包んだだけじゃすぐ壊れちまうし、とするとお土産やお祝いごとにもどうもねぇ……」

「うん？　そんなら」と、にやりとしたのは光太郎だ。


――長月末日。

福如雲は紅白の飴菓子として店先に並んだ。

光太郎の案で、さらし餡を入れない白い飴煎餅も作り、紅と白それぞれ四枚ずつ、計八枚を大きめの竹皮にちまきの要領で包んだ。

墨竜に頼み込んで書いてもらった「福如雲」の字をもとに版木を作り、刷った紙を包みの折込と共に竹紐で縛り付けるという凝りようだ。

切れ端を味見に出して、主に富岡八幡宮や深川不動への見物客へ光太郎が得意の口上で売り込むと、一包を四十文としたにもかかわらず、一つ二つと売れ始めた。

「こういうことには、光太郎さんは実に器用でまめだからねぇ」

「違ぇねぇ」

昨晩、いつにも増して陽気だった光太郎を思い出して、孝次郎は口角を上げた。飴を壊さぬための入れ物作りもそうだが、二人で飴を伸ばす作業が何やら気に入ったようである。

やがて七ツが近付いて、七が帰り支度をしているところへ、店先から聞き覚えのある声がした。

「あれ、友比古さまだよ」

板場を出て行く七につられて、手伝いに下りて来たばかりの葉も店先へ回る。

「友比古さん、いらっしゃいませ」

「ああ、お七さん」

「友比古さんというと……あなたがいちむら屋の？」と、光太郎。

孝次郎が暖簾の合間から顔を覗かせると、友比古は光太郎と孝次郎を交互に見やってにっこりとした。

「はい。いちむら屋の主の友比古でございます。こちらには何度かお伺いしているのですが、これまでは何やら名乗りづらく……」

「孝次郎の兄の光太郎といいます。友比古さんのお顔は覚えていますよ。いつもありがとう存じます」

「そりゃ嬉しいな」と、友比古はますます目を細めた。「今日は福如雲とやらを買いに来たんですよ」

「お耳が早いですな」

「昨日、鐵真さんがうちに来て、散々褒めそやしていきましたからね。ああ、そうだ。日向ももしや今日でおしまいなのでは？」

「お察しの通りでございます」

早速味見の福如雲をつまむと、友比古は七に負けず劣らずのうっとりとした顔になった。

「うむ。この舌にとろける小豆の泡沫……軽やか、細やか、雅やかの三拍子。『福、雲の如し』とはよく名付けたものです」

「私が付けたんですよ」と、七は得意げだ。

「流石、お七さん。もうねぇ、私は昨日、この名を聞いただけで胸が弾んで——それなのに今日は野暮用が多くて、一日気が気じゃなかったよ。こうしている間に売り切れちまうんじゃないかってね」

「そうでしょう。そうでしょうとも」

「餡好きの私としては無論、紅色の方が好みだが、白いのもいいね。交互につまむとこっちの小豆の味が引き立つし……うん？　白いのもあったのかい？」

「本日より、紅白二色を合わせて売ることにしたんです」

光太郎が包みを見せると、友比古は顎に手をやって感心した。

「なるほど、噂に違わず光太郎さんは商才がおありですな。孝次郎さんが作ったものを光太郎さんが売る……二幸堂というこの店の名もまた素晴らしい。ばらがないなら仕方ありません。この包みを五つ――おや、もう六つで終わりなのですね。それなら私が全て買い上げてもよろしいですかな？」

「もちろんです」

「ああ、日向と斑雪――ついでに金鍔も五つずつ、この箱に入れてください。日向の他にもきっと欲しくなると思いましてね、今日は重箱を持って来たのです。福如雲はこの風呂敷に」

持参してきた二段の重箱に入った菓子を携え、重箱を包んできた風呂敷に包んだ福如雲を背負うと、友比古はほくほく顔で帰って行った。

「いやはや、あの人が『友比古さま』だったとはなぁ……」

福如雲を入れていた箱を孝次郎に渡しながら、光太郎がつぶやいた。

「私が言った通りの、太っ腹なお方でしょう？　まさか福如雲の残りを六つ全てお買い上げくださるなんて」

時として残り菓子を買い占めていく涼二を七は目の仇にしているが、うずらや夕凪と同じく、福如雲は七の得る「売れ残り」に入らない。

よって、にこやかに友比古を持ち上げる七に、光太郎も機嫌よく頷いた。

「おう。なかなか『太っ腹』なお人だった。――なぁ、お葉？」

「む？」

「もう、光さんたら……大人げないわ」

七が首をかしげた横で、葉が呆れた声を出す。

光太郎と孝次郎を足して割ったようだと七は言ったが、三十路過ぎで菓子に限らず美食家らしい友比古は、孝次郎たちより頰も腹もやや丸い。

まったくもって大人げねぇや――

恋女房の葉に念を押すあたりが男のつまらぬ見栄かと孝次郎には可笑しいが、七は鼻を鳴らして言い返した。

「若旦那だって三十路過ぎたら判りませんよ？　そもそも、あのふくよかさこそ富者の証、男の貫禄ってもんです。男の真価は見てくれじゃあございません。見てくれだけの男なんてそのうち飽きられちまいますよ。――ねぇ、孝次郎さん？」

「ああ、まあ……」

光太郎が眉根を寄せたのを見て、孝次郎は慌てて付け足した。

「け、けど兄貴は見てくれだけの男じゃねぇし、お葉さんに飽きられることたまずねぇやな。だって、兄貴はお葉さんの前の……」

光太郎のかつての想い人に葉が似ているように、葉の亡夫に光太郎は似ていると聞いている。血のつながらない小太郎がどこか光太郎に似ているのも、それゆえなのだが、前夫を持ち出されれば光太郎は更に不愉快だろう。

孝次郎が言葉を濁すと、葉がくすりとして言った。

「孝次郎さんの言う通りよ、お七さん。自分では違うと思っていたけど、私ったら実は面食いだったみたいなの。殊に光さんのような顔に弱いようで……でも、前の夫も光さんも、色男なのに働き者でよかったわ」

「お葉……」

「光さんは職人だけど、商売人だったあの人より光さんの方が商いの才はあるみたい。急にお菓子屋を始めると聞いた時は驚いたけど、こんなにうまくいってるんだもの。まったく男の人って外から見ただけでは判らないものだわ。あの人は口下手で、算盤と書き方の他はからきしだったけど、光さんは算術も折衝も売り込みもお手の物。根付師なのに、大工仕事から印判師の真似ごとまでできるんだもの」

「おう。多芸は無芸ってのは無芸なやつのひがみだぜ。俺ぁ、何をやっても大成する男だからな」

――兄貴が張り合ってんのは、お葉さんの前の亭主か。

光太郎に遠慮して葉の前夫について訊ねたことはなかったが、顔の他、あまり似たところはないらしい。光太郎が友比古を茶化したのは、同じ菓子屋の主だからというよりも、商売人だった葉の前夫が友比古のような家柄の出か、己より稼いでいたからではなかろうか。

「……まあ、若旦那が多芸なのは認めますけどね」

七も察したようで、わざとらしく不承不承の態で頷くと、葉もわざとらしく頬に手をやって悩ましげな顔をした。

「ただねぇ、お七さん、口説き上手なのは良し悪しだと思うのよ」

「うん」と、七がすかさず頷いた。「若旦那は口が上手いからねぇ。お葉さんを口説き落としたのは褒めてつかわすけど、この顔で口巧者なのはどうもねぇ」

「そうなのよ。それに前の夫はあまり飲まなかったから、お酒の席もいつもなんだか心配で……ほら、すけ屋でも一件あったでしょう？」

「あったねぇ」

二人してちくりと言うと、葉と七は顔を見合わせ微笑んだ。

「だ、だからありゃ……ああ、いらっしゃいませ、涼二さん」

涼二が来たのを幸い、光太郎はそれとなく葉と七を追い払った。

「福如雲とかいう、新しい菓子があるんだってな？」

「ああ、それが先ほど売り切れちまいやした。すいやせん」

「なんだと？　少しお高いと聞いたから、きっと残ってるだろうと思って来たんだが……じゃあ、斑雪と金鍔を三つずつ――ああ、今日で長月も終わりだったな。そんなら日向の残りと斑雪を――いや、面倒臭ぇ。全部まとめて箱に入れてくれ」

板場に戻って来たばかりの七が、店先の方を見やって目を剝いた。

「月締めで、子分たちが入れ代わり立ち代わり来っからよ。お前も今日は早仕舞いして、女房子とゆっくりするがいいさ」

「へい、そうさしてもらいやす」

「箱は明日の朝、誰かに届けさせるからな。ああそうだ。先に払っとくから、明日、箱を返しに来た者に福如雲を持たしてくれねぇか？」

「承りやした」

光太郎に言われて、残っていた菓子を一つの箱に集めると、孝次郎は挨拶がてらに外へ出た。

暦の上では今日でもう秋も終わりだ。

西へ沈みゆく太陽が、東に残る雲を紅に染めている。

「明日も晴れるな」

「ええ」

菓子箱を抱えて満面の笑みの涼二と共に、孝次郎も茜空をゆったり仰いだ。

霜月の家路

しもつきのいえじ

一

暖簾を掲げて四半刻と経たずに、光太郎が葉を呼んだ。

「おい、お葉！　悪ぃが、ちと代わってくれ」

何ごとかと孝次郎が聞き耳を立ててると、塗物師の留春が訪ねて来たようだ。

以前なら光太郎がしばし外す時には七が売り子の代わりをしたが、秋を過ぎても落ちぬ客足に板場は毎日てんてこまいだ。

彦一郎が遊びに来たがるようになって七が休みを返上することも増えたし、夕刻の手伝いや手が回らぬ時は居職の葉が助けてくれるが、かまどが三つの板場ではどうしてもできることが限られる。

「朝のうちなら空いてるかと思いきや、繁盛してんなぁ、光太郎！」

座敷から留春の弾んだ声が聞こえてくる。

「へへ、ありがたいことで……留春さんは今日は八幡さまをお参りに？」

「莫迦野郎。おめぇに用があって、神田からはるばるやって来たのよ」

「俺に？」

「こいつがこないだ、ちと欠けちまって……」

根付の修繕を頼みに来たという。

「ああ、これなら今日明日にでも直しときやす」

「頼んだぜ」

光太郎が二つ返事で請け負うと、留春はさっさと腰を上げた。

出来立ての独楽饅頭と斑雪を娘一家の分まで買い求め、「せっかくだから」と富岡八幡宮の方へ小走りに去って行く。

「せっかくも何も――せっかちな親爺だぜ」

やや呆れながらも光太郎は嬉しげだ。

「お葉、急にすまなかったな」

「ううん、平気よ」

「階段に気を付けてな」

「はいはい」

苦笑しながら光太郎と交代すると、葉はゆっくりと二階へ戻って行った。

懐妊して四、五箇月と思しき葉の腹は長月からようやくふっくらしてきて、光太郎はますます張り切っている。一方で、流産がもとで女を亡くした過去があるゆえ、主たる寺社の安産祈願に足繁く通い、階段の上り下りは無論のこと、板場でも無理はしない、させないように、三日に一度は孝次郎たちに念を押すのを忘れない。

胎児がすくすくと育っているのは喜ばしいが、もう三月もすれば葉の手伝いは見込めなくなるだろう。

店が引けてから、珍しく孝次郎の方から光太郎を「常さん」に誘った。

巽橋の袂の、常吉という老爺が一人で切り盛りしている居酒屋である。

「――なぁ、兄貴、ここらで一人、通いでいいから誰か雇えねぇか？」

「そうなんだよなぁ。いつまでもお葉に頼る訳にゃあいかねぇし……誰か一人、ちゃんとしたのが、ああ、お七さんはよくやってくれてるけどよ。どうせならおめぇみてぇな――のは二人といねぇか。そうだな、八がもう一人いりゃあなぁ……」

王子で余市や太吉とよいちを営む八郎には、草笛屋で手代を務めていてもおかしくない腕がある。

よいちでは羊羹、水羊羹、汁粉と、二幸堂より限られた菓子しか作っておらず、孝次郎は八郎の才を惜しまずにいられないのだが、老輩の余市と若輩の太吉だけでは今のよいちは担えない。

「八みてぇのだってそうそういねぇや。八ほどじゃなくともいいんだが、下積みした者なら一から教えずに済むから助かる」

「けどよ、どうせなら八みてぇなのを雇えば、うちでもいちむら屋に負けねぇ上菓子ができんだろう？」

「上菓子だけならな」

　肩をすくめて、孝次郎はあっという間に空になった光太郎の杯に酒を注いだ。

「あれもこれもはできねぇよ。今の菓子に加えて上菓子もやろうってんなら、本職を二人三人、それからかまども二つ三つ増やしてくんな」

「こうの字よぅ……」

「せがまれたって、無理なもんは無理だぜ、兄貴」

「せがんでなんか——ちぇっ。俺だって、悩んでなくもねぇのによぅ」

　光太郎は光太郎で、引き続き移転先を探していたそうだ。

「だが、深川じゃなかなかいい出物がねぇんだなぁ」

「そうか……」

　堀川が多く、小島のごとく土地が限られている深川だ。北東に位置する亀久町や冬木町でさえ表店が空くことは滅多になく、よしんば空いたところで飯屋や料亭でもなければ、かまどを増やしたり、それらしく整えたりと費えがかかる。

　また、富岡八幡宮前や永代橋袂の栄えようとは比べものにならないが、今の二幸堂は黒江町でも永代寺門前町へと続く表通りに面しており、永代橋からも四半里と離れていないため、深川では好立地にあるといえる。

「板場のことだけじゃねぇ。小太もあれで今年に入って二寸は背が伸びた。これから赤子が生まれりゃ、二階も手狭にならぁな」

　ちょうど先日、隣家のてるが似たようなことをこぼしていたのを思い出した。

――「三心堂」をやるってんなら、あと三年のうちに願いたいけどねぇ――

建具師の晋平は今は伯父のもとで働いているが、いずれ独り立ちして、伸太、信次と共に三心堂という建具屋を開くのが夢である。

二幸堂は間口二間、奥行きは三間あるから、階段を除けば二階もほぼ二間三間で九尺二間の晋平宅よりは広いのだが――

「もちっと広けりゃ、お葉も着物の仕立てがしやすくなるし、俺も道具を広げやすいし……」

「そういや、留春さんの根付を直すんだったな。雇い人の話は今日明日じゃなくてもよかったんだ。引っ張り出しちまってすまなかった」

「てやんでぇ、こうの字が生意気言うんじゃねぇや。留春さんの直しは大したことねぇ。――ほら、ここがちっと欠けただけさ」

懐に入れっぱなしだったらしく、光太郎は留春の根付を取り出して見せた。

留春の長屋で一度見た、餅を抱いた兎が臼の中で眠る根付だが、何かにぶつけたのか臼の外側の底が少し欠けている。

「表じゃなくてよかったよ。こんなら底をまぁるく削っちまうだけで済む」

「そうかい。だが、墨竜さんから頼まれた分もあるだろう？」

一昨日、神無月（かんなづき）は二日目に墨竜が二幸堂を訪れた。

長月の終わりに久方ぶりに長次に会った際、印籠と根付を自慢されたそうである。

——いやぁ、見事だった。光太郎、一つ私にも根付を彫ってくれ——

光太郎が印籠に合わせて彫った根付は丸みを帯びた蓮の蕾であったが、よくよく見ると、人差し指を握り込んだ大日如来の右手が、花びらに浮かぶがごとく、浅く、淡く彫り込まれていた。

「ああ、でもありゃまだ少し先の話さ。侘助は判るが『白斑入りの猪口咲き』なんてぴんとこねぇと言ったら、庭のが咲いたら知らせるから、そいつを見てからでいいってんでよ」

粋人の墨竜は茶道のみならず、椿にも造詣が深いらしい。

長次の印籠と根付を見て物欲をそそられたのか、それなら己も今年の冬は手持ちの椿の印籠に、新しく侘助の根付を合わせようと思い立ったそうである。

そんな墨竜も「ちょっとした土産にちょうどいい」と、紅白になった福如雲を喜んだのだが、日向に代わる季節の菓子がないのを残念がった。

「冬は饅頭の類はすぐに固くなっちまうからなぁ。福如雲は兄貴が手伝ってくれっからなんとかなってっけどよ。昼間かまどを使うような新しい菓子は、今はとても手が回らねぇ」

「仕方ねぇやな。雇い人はぼちぼち探しとくが、通いだと給金に家賃を上乗せしてやらなきゃなんねぇ。下積みした職人なら、お七さんみてぇに菓子で釣る訳にもいかねぇし……」

味見と称する現物支給はさておき、菓子作りの下積みがなく、勤めの時間も限られている七の給金は職人の相場よりずっと低い。

孝次郎に至っては——衣食住は別だが——日に百文の「小遣い」のみである。

売り上げに対して利が少ないのは、原価がかかり過ぎているからだ。

小豆や粉、砂糖を始め、材料にこだわりがあるだけでなく、海辺で真水の少ない深川では、菓子はもちろん、鍋や菓子箱の洗いの仕上げにも買った上水を使っている。にもかかわらず二幸堂では、深川という土地柄、例えば草笛屋やいちむら屋なら一つ十六文でも売れるだろう金鍔（きんつば）を半額の八文で出している。

兄弟二人が食べてゆければいいと、店を開いた時にはただそれだけだったが、二年を経て光太郎には養うべき妻子ができたし、孝次郎にも職人の矜持と欲が芽生えてきた。よって名が売れてきた今、売値を上げたいのはやまやまなのだが、同時に慣れ親しんできた深川の町の者たちをないがしろにしたくない。

店を続けたい。

この深川を離れることなく——

口にせずともこの思いは光太郎も同じくしている筈だ。

他の店に張り合う気持ちも少なからずあるだろうが、光太郎が上菓子に意欲的なのは主に商売上の理由からだ。見栄えも値の内の上菓子なら、金鍔や斑雪、紅福（べにふく）などとさほど変わらぬ原価で高値をつけることができる。高値でも、そこそこ売れる菓子がいくつかあれば、今ある薄利多売の菓子は値上げをせずに済むだろう。

「ふっ」

杯を片手に光太郎が小さく笑った。

「あれから二年か」

——俺とお前、兄弟二人で菓子屋をやろうって言ってんだよ——

二年前の神無月も終わりに近付いた頃、出し抜けに草笛屋に現れた光太郎は、役者のごとき口上と共に孝次郎を連れ出した。

「もう二年か。なんだか昨日のことみてぇだが」

「何言ってやがる。まだ二年だせ、孝次郎。俺たちゃこれからも、じゃんじゃん旨い菓子を売りまくるんだ。でもって二幸堂を、草笛屋もいちむら屋も目じゃねぇ江戸一の菓子屋にしようぜ。——この深川でな」

「おう」

頼もしい台詞につられて笑みをこぼすと、孝次郎は兄に倣って杯を干した。

二

春が訪ねて来たのは、光太郎と決意を新たにしたほんの二日後だ。

風呂と夕餉は光太郎一家と済ませ、後はもう寝るばかりだと布団を広げたところへ春の声がしたものだから、孝次郎は慌てて布団を畳んで隅に寄せた。

嵐の夜の一件ののち、機を見計らって暁音のことを春に話した。

だが納得してくれたかに見えたのはその時だけで、依然どこか思わせぶりで馴れ馴れしい春に孝次郎は困惑を隠せない。

「少しだけいいかしら？」

「ええと、その、なんの用事で？」

「お耳に入れたいことがあるのよ」

孝次郎が応える前に春は引き戸を開いて、するりとその身を滑り込ませる。

「お、お春さん」

「あら、火も入れていないのね。火種を持ってきましょうか？」

「火はいらねぇから、なんの用かを聞かしてくんな」

晋平一家が急に静かになったのは、壁際で耳を澄ませているからだろうか。

隣家との壁をちらりと見やって、孝次郎は上がりかまちにちゃっかり座った春に向き直った。

「昼間おてるさんから聞いたのだけど、孝次郎さんたちはもう少し手広く商売したいんですってね？」

「ああ、まあ、兄貴とそんな話をちらほらと」

「それなら、前のお店はどうかしら？」

「前の店？」

通りを渡った向かいは米屋、はす向かいは傘屋と筆屋で、どの店も畳むとは聞いていない。

孝次郎が問い返すと、春は孝次郎の方へにじり寄り、ぐっと声を低めて囁いた。

「――草笛屋よ」

「えっ？」

「天満屋の人が教えてくれたの。年越しも危ういと噂になってて、豆屋やら粉屋やらの仕入れ先がつけを渋ってるんですって」

――暮れに払えるかどうか判らん――

夏に宗次郎から聞いた危惧が現実になりつつあるようだ。

鐵真宅で草笛屋の菓子を食べてから、どことなく予感はあったものの、年越しまでもう三月もないと思うと胸苦しい。

「……草笛屋が潰れた後に移れってのか？」

古巣の不幸を口にするのは忍びなく、孝次郎も春と同じく密やかな声で問うた。

「潰れるまで待つことないわ」

「えっ？」

「天満屋の人が言うには、今のうちにこちらから切り出せば、年越しまでには二幸堂に有利にことを運べるだろうって。なんならその人から草笛屋に持ちかけて、しかるべき費えも利子を取らずに貸してくださるっていうの。――どうお？　いいお話でしょう？　孝次郎さんたちさえよければ、私、明日にでも橋渡しに行くわ」

「天満屋の人ってぇのは……いや、それよりどうしてお春さんが？」

己には暁音という心に決めた女がいるとは伝えたものの、春の身の上を鐵真から伝え聞いたことは言わなかった。

春が勤めている廻船問屋の天満屋は、料亭・明久の女将を務める広の妹が嫁いだ店である。春は明久の跡取り・明彦と深い仲になって息子を授かったが、明彦亡き後、金と引き換えに息子を明久に託したという。

春の言う「天満屋の人」はおそらく広の妹だろうが、明久の女将が背後にいるとして、どうしてそこまで二幸堂に肩入れするのか孝次郎には解し難い。

「どうしてって……」

じりっと再び春が身を近付けた分、孝次郎はやや身を引いた。

「私、力になりたいのよ。二幸堂の――ううん、孝次郎さんの……」

今になって春の唇に薄く紅が引いてあるのに気付いた。

艶やかな唇と上目遣いに怯みつつ、必死に頭を巡らせていると、壁越しにてるが大声で呼んだ。

「孝次郎さん！　お新香どうだい？　すごく美味しく漬かったからさ！」

「あ、ああ、そんならありがたく――」

急ぎ草履を履いて、ついでに春を外へと促した。

「あら、お春さん、どうしたの？」

わざとらしく問うたてるへ、春もいかにもな笑みを見せた。

「光太郎さんが広いお店を探してるって、おてるさん、言ってたでしょう？　ちょうど日本橋に居抜きのいい店が出ると聞いたから、それを知らせに来たんです」

「光太郎さんが探してるのは深川の店だって言ったじゃないの。日本橋って――二幸堂は日本橋なんかに越しやしないよ。ねぇ、孝次郎さん」

「もちろんだ」

迷わず応えたものの、春は気色ばむことなくおっとりして言った。

「そんなつれないこと言わないで、光太郎さんにお話ししてみてちょうだい。だってもったいないわ。二幸堂の――孝次郎さんのお菓子なら、日本橋ならもっと高値で売れるのに」

じゃあ、お休みなさい――と、てるの前でも科(しな)を作って去った春を、孝次郎たちは唖然として見送った。

「孝次郎さん」

小さくも、どすの利いた声でてるが呼ぶ。

「はい」

「しゃんとしなさいよ、情けない」

「どうもその――助かりやした」

「変な馴れ合いになるようなら、お七さんに言いつけるからね」

「そ、そいつぁどうかご勘弁……」

しどろもどろに言うと、戸口から覗いていた伸太と信次が笑い出し、その後ろで晋平が首をすくめて見せた。

三

相談ごとがある――と、翌朝一番に孝次郎は光太郎へ持ちかけた。

深川を出て行くつもりはないのだが、光太郎には春の身の上を明かしてある。その上で、春や天満屋の思惑がなんなのか、光太郎の考えを聞いてみたかった。

葉や七の手前「店のことで」とのみ短く伝えると、光太郎も合点したように頷いて、詳しく問うてはこなかった。

「ちょうどいい。そんなら今日は東雲(しののめ)に行こう」

「東雲に?」

「今川町の方に飯屋が空くかもしれねぇのさ。涼二さんのつてが知らせてくれた話だからよ。詳しく聞きに行くにも、涼二さんに一言礼を言ってからと思ってな」

昼過ぎまで晴れていたというのに、徐々に雲行きが怪しくなって、六ツを前にしてみぞれ交じりの雨になった。

　こんな日は皆、外で飲む気がしないのだろう。傘を畳んで暖簾をくぐった東雲には常連の涼二の他、客がいなかった。

「今宵はもう客は来ねぇだろうから、いっそ暖簾を下ろしちまうかと親爺と話していたとこさ」

「すいやせん。邪魔しちまいやしたか？」

「いや、こんな夜にここへ来るたぁ、何かやんごとなきことでも起きたのか？」

「そんなんじゃねぇです。なんだかこうの字が店のことを相談してぇってんで、涼二さんへの挨拶がてらに伺ったんで」

　まずは今川町の店について少し話してから、光太郎は孝次郎を促した。

　昨夕の春の話を伝えると、光太郎と涼二はみるみる眉間に皺を寄せた。

　先に口を開いたのは光太郎だった。

「しつけぇな。こりゃ、やっぱり何かあるに違ぇねぇ」

「やっぱりたぁ、どういうことでぇ？」

　孝次郎が問うてみると、なんと神無月に入ってすぐ、光太郎も明久から同じ話を勧められたというのである。

「夕刻に遣いが来てよ。鐵真さんの名を出しながら、相談ごとがあるってのさ。てっきりあっちの店で出す菓子を注文してくれんのかと思って訪ねてみれば、女将が草笛屋がどうこう言い出しやがった」

「どうして黙ってたんだ？」

「そらおめぇ、こちとら日本橋にいく気はねぇし、おめぇからお春のことも聞いてたし、もちっと話が見えてからでもいいだろうと――」

もしや鐵真の進言かと勘繰ったものの、のちに土佐屋を訪ねて鐵真は関与していないことが判った。

「けど鐵真さんは、おめぇとお春のことを話してしばらく、なんだか腑に落ちなくて、後日、なんとうちの菓子を手土産に、明久の女将にお春を深川で見かけたことをそれとなく話したってんだ」

話のついでに二幸堂を褒め称え、今少し近ければ尚よしとは言ったものの、移転先を探していることを鐵真は知らなかったし、ましてや草笛屋の名は一度も口にしなかったという。

「――お春のことってのはなんなんだ？」

涼二に問われて、孝次郎たちは顔を見合わせた。

鐵真曰く、春は金と引き換えに息子を手放したが、町の者には子供がいることすら明かしていない。

涼二の行きつけなれば東雲の二人は口が固かろうし、いずれどこからか漏れるやもしれない話だが、居酒屋で女の秘密を口にするのは躊躇われた。少々厚かましい春といえども、下手に「金のために子を捨てた」などと噂が立っては、やはり気の毒だと思うのだ。

　涼二がちらりと店主を見やると、店主は給仕の少年に「暖簾を下ろして来い」と顎をしゃくった。

　給仕が暖簾を取り込む間に、店主が酒とつまみを折敷に載せて持って来る。

「あっしらは湯屋でしばらく温まってきやす」

「すまねぇな」

　二人が湯屋に出かけてしまうと、孝次郎が鐵真から聞いた春の身の上を、続けて光太郎が此度鐵真が広から聞いた話を伝えた。

「女将のお広さんが言うには、お春は息子を手放して一度は古巣の芝に戻ったそうです。けど身寄りがいる訳でなし、花前屋にはもう別の看板娘がいるし、他の店で働くにも出戻りみてぇで気まずいし、何より物陰からでもいいから息子を見守りたいってんで、金を返してきたそうです。お広さんはお春に同情して、妹に頼んで天満屋での仕事を世話してやったと……お春が深川に越したのは、天満屋の近くに空き家がなかったかららしく、まあ、聞いたところ筋は通っちゃいるんですが、鐵真さんはなんだか臭うと言ってやした」

「臭うって……何がだ、兄貴？」

「それがまだ判らねぇから黙ってたのよ。でも、なんだ。お春はもしやこうの字に本気なのやもな。今のおめぇじゃ所帯は持てねぇと踏んで、おめぇがちゃんと稼げるよう、お広さんがお節介を焼いてんのやも——」

「じょ、冗談じゃねぇ」

「じゃなけりゃ、明久が草笛屋を恨んでるのやもな。でもって、おめぇと信俊の諍いを知って、うちを使って草笛屋を潰そうと——」

「あのなぁ、兄貴。明久は料亭、草笛屋は菓子屋だ。同じ町内でもねぇのにどんな恨みつらみがあるってんだ？」

「あのなぁ、こうの字。俺ぁただ、そういうこともありうると……」

「うむ。そいつぁ大いにありうるな」

顎に手をやった涼二を、孝次郎たちは揃って見つめた。

「何かお心当たりが？」

問うた光太郎へ、涼二は微かににやりとして頷いた。

「光太郎、お前なら身に覚えがなくもねぇだろう。げに恐ろしきは」

「女の執念……」

「その通りだ。明久と草笛屋のいざこざは聞いちゃいねぇが——あすこの女将は暁音さんを恨んでいてもおかしかねぇぜ」

「あ——暁音さんを？」

思わぬ名前に、孝次郎のみならず、光太郎まで目を丸くした。

四

明久の女将・広の亡夫は柳右衛門(りゅうえもん)といい、この柳右衛門こそが吉原から暁音を請け出した男なのだと涼二は言った。

だからといって草笛屋の一件がどうつながるのか、孝次郎は今一つ腑に落ちなかったが、光太郎は何やらぴんときたらしい。

涼二と光太郎の推し当てを聞いたのち、孝次郎は光太郎と手分けして次の六日間を諸々の調べに費やした。

七日目の神無月は十四日の朝、孝次郎は井戸端へ挨拶に出て来た春の袖に、生まれて初めての落とし文をした。

《六ツに　すけやの二かいであいたし》

四半刻は早くすけ屋に着いて、二階で進まぬ酒を前に待っていると、六ツが鳴ってしばらくしてから店主の弥助が春を案内してきた。

「嬉しいわ。孝次郎さんから誘ってくれるなんて」

折敷を挟んで孝次郎の向かいに座ると、春は慣れた手つきで己の杯に酒を注ぐ。

「さ、まずは一献」

にっこり微笑むと、孝次郎の返事を待たずに一息に飲み干した。

「飯屋なのは知ってたけれど、二階に上がれるなんて小粋な店ね。ここが孝次郎さんの行きつけなの？」

「兄貴の行きつけさ。俺ぁ、こういう店には滅多に……」

「あら、それなのにここへ誘ってくれたのね？」

「他にゆっくり話せそうな店を知らねぇからよ」

「そうかしら？　馬喰町にもいいお店を知っているんじゃゃなくて？」

挑発的な目をして春は科を作ったが、光太郎に前もってあれこれ仕込まれていたからか、うろたえずに済んだ。

「お春さん……もうつまらねぇ芝居はよしてくんな」

「芝居ですって？」

「お春さんは、お広さんに命じられて深川に越してきたんだろう？　わざわざ日出吉さんを芝に引き抜いてまで」

日出吉は以前春の家に住んでいた左官で、芝の親方に引き抜かれて急に長屋を出て行ったのだが、前の親方から芝の親方をたどってみると、話を持ちかけてきたのはなんと花前屋の者であった。おそらく春が孝次郎と同じ長屋に住むために、以前勤めていた花前屋に助力を求めたと思われる。

「お広さんは、いまだ暁音さんを恨んでるんだな？」

光太郎に言われた通りに、多くを語る前に静かに問うと、春は目を落として注いだばかりの酒を再び一息に飲み干した。

「……そうよ。いまだに、ずぅっと恨んでいるわ」

「だから俺を誘ったんだな？」

「ええ。あの人は、暁音さんにも同じ苦しみを味わわせたかったのよ。惚れた男を若い女に攫われるという苦しみをね」

「あんたは息子のために、こんな莫迦げた話にのったんだろう？」

「あの子のことまで……もう全部お見通しなのね」

三杯目の酒を注ぐ春の手が微かに震えている。

「おおよその見当はついてるが、お見通しってほどじゃねぇ」

できるだけ知っている振りをしろと光太郎には言われていたが、孝次郎は正直に応えた。駆け引きはもとより得意でないし、春はどこか覚悟して――ことがばれたのを承知で――ここへやって来たように思えたからだ。

「……初めから話してくんねぇか？」

「初めから……ねぇ」

つぶやきながら春は三杯目の杯を手にするも、口には運ばず、膝においたそれを見つめながら話し始めた。

「私の母は品川女郎で、私が九つの時に病で亡くなったの。花前屋の女将――百世（ももよ）さんは同じ女郎屋に勤めていた頃からの母の友人で、私をあそこで働かせるのは忍びないって、私を引き取ってくれたのよ」

下働きから始めて少しずつ表に出るようになり、十三歳になった頃には「花前小町」と呼ばれる看板娘になっていた。

「鼻垂れ小僧から助平爺までいろんな男に誘われたけど、女郎屋で生まれ育ったんだもの。男を見る目はあったから、下心だけの男は片っ端から振ってやった。でも明彦さんは……あの人が本当に好いていたのは私だけよ。おふみとは一度きりの過ちだって明彦さんは言ったし、おふみだって認めたわ。私を妬んで、色仕掛けであの人に抱かれたんだって」

春が己に「夜這い」を仕掛けてきたのは、色仕掛けで明彦を嵌めたふみはもとより、情欲に流された明彦を許し切れずにいたからではなかろうかと、孝次郎はぼんやり考えた。

悪い男ではないが、あちら――二親と店の者――もよしとしないだろうと、百世は明彦にいい顔をしなかった。しかし春は百世の反対を押し切り、明彦に誘われるがままに肌身を許して身ごもると、駆け落ち同然に神田は佐久間町で暮らし始めた。

「佐久間町の長屋は、お義父さんがお世話してくれたの。上野への通り道だったから都合がよかったんでしょう。月に一、二度しかお目にかからなかったけど、お義父さんにはよくしてもらったわ」

柳右衛門が暁音を囲っていた別宅は、佐久間町から四半里弱北の上野にあった。

「……見栄もあったわ。母は長く勤めたから借金はほとんど残ってなかったんだけど、借金を返したところで行くあてなんかなかった。それに比べて百世さんは若い時に落籍いてもらって、妾だけど店まで持たせてもらって……引き取ってくれたのはありがたいと思っているけど、どこかで百世さんの旦那よりいい男に、妻として嫁ぎたいと思ってた」

だがふみの懐妊で春は結句妻にはなれず、妾として息子を産んだ。

「明彦さんが亡くなってから、私なりに必死で働いたわ。久哉――息子を明久に渡したくなかったから……お義父さんが達者でいらした時は家賃を出してくださったけど、お亡くなりになった三年前にそれも途絶えて、それから大家も長屋のみんなもなんだか急に冷たくなって……今思えばお広さんの差し金だったんでしょうけど、暁音さんみたいに一芸に秀でているならまだしも、私みたいな茶汲みと家のことしか能のない女が子供を抱えて生きていくのは大変なのよ」

春ならば、息子ごと引き受けてもいいという男が幾人もいただろう。だがこれまで独り身を貫いてきたのは、明彦への愛情が本物だったからであろう。

働き詰めだった春は年始めに身体を壊し、休みがちになって窮地に立たされた。

そんな折、見計らったように現れたのが広だったという。

「いつまでも意地を張ることないだろう、って。明彦さんもお義父さんもいなくなって大分経つし、明久は久哉に継がせたい、私にも相応の暮らしを用意してやるからって……今更とは思ったけれど、今以上に久哉に苦労させたくなかったし、私も少し楽になりたくて……それにどうやら、お広さんはおふみとうまくいってないようで、この際お広さんに取り入って、おふみを見返してやりたくなったのよ」

子供じみていると思わぬでもなかったが、明彦に身を任せた時、春はほんの十五、六歳だった。これもまた女の執念かと思い直して、孝次郎は春に問うた。

「久哉を跡目とするとしても、ただでは駄目だと言われたんだな？」

「ええ」

小さく頷いて春は酒で喉を湿らせた。

「お察しの通り、孝次郎さんを落とせと言われたわ。暁音さんから奪うだけでもいいけれど、二幸堂は番付にも載り始めた菓子屋だから、そのまま孝次郎さんのおかみさんに収まれば、明久の跡目の母としても格好がつくだろうって」

三杯目の杯を空けてから、くすりとして春は続けた。

「でも私もお広さんも、孝次郎さんを甘くみてたわ。もっと早くに片付くだろうと思ってたのに、孝次郎さんたら本当にお堅いんだもの。おかげで久哉にはずっと寂しい思いをさせたままよ。うまくいくまで、滅多なことで明久に出入りしないよう言い渡されてて……」

頬はまだしも目に赤みが増したのは、酒のせいばかりではないのだろう。

「あまりにもことが進まないものだから、お広さんもいい加減業を煮やして、草笛屋を餌にしようと思い立ったみたい。お金が絡む貸しを作っておけば、それを盾に、後からいくらでも孝次郎さんたちを言いなりにできるって言ってたわ。私も深川の小商いより日本橋の大店に嫁ぐ方がいいと思ったんだけど、どうしてどうして、孝次郎さんたらしぶとい男ね。お義父さんといい、孝次郎さんといい、暁音さんはよほど手練手管に長けているのね。流石、元吉原の遊女だわ」

「お春さん」

咎めるべくつい声を高くしたが、春は悪びれもせずに形ばかり肩をすくめた。

「お義父さんは浄瑠璃がお好きだったわ。だから三味が得意な暁音さんを落籍いたのだと明彦さんは言ったけど……もちろん、それだけじゃあなくってよ。私、お義父さんと明彦さんが話しているのを聞いたもの。うぶな孝次郎さんにはお気の毒だけど、お義父さんと暁音さんはけして清い仲ではなかったのよ」

やめてくれ、と言いたかったが言葉にならず、目頭を揉んでから孝次郎は声を絞り出した。

「……けど、そいつぁ全部、過ぎた話だ」

束の間の沈黙ののち、「そうね」と春はつぶやいた。

一向に減らない孝次郎の杯に気持ちばかり足してから、春は己の杯を満たした。

「でもお広さんにとっては、ちっとも過ぎた話じゃないのよ。お義父さんは上野で亡くなったんですって。卒中で倒れて、半日ともたずに息を引き取ったそうだけど、最期を看取ったのは暁音さんだった。そりゃ初めに中へ行ったのも、暁音さんに惚れたのもお義父さんよ。けれどもお広さんにとって暁音さんは、いつまで経っても、夫をたぶらかして、貢がせて、何年もお広さんから夫を奪い続けた挙げ句に死なせた、憎き女なのよ」

一息つくように、春は杯をゆっくりと口へ運ぶ。

孝次郎も喉に渇きを覚えて、一口二口、酒を含んだ。

「それで……お春さんはこれからどうすんだい？」

「さぁね、どうしたものかしら？」

孝次郎の問いに春は微かな自嘲を漏らした。

「今からでも孝次郎さんがもらってくれたら、全て丸く収まるんだけど」

「そいつぁできねぇ相談だ」

「それなら孝次郎さんは諦めて、暁音さんに的を絞るとしようかしら？」

「暁音さんに手出しすんのはやめてくれ。俺ぁ喧嘩はからきしだが、暁音さんを苦しませようってんなら、あんたにも明久の女将にも相応の覚悟はしてもらう」

精一杯凄んで見せたが、春は小さく噴き出した。

むっとした孝次郎に微笑むと、春は杯を持ったまま窓辺に身を寄せた。

西向きの窓からは夕暮れの永代橋が一望でき、提灯がちらほら灯り始めている。

「あと一刻もしたらここからも月が見えるかしら？　二幸堂で出している『幾望（きぼう）』

というお饅頭、あれは十四夜のことなんですってね」

「ああ」

「知らなかったわ。いい名前ね。斑雪も……あれは暁音さんが名付けたそうね。光太郎さんがわざわざ教えてくれたわ」

――ほら、こうして見ると、まるで月夜の斑雪――

初めて抱き合った日の暁音の声が思い出されて、孝次郎は思わず首元の火傷痕に手をやった。

「風情のある言葉だわ。私にはとても思いつかない――お義父さんに気に入られるだけあって、三味や唄の他にも学のある人なのね、暁音さんは。ああ、負け惜しみじゃないわよ。――ううん、やっぱり負け惜しみかしら……でも、いい名前だと思ったのは本当よ」

信濃で暁音が手習いにいく暇があったとは思えない。

……全て中で学んだことだ。

望みを捨てずに生きてくために――

孝次郎が黙っていると、春は杯を干して、少しばかりいたずらな笑みを浮かべた。

「私が暁音さんのことをあれこれ探っていたのは知ってるでしょう？　困らせたお詫びと誘ってくれたお礼を兼ねて、孝次郎さんに一つ教えてあげる」

「……なんだ？」

「この一月ほど、私の他に暁音さんの身辺を探ってる人がいるの」

「なんだって？」

「男の人よ。三十路くらいのまあまあ整った顔立ちで、暁音さんにお似合いだと思ったわ。もしかしたら暁音さんの昔の馴染みじゃないかしら？　お義父さんが亡くなったのを聞きつけて、焼けぼっくいに火をつけにきたのかもしれないわ」

言葉を失った孝次郎を置いて立ち上がると、春は愉しげに会釈をこぼした。

「どうもご馳走さま」

五

千代嗣さんだろうか……？

三十路くらいの男と聞いて、真っ先に幇間の千代嗣を思い浮かべた。格別色男ではなかったが、己よりは整った顔立ちで、落ち着いた礼儀正しい男である。

千代嗣の師匠が二幸堂の菓子をいたく気に入ったようで、千代嗣はあれから既に二度、二幸堂に菓子を買いに来ている。

対して暁音とは十日余り前に、栗ご飯を共にしたきりだ。

飴煎餅が福如雲と名付けられる前のことで、福如雲を紅白にしたり、人手や引っ越し先を考えたりと瞬く間に十日も過ぎていたこと、また暁音がその間一度も店に来ていないことに気付いて孝次郎は愕然とした。

すけ屋で春に会った翌日、早速暁音を訪ねるべく孝次郎は仕事に励んだ。葉の手伝いもあって、七ツで七が帰ったのち四半刻と経たずに仕込みまで終えたものの、土産用の菓子を包むと何やら不安になってきた。

――と、ちょうど店先から千代嗣の声がして、孝次郎は表へ飛び出した。

「ちと、話が……」

躊躇いがちに切り出すと、「道すがらでよければ」と言うので、孝次郎は菓子の包みを引っつかんで、千代嗣と北へ歩き始めた。

「すみません。夜見世が始まる前に戻らなければならないので」

「いいえ。うちの菓子のために深川まで来てくだすって、ありがとうございます」

「千代平が今ちょいと使いものになりませんからね」

想いをかけた遊女の巴絵が身請けされるのを知って、日々悶々としているようだ。

「それに今日は、暁音さんに用事もありまして」

「暁音さんに？」

「ええ、行きに寄ったのですが、ついでに二幸堂のお菓子も少し頼まれました。孝次郎さんも一緒にいかがですか？」

帰り道にも伊沢町の長屋に立ち寄り、頼まれた菓子を渡していくという。先日も同じように用事のついでに頼まれたそうで、暁音がここしばらく菓子に不自由していなかった理由は判ったが、千代嗣と一緒に暁音を訪ねるのはどうも気まずい。

「俺は帰りに寄ることにします。暁音さんにも俺のことは言わないでください」

「承知しました」

一度別れて、伊沢町の北西にある緑橋で待つことしばし、千代嗣はすぐにやって来て言った。

「暁音さんはお留守でした。行きがけに私が寄った後、急に思い立って上野のお師匠を訪ねることにしたようです。おそらく泊まりになると言っていたそうで」

「そうですか……」

春から聞いた話を打ち明けながら、千鳥橋から大川へ、更に北へと浅草へ戻る千代嗣と並んで歩く。

「まさかとは思いやすが、その男ってのは千代嗣さんでは……?」

「まさかですよ」

微苦笑を浮かべて応えてから、千代嗣は一息おいて切り出した。

「そのお春さんという方が言っていたのは、おそらく正吾(しょうご)という名の男のことだと思います。私も一度中で、紅音(べにお)さん——つまり暁音さんについて訊かれました。正吾さんは信濃から来た商人だそうです」

「信濃……」

紅音、というのは暁音の吉原での源氏名だ。

「そいつは何を訊ねてきたんですか？」

「身請け先にいないようだが、その後の行方を知らないか、と。知らぬ存ぜぬで通しました。私どもにも多少は仁義というものがありましてね。外へ出た者について、余計なことは言わぬのが慣わしです。女たちはそうでもないようですが、暁音さんが身請けされてからじきに十年になります。暁音さんを覚えている者自体そうはおりませんよ」

「でもそいつは、どうして今になって……」

「私も疑問に思い、暁音さんに知らせました。三月ほど前のことになります」

「三月も前に？」

　春が気付く二月も前――文月の頃から正吾は暁音を探っていたことになる。

「すみません」と、千代嗣は小声で謝った。「正吾さんのことは、暁音さんに口止めされておりまして、先だっては打ち明けるに至りませんでした」

「口止め？」

「ええ。もしもまた見かけたり、話しかけられたり、もしくは何か私がつかんだことがあれば教えて欲しいが、誰にも口外しないで欲しいと言われました。無論、正吾さんに己のことを漏らさないで欲しい、とも」

「じゃあ暁音さんに用事というのはもしや、正吾さんとやらのことですか？」

「そうです」

千代嗣は文月から二月ほど正吾を見かけなかったが、この二十日ほどで二度仲間から話を伝え聞いた。数日前も正吾は吉原に現れ、今度は紅野という、やはり信濃からきた女郎のことを訊ねて回っていたそうで、今日は師匠から菓子をせがまれたついでに暁音に伝えに来たという。

「紅野は紅の野と書きます。ですから正吾さんはもしかしたら、この紅野という女の名を紅音と勘違いしていたのやもしれません」

「暁音さんはなんと……？」

孝次郎が問うと、千代嗣は困った笑みを浮かべて言った。

「礼を言われただけです。『知らせてくれてありがとう』、と。でも上野へ出かけて行ったのは、何か心当たりがあるからではないでしょうか。紅野も暁音さんと同じ妓楼にいました。親しくなかったのでよく覚えていませんが、紅野も暁音さんと前後して身請けされたように思います」

「紅野の身請け先も上野だったんですか？　もしや請け出したのは、暁音さんと同じく明久の柳右衛門さんじゃないでしょうね？」

「それは違います。同じ妓楼から二人同時に請け出すなんて——そんなことがあったら皆、二十年経ったって忘れませんよ」

「そ、それもそうか。じゃあ上野にはやはりお師匠を訪ねに行ったのか……」

だが、千代嗣は暁音の言葉を信じていないようだ。

孝次郎もまた、礼儀正しい暁音が「思い立って」「泊まり」を見込んで師匠を訪ねて行くとは信じ難い。

——全部、過ぎた話だ——

春にはそう言ったものの、明久の広のごとく、暁音にとっても「ちっとも過ぎた話」ではないのかもしれない。

中のことも、旦那のことも——

過去の暁音どころか、吉原もよく知らぬ孝次郎だ。理に適(かな)っているとはいえ、暁音が己には何も知らせず、千代嗣を頼りにしているのがなんとも悔しい。

——今のおめぇじゃ所帯は持てねぇと——

光太郎の台詞は主に稼ぎについてだったが、己一筋としながらも暁音が夫婦の契りを渋るのは、子をなせぬだろうという懸念よりも、己がどちらかというと世間知らずで頼りにならぬからやもしれない。

つい孝次郎が溜息を漏らすと、千代嗣は穏やかな声で言った。

「勝手に思い悩んだところで、暁音さんの心は暁音さんにしか判りませんよ。それなら直に訊いた方がいい」

「……話してくれますかね？」

「どうでしょう？」と、千代嗣はとぼけた。「あなたになら話すかもしれないし、あなたにもだんまりを貫くかもしれない。あなただけに明かす秘密もあれば、あなたにだけはけして知られたくない秘密があるやもしれません。けれども、口止めされていたにもかかわらず私があの男のことをお話ししたのは、孝次郎さんを信じていればこそ——いえ、孝次郎さんを信じたのではなく、暁音さんがあなたを想う心を信じているからです。ですから、あの人を真に想う気持ちがあるなら、この辺りで真っ向からあの人と語り合ってみてはいかがでしょう？」

「千代嗣さんは、その……やはり暁音さんのことが？」

「いいえ」

きっぱり言って、千代嗣は足を止めて孝次郎を見た。

「ただ、若き日の悔いがあるだけです。憶測だけで一人で悩み、仕儀を恐れて、思いのたけを語ることなく……結句、二世を契った女を失いました」

千代平の恋を助けた理由の一つが、この過去の後悔なのだろう。

言葉を失った孝次郎へ小さく笑んで、千代嗣は続けた。

「それに、千代平も言ってたでしょう？『お二人にあやかりたい』と。女たちにも私どもにも、浮世も時には悪くない……そう思わせていただきたいものです」

鼓舞されているのは判ったが、安請け合いもできず、孝次郎は曖昧に頷いた。

いつの間にか新大橋を通り過ぎ、御舟蔵を左手に見ながら歩いていた。

二町ほど先に一之橋が見えてくる。

暁音が留守なら長屋に寄ることはあるまい。抱えてきた菓子の包みを千代嗣に渡して暇を告げると、孝次郎は踵を返して今来たばかりの道を戻り始めた。

六

千代嗣と話した翌日は七が休みで出るに出られず、孝次郎は一日おいてから暁音の長屋を訪ねた。

が、暁音はまたしても留守だった。

「昨日、一度戻って来たけど、お師匠さんの具合が悪いそうで、しばらく上野に泊まり込むそうだよ」

そう教えてくれたのは向かいのおかみのたみである。

「虫が知らせたんだろうねぇ」と、隣りの徳は言ったが、孝次郎は半信半疑だ。

本当にお師匠のところにいるんだろうか……？

千代嗣からの「知らせ」を受けて出かけたのなら、行き先が上野でないこともありうるとつい疑ってしまう。

しかし、孝次郎には確かめる術も暇もなかった。

今年は冬が早いのか、小雪が近付くにつれぐっと冷え込んできた。

まず彦一郎、それから小太郎が風邪で寝込み、充分な人手を得られないまま、孝次郎は更に十日余りを暁音の顔を見ずに過ごした。

間で二度、千代嗣がやって来たが、孝次郎を呼ぶことはなかった。

たみも一度、徳のために菓子を買いに来たが、暁音はまだ上野から戻らぬらしい。否、一度は帰って来たのだが深川での所用を済ませるためで、一晩明けるとすぐに上野に戻ったという。

己は「所用」に含まれなかったのかと落胆しないでもなかったが、日によっては板場にほぼ一人きりの時もあり、忙しさと疲労が孝次郎を雑念から遠ざけた。

春は相変わらず通りすがりに声をかけてくるものの、思わせぶりな仕草は大分減った。広にどう話したのか――話をしているのかどうかさえ――知らないが、これもまた目まぐるしい日々に押しやられて孝次郎からは問うていない。

――初雪が降ったのは小雪の二日前の夕刻で、ちらちらとだが、夜を通して翌日の昼になっても降り続けた。

「七ツには閉めちまおう」

「おう」

今宵は一休みできそうだと、孝次郎はほっとした。

八ツには菓子作りを止め、明日の仕込みにとりかかる。葉の手伝いを得て、福如雲まで作ってしまうとしばし手持ち無沙汰になった。

先に湯屋へ行こうかと座敷でぼんやりしていると、七ツの捨鐘が鳴り始めてすぐに光太郎に呼ばれた。

土間から表へ出てみると、なんと店先に傘をさした信俊がいる。

「おめぇに話があるそうだ」

光太郎に促されて、孝次郎は信俊を座敷に通した。

三畳しかない形ばかりの座敷は草笛屋が客を通す部屋の半分以下の大きさで、長火鉢や文机といった調度品もない。

「……話ってのはなんだ？」

仏頂面で座り込んだ信俊に、孝次郎の方から切り出した。

「店を……お前に譲りたい」

一瞬にして意味を悟った。

「草笛屋を手放すってのか？」

「そうだ。うちの噂はもう聞き及んでいるだろう？　このままでは皆が路頭に迷う。お前は――二幸堂は今少し手広く商売したいんだろう？　それならうちとうちの職人を使えばいい。無論ただではやれんが、お前たちはどうやら松弥のことで土佐屋の弱みを握ったようだな。だったら金は土佐屋が出してくれるさ。私は店を出ていくし、親父に免じて多少は負けてやるから、お前も親父に免じて店の名だけは残してくれないか？」

一息に言って信俊は頭を下げた。

「断る」

迷わず応えた孝次郎に、信俊は驚いて顔を上げた。

「私を恨んでいるのは判るが、店のため――いや、皆と親父のために――」

「もう決めたんだ」

信俊を遮って孝次郎は言った。

暖簾を手にした光太郎が戸口で足を止めた。

「兄貴と決めたんだ。俺たちは深川でやっていく。いずれ日本橋にだって暖簾を出すことがあるやもしれねぇ。だが、暖簾の名は二幸堂だ。兄貴と俺と――二人で始めた店だからな」

束の間、耐えるように孝次郎を見つめて、信俊は絞り出すように言った。

「……邪魔したな」

口元を引き締めたまま立ち上がると、信俊は光太郎を一瞥したのち、振り返りもせずに戸口の向こうへ姿を消した。

土間に暖簾を置いて、光太郎がゆっくり微笑んだ。

「こうの字よぅ」

「勝手に断っちまったが――いいだろう、兄貴?」

「たりめぇだ。もう決めたことじゃねぇか、二人でよ。――ちょいと待ってろ」

階段を駆け上がるように二階に行った光太郎は、瞬く間に手にした紙をひらめかせながら戻って来た。

「今川町の方に飯屋が空くかもしれねぇって言ってたろう？　昨晩やっと見に行って来たのさ」

「雪の中をか？」

「まあな。雪なら客も少ねぇだろうと思ってよ。あっちの店主がまだ迷ってて、俺もまあ、おめぇに相談してからじゃねぇとなんとも言えねぇと話しておいた。とにかく見てみろ」

夜のうちに覚書から間取りを描きおこしたそうである。

「あっちは三間四方の二階建てだから、うちより間口一間分広い。板場はうちとそう変わらねぇんだが、うちは飯屋じゃねぇからな。今、客を座らせているところは全て板場にしちまえる。こう、かまどを二つ――いや三つ、おめぇが望む通りに増やしてだな……ああ、かまどは向かい合わせの方がいいか？　板場はおめぇの領分だからな。おめぇの好きなようにしていいぜ。金ならいひひ、あの野郎の台詞じゃねぇが、土佐屋のご隠居からたっぷりもらってあっからよ」

孝次郎は知らなかったが、光太郎は息子を攫われた葉への「見舞金」の他に、店にも「口止め料」をせしめていたようだ。

「流石兄貴、ちゃっかり――いや、しっかりしてら」

「ご隠居からの金だけじゃねぇぜ。こういう日のために、ちゃあんと貯め込んできたからよ。おめぇはなんも案ずるな」

「おう」

素直に頷いた孝次郎だが、光太郎を頼もしく思うほどに、今は泥舟となった草笛屋が気になった。

信俊や腰巾着の浩助への同情は無きに等しいが、先代の信吉や、信吉同様に己に目をかけてくれていた番頭の善二郎に続き、幾人か気心の知れた兄弟子や弟弟子の顔が頭をよぎる。

「……本職を二人三人、かまども二つ三つ欲しいと前に言ってたな。かまど三つはお安いご用だ。本職も——三人はちと厳しいかもしれねぇが——なんとかなると俺はみてる」

「兄貴……」

「その代わり、金になる上菓子をもっと作れよ？　うちもよ、新しい店ではよいちみてぇに外に縁台を出そうと思うのよ。そしたらおめぇ、出来たての上菓子をその場で食ってもらえるぜ？」

「ああ」

何やら熱くなってきた目頭を隠すために、孝次郎は間取り図に目を落とした。

図の内外にいくつもの数字が記されているのが光太郎らしい。板場の改装やら人手やら、孝次郎の——弟の願いを叶えるために、既に何度も検算したと思われる。

「茶も出せば、その分儲かるしな」

「おう」

相槌を打って顔を上げると、面映げな光太郎と目が合った。

七

昨日はみぞれ、小雪の今日は晴れたが道が凍っていて、客足は今一つだ。が、二日続けて早仕舞いしたおかげで孝次郎は活力に満ちている。

草笛屋の行方を憂う気持ちはあるが、己の選んだ道には満足していた。また今川町への引っ越しが実現すれば、たった三人とはいえ職人を――望めばおそらく草笛屋の者を――雇い入れることもできるのだ。

光太郎が今日も早仕舞いを決め、仕事を終えた孝次郎は、暖簾を下ろすのを待たずに七ツ過ぎに七と一緒に店を出た。

永代橋の袂で七と別れると、孝次郎はいまだ凍ったままの道に気を付けながら、一路、神田は佐柄木(さえき)町へと向かった。

佐柄木町には「やっちゃば」と呼ばれる青物市場がある。

夕刻だけに主たる青物はほとんど残っていないものの、孝次郎の目当ては栗である。旬も終わりに近付いていて、これも残り少ない栗の中からよさそうなものを選っていると、近くの百合根が目に入った。

「まとめて買ってくれんなら負けとくよ。栗と合わせて一朱でどうだい?」

一両が六千五百文として、一両の十六分の一の一朱は約四百文。馬喰町の出会い茶屋での一刻が二百文だから倍は高いが、百合根はなかなか手にすることのない食材だ。六つ残っている百合根は合わせて二百匁はありそうで、栗も同じくらい重さがあるから、買い得だと判じて孝次郎は素直に金を払った。

馬喰町に行くあてもねぇしな……

暁音の向かいに住むたみが店に来てからも、既に七日ほどになる。上野から戻っているのかどうか判らぬが、顔を見せぬのは理由があってのことだろう。

翌日、店に出す菓子作りを終えると、孝次郎は鍋を火にかけた。

真っ白な菓子にするべく、百合根は茶色くなった部分を削り取り、一枚ずつほぐして水に浸けておいた。これを茹でて裏漉しし、砂糖とほんのひとつまみの塩を加える。鍋に戻して、練切餡のごとくほどよい固さになるまで弱火にかけてから、一口大の大きさにちぎって茶巾絞りにした。

百合根のきんとんである。

上に二筋三筋載せた黄色い糸は、やはり昨日やっちゃばで買った走りの柚子の皮を薄くそぎ、極々細切りにしたものだ。

「こりゃまた典雅な……」

七ツを過ぎたというのに、菓子が出来上がるまで待っていた七がつぶやく。

「柚子の味と香りが利いてるね。滑らかで甘さもほどよく……これは板場で食べるのはもったいないよ。ゆっくり、熱くて美味しいお茶と一緒にいただきたいもんだ。でもお師匠、注文でもないのにどうしたんだい？」

「だから昨日、やっちゃばで見かけて――たまにはいいじゃねぇか、思いつきで作ってみても」

「たまにどころか、毎日でも構いませんよ。ええ、なんだったらわたくしめが、毎朝やっちゃばに旨そうなものを仕入れに行ってもいいんです」

このままそっくり食べさせたいからと、七はわざわざ塗箱を借りて、孝次郎が土産にと分けた三つのきんとんを大事に抱えて帰って行った。

「宇一郎さんも喜ぶだろうな」と、光太郎。「砂糖を控えりゃ、あっちの店でもいい一品になりそうだ」

七の夫の宇一郎は浅草の料亭の板前だ。

「ひこもきっとよろこぶよ。――ねぇ、もうひとつたべていい？」

「もちろんだ」

孝次郎が空いたばかりの小皿に一つ載せてやると、小太郎はもったいぶって少しずつ齧っては舌の上を転がせる。

「お葉さんも、もう一つどうですか？」

「でも……暁音さんに持って行くんじゃないの？」

遠慮する葉の小皿にも一つ載せて、孝次郎は小さく苦笑した。

「暁音さんは、まだ上野から帰ってねぇと思うんで……」

やっちゃばからの帰り道で既に百合根はきんとんにしようと決めていて、出来上がったら暁音を訪ねてみようかとも考えた。

暁音が己のことを忘れているとは思い難い。

ゆえに大事があればたみが知らせてくれようし、そうでなければまだ帰宅していないのだろうと思い直した。また、白いきんとんは雪深い信濃を思い出させるやもしれず、もとより暁音を想って作った菓子でもなかった。「雪」が念頭にあったのは確かだが、それは信濃の雪ではなく、三日前の雪である。

この二年間、先を見据えて金を貯め、雪の中わざわざ今川町まで出かけて行った光太郎への感謝の気持ちと、そんな兄と決意を新たにしたことが嬉しくて作ったいわば祝いの菓子であった。

「それにこいつは、兄貴のために作ったんで」

「俺のため？」

小皿を差し出し、二つ目を催促しながら光太郎が問うた。

「ああ。兄貴が上菓子、上菓子とうるせぇからよ」

「うるせぇたぁなんだ」

いつかの七のごとくむくれたものの、形ばかりの照れ隠しらしい。

「けど、どうでぇ兄貴？　お七さんが言ったように、熱くて旨い茶が欲しくなるだろう？　ああそうだ。茶を出すことになったら、墨竜さんと季良屋に助言をもらいに行こう。でもって兄貴は、王子の太吉に茶汲みを習いに行くがいいや」

「なんだと？　俺に茶汲みをしろってのか？」

「だって、雇うのは三人がぎりぎりなんだろう？　板場は俺が引き受けるが、表は兄貴が仕切ってくれねぇと。茶で儲けようって言い出したのも兄貴だしな」

「ちぇっ」

わざとらしく舌打ちした光太郎に、まず小太郎が、それから葉が笑い出す。

残ったきんとんは長屋へ持って行くと言うと、小太郎が喜んでついて来た。

まずは晋平一家のもとへ行き、小太郎を置いてから、大家の栄作を始め、一軒一軒訪ねて百合根のきんとんを配って回る。

春にも声をかけると、春は礼を言ってから囁いた。

「……草笛屋の話、蹴ったんですってね？」

「ああ。深川を出てく気はねぇからよ」

「そんなに怖い顔しなくたって――」

くすりとしてから春は更に声を低めた。

「……心配しなくても、私の方が出て行くわ」

「えっ？」

「お菓子、どうもありがとう。後でゆっくりいただくわね」

口角を上げて、やはりどこか思わせぶりに再び礼を言うと、春は孝次郎の返事を待たずに引き戸を閉めた。

――綺麗だねぇ――

――美味しいねぇ――

素朴な言葉ながらも、長屋の皆の称賛が心嬉しく、孝次郎は次の日から栗を使った菓子作りに取り組んだ。

こちらは無論、暁音に捧げるのを目的とした菓子だ。

甘露煮、渋皮煮、甘納豆と、栗そのものの形を活かした菓子を始め、金鍔、最中、大福、羊羹、きんとんと、栗はいくらでも工夫できる。

昨年は注文菓子で小豆のういろうに甘露煮と渋皮煮を入れた「残秋（ざんしゅう）」を作ったが、あまり凝った菓子よりも、気軽に食べられる飾り気のない菓子の方が暁音には喜んでもらえる気がした。

栗を買い足しつつ――また暁音に想いを馳せつつ――せっせとほぼ日替わりで違う栗菓子を試しに作っていると、続く七日が飛ぶように過ぎた。

――霜月（しもつき）に入って二日目の夕刻、宗次郎が現れた。

孝次郎に断られたのち、信俊はいちむら屋に頭を下げに行ったらしい。

苦渋の決断だったろうが、信俊なりに店の皆を思ってのことだろう。草笛屋の名を残さずともいいから、奉公人ごと引き受けてくれと畳に額をこすりつけたという。

「それで、友比古さんはなんと？」

「話を受けることにしたそうだ。うちは表通りから一本入っているからな。草笛屋の方が土地に恵まれているのは言わずもがなだ」

「そりゃよかった」

心からの言葉だった。

「いちむら屋なら、みんなも腕を振るえるだろうし――」

「そう甘くはないぞ、孝次郎」

眉をひそめて宗次郎は言った。

「旦那さまはいちむら屋を興すのに、家から大分金を出してもらったそうでな。此度は建て替えの費えは出してもらえそうにないらしい。さりとて、店の趣にはこだわりのある旦那さまだ。居抜きで草笛屋を使う気はさらさらないとのことで、つまり、岩附町の店を手放すことにしたんだ」

「というと……」

「草笛屋の者を皆、引き受ける訳にはいかんということさ。草笛屋はうちの倍よりもっと広いが、奉公人はまあ、引き受けても今の半分だろう」

草笛屋には菓子職人の他、帳場や外回りの者、家事を担う女中を含めて、五十人ほど勤めている。半数でも引き受けてもらえるのは御の字だが、それでも二十人余りが年の瀬を前に職を失うことになる。

「……お前たちは、深川を出て行く気がないそうだな？」

信俊から聞いたのだろう。孝次郎が頷くと、宗次郎は困ったように続けた。

「うちに越してきてはどうか、持ちかけてみろと、旦那さまに言われて来てみたんだが……金をかけた店だし、向こうでの費えもいるから相応の代金は欲しいが、草笛屋よりはずっと安くしておくそうだ。うちの板場は菓子作りのためにあつらえたものだから、お前になら、いや、お前にこそ使って欲しいと……」

また二幸堂がいちむら屋の後に入れば、路頭に迷う者もずっと少なくなる筈だ。

「け、けど、宗さん――」

いちむら屋の小体な店先や広い板場が思い出され、憧憬を覚えなくもなかったが、そこで働く己は何故だか思い描けなかった。

「……お断りしやす。ついこないだも兄貴と二人で、深川に居座るって決めたばかりなんでさ。それにいちむら屋はいい店ですが、俺も兄貴も神田生まれの神田育ちなんで、あすこは働くにはどうにもこそばゆい気が……」

「うむ。きっと断られるだろうと旦那さまは仰ってたが、やっぱり断られたか」

苦笑と共に宗次郎は言ったが、気を悪くした様子はなかった。

板場をちらりと見やって、宗次郎は話を変えた。

「栗の菓子を作ってるのか？」

「ええ。今日は金鍔を。お一つどうですか？」

小豆餡に栗を混ぜたのではなく、栗餡のみで作った黄金色のまさに金鍔である。

孝次郎が差し出すと、宗次郎は四つ割にしてそれぞれをじっくり味わった。

「うん。餡の炊き具合といい、焼き加減といい、申し分なく旨いが、栗はもう終わりだろう。それともこれは注文菓子か？　これじゃあ高くつくから店にはとても出せないだろう？」

「はあ、こいつは注文じゃなくて、その……お、贈り物にと」

女へだと宗次郎もすぐに察したようである。

「そ、それなら今少し、見栄えのいいものにしたらどうだ？　金鍔はお前の十八番だろうが、女への贈り物にはちと無骨ではないか？」

「仰る通りで……けど、上菓子よりはこういった簡素な菓子の方が、栗の持ち味が出るかと思いやして」

「まあ、栗が好きな女なら下手にこねくり回すより、金鍔の方がいいやもな」

「それが、好きでもあり嫌いでもあるってんで……宗さんならどうしやす？」

まじまじと孝次郎を見やってから、宗次郎は小さく溜息をついた。

「すまない。お前の苦労は判らんでもないが、そのような謎かけをする女は私にはお手上げだ」

「旨い菓子を贈るのも一手だと、宗さんが言ったんですぜ？」

「うむ。うちのお紺はうまく菓子でつれたが、一手は一手にしかすぎん。しかも私はその一手しか知らん男だ。女への贈り物なら、私にお門違いの助言を求める前に、お前の兄に訊いてみちゃどうだ?」

「兄貴に訊くのはごめんでさ」

女のことも、菓子のことも――

「……うむ。それも判らんでもないな」

宗次郎もまた、菓子作りの他は至って凡庸な男である。

ちょうど光太郎が暖簾を下ろして来たのを機に、宗次郎はそそくさと暇を告げて帰って行った。

八

千代嗣に呼ばれたのは翌日で、孝次郎は板場を七に任せて外へ出た。

「あれから暁音さんと話せましたか?」

「いやそれが……」

千代嗣から正吾のことを聞く十日余り前――長月の終わりに福如雲を持って行ったきりなのだと打ち明けると、千代嗣の顔がみるみる険しくなった。

「私はつい先ほど長屋に寄って来ましたが、暁音さんはまだ上野から戻っていませんでした。――が、どうやら長屋にも正吾さんが現れたようです」

「えっ？」

「おたみさんが留守だと応えると、行き先をしつこく訊いてきたそうです。既に三度来ていて、おたみさんは余計なことは言うまいと黙っていたそうですが、他の者から上野にいることが伝わってしまったようです」

　それがつい昨日のことで、千代嗣はたみに頼まれて孝次郎を呼び出した。

「私も数日前に正吾さんの噂を聞いたので、念のため知らせに行ったのですが、まさか長屋まで突き止められているとは思わず……幸い、お師匠の家まではばれていないようですが、これは孝次郎さんに知らせておいた方がよいのではないかと、おたみさんが私に言伝を頼んできたのです」

　たみ曰く、暁音の師匠は不忍池のほとり、池之端仲町に住んでいるという。

　千代嗣としばらく話し込み、今日明日にでも上野を訪ねてみることにして店に戻ると、店先では葉が売り子をしている。訝（いぶか）りながら土間に入ると、座敷にいた光太郎と墨竜が揃って孝次郎の方を見た。

「こうの字、一大事だ」

「一大事？」

　根付の相談かと思いきや、なんと余市が寝込んでいるという。

「王子ではまた雪が降ったと聞いたから、雪の飛鳥山を愛でにさきおととい、泊まりがけで出かけたんだ」

麓で二泊した合間に墨竜は王子権現を訪ねて、余市の不調を知った。

「風邪だと言っていたが、具合を訊いたらただの風邪とも思えなくてね。ほら、余市さんは私よりもお歳だし、どうも気になって知らせに来たんだよ」

墨竜が帰ったのち、光太郎は急ぎ支度を始めた。

王子に余市の様子を見に行くというのである。

まずは風邪に効く煎じ薬を買いに隣りの本山堂に行くと、話を聞きつけた反対隣りの佐平が蜂蜜の入った瓶を持って来た。

「こいつは喉にもいいし、滋養にもなるからよ」

余市とは数えるほどしか顔を合わせていない佐平だが、似た年頃だけあって、夏の藪入りには髪を結いながら大分親交を深めたようである。

慌ただしく荷をまとめると、「あさってには戻る」と言いおいて、光太郎は王子へ向かった。

上野の暁音が気がかりではあったが、身重の葉を置いて己まで遠出するのは躊躇われた。

「何かあったらすぐに知らせてくれ」

そう、葉と小太郎に言い含めて光太郎の帰りを待ったが、二日後の「あさって」の夕刻になっても光太郎は帰って来なかった。

余市さんがいよいよ危ないんだろうか――

口には出さぬが案ずる心は皆同じで、小太郎までがしょんぼりしている。

光太郎が王子に発って三日目、七ツ過ぎに帰った七は、彦一郎を伴って六ツ前に戻って来た。

「若旦那が戻るまで、彦と一緒にこっちに泊めてもらうとするよ」

三日も売り子として立ち続け、疲労困憊(こんぱい)の葉を見かねてのことである。

「助かるぜ、お七さん」

「その代わり――」

「うん。給金も菓子もたっぷり弾むからよ」

光太郎が不在の間は早仕舞いとしたものの、板場で仕込みをしていると、暖簾を下ろした店先からがっかりする声が聞こえてくることもしばしばで、悩ましいやら悔しいやらだ。

しかし更に三日が過ぎて、霜月は九日の夜になっても光太郎は戻らなかった。

九

便りがないのは良い便り――

そう己に言い聞かせつつ気を紛らわせてきたが、光太郎がいないまま暖簾を掲げて今日で七日目、暁音に至ってはもう一月半ほど顔を見ていない。

暁音は二日前に一度長屋に戻ったそうで、後でたみが知らせに来てくれた。正吾のことは案ずるなと、長屋の者に言いおいて、再び上野に折り返したという。

一方、王子からは音沙汰がないままだ。目も離せぬほど余市の具合が悪いのか、はたまた道中で光太郎に何かあったのか……だが、大事があれば八郎なり太吉なり、他人を使ってでもきっと知らせてくる筈だと、孝次郎は再び己に言い聞かせた。

朝のうちからちらほら雪が舞い始め、もとより決めていた早仕舞いを更に早めて八ツ半には暖簾を下ろした。

一通り片付けと仕込みを手伝った七が、じとりと孝次郎を見やってつぶやいた。

「ちょっとくらい、教えてくれてもいいじゃないですか」

「だから栗を使った菓子さ」

「それは判ってるんですよぅ」

「後は出来てからのお楽しみだ」

「……出来上がったら、すぐに呼んでくださいよ」

念押しする七に、「ああ」と孝次郎は苦笑と共に頷いた。

似たようなやり取りを繰り返すこと、今日で四日目だ。

光太郎がいない間は、葉と小太郎を含めて己が店を守らねばならぬと、早仕舞いにもかかわらず孝次郎は町を離れていない。

その代わり、持て余した時を活かして引き続き暁音に贈る栗菓子をあれこれ作ってきたが、買い置いていた栗も昼間仕込んだ分で最後であった。

気晴らしを兼ねているから一人にしてくれ——そう、七には頼んであった。

まずは暁音に問うてからと思っているゆえ、七を始め、二幸堂では正吾のことは明かしていない。だがここしばらく暁音と逢瀬がないのを七は知っているし、今は余市や光太郎の安否も知れない。よって七は泊まりの間、手伝いは店の菓子のみにとどめて、その分、彦一郎を交えて葉や小太郎と過ごしてくれている。

何を作るか教えないのはけして意地悪からではなく——否、七をからかう気持ちも多少はあるが——今はただ思いつくまま、気の向くままに板場で過ごしたかった。

とはいえ、今日は既に、昨晩思いついた菓子が念頭にある。

七たち四人は二階で双六を始めたようだ。

小太郎と彦一郎がはしゃぐ声を聞きながら、孝次郎は新しく鍋に水を張り、一刻ほど前に茹でておいた栗の鬼皮を、一粒ずつ渋皮を破らぬよう丁寧に剝いて浸した。

全て剝き終わると種火に薪を足し、鍋を沸騰させて、火加減を見ながらひととき茹でる。一旦火から下ろすと、渋を抜くために、別に沸かしておいた湯を注ぎ足しながら褐色となった鍋の湯を入れ替えた。これを二度繰り返して渋抜きを終えると、竹串を使って渋皮の表を整える。

渋皮を傷つけぬようそっとこすりつつ、余計な筋を取り除いていくと、木目のごとく味のある模様になる。地味で根気のいる作業だが、孝次郎は嫌いではなかった。甘露煮よりも渋皮煮を使おうと思った理由は別にあるが、こうした手間は祈りのごとく心を鎮め、相応の出来栄えが仄かに希望を与えてくれるように思うのだ。

一粒一粒じっくり綺麗にすると、塩を少しだけ入れて再び茹でた。

――一刻ほどして、七が階段を下りて来た。

「まだですか、お師匠？」

「そうだな。夕餉を済ませる頃には食べられるだろう」

「そんなにかかるなんて――一体何を作ってんです？」

「だから、そいつは後のお楽しみさ」

「むぅ」

むくれる七をよそに土間の格子窓を見やると、雪はいまだに降り続けている。

「……こりゃ兄貴も、帰ろうにも帰れねぇな」

「そうだねぇ……」

溜息と共に七が相槌を打った矢先、戸口を叩く音がした。

こんな日に訪ねて来るとはよほどの急用なのだろう。

余市さん――いや、兄貴に何か――？

七と目を交わして戸口に近付くと、おそるおそる問うてみる。

「ど、どちらさんで？」

「暁音です。ごめんください……」

震える声で暁音が応えた。

十

七と葉が気を利かせて、すぐさま子供たちに半纏(はんてん)を着せた。

「私たちは湯屋でじっくり温まってくるからさ」

「夕餉も権蕎麦で済ませてきます。ですからどうかごゆっくり……」

もとより雪遊びがしたくてうずうずしていた小太郎と彦一郎は、湯桶で雪を受けながら喜んで湯屋へと出かけて行った。

――上野から来たんだろうか？

傘はさしていたものの、暁音の膝から下は大分湿っている。夕餉のために残しておいた種火に急ぎ小割をくべると、孝次郎は暁音を板場にいざなった。

「湯が沸くまでかまどの前で温まってください。ええと、確か床几(しょうぎ)がここに……」

折り畳まれたまま板場の隅に追いやられていた床几を広げて、暁音に勧める。

布の代わりに編んだ縄を張った床几は光太郎の手作りで、まだ店が暇だった二年前の冬は、孝次郎はこれに座ってのんびり饅頭が蒸し上がるのを待ったものだ。

菓子を作り終えたばかりの板場はまだ充分暖かく、かまどの前に座っただけで暁音は人心地ついたようである。

「……ついさっき、十軒店から戻ったばかりで……」

「十軒店？　俺はてっきり上野からかと」

「ええ。お師匠のところにお世話になっていたのだけれど、今日は十軒店の茶屋にお春さんに呼ばれていたから……」

「お春さんに？」

こくりと頷くと、やや困った顔をして暁音は微苦笑を浮かべた。

「昨日ご丁寧に上野まで来て、私が留守にしてたからお師匠に言伝していったのよ。あいにくのお天気だけど、そろそろちゃんと話をしないといけないと思って」

春のことか己のことか判じ難くて黙っていると、孝次郎を見上げて暁音は続けた。

「お春さん、明久から息子さんを取り返して、古巣の芝で暮らすことにしたんですって。以前勤めていた花前屋というお店にお世話になるそうよ。『意地を張らずに帰っておいで』――先日全てを打ち明けた後、そう、女将さんが声をかけてくだすったんですって」

「そりゃ……よかった」

花前屋の女将の百世は、春をずっと我が娘がごとく案じていたと思われる。日出吉の一件も、おそらく委細を訊かずに春に助力したのだろう。春もまた――口ではなんと言おうと――どこかで百世を慕い続けていたのではなかろうか。

「孝次郎さんは、もうすっかり聞いているんでしょう？　柳右衛門さんやお広さん、お春さんや明彦さん、もちろん私のことも……」

「すっかりかどうかは知らねぇですが、おおよそのところは聞いたかと思いやす」

暁音から無理に聞き出さずに済むよう、孝次郎は春や明久について己の知っていることを先に打ち明けた。

「二幸堂で会った時、なんだかおかしな気がしたの」と、暁音は言った。「初めて会った筈なのにどうも見知った人に思えて……あの後すぐ、天満屋に勤めてると聞いて思い出したわ。天満屋はお広さんの妹さんの嫁ぎ先だし、明彦さんが囲っていた女の人の名が『春』だというのは、柳右衛門さんから聞いていたから」

「じゃあ、あの頃からもうお春さんを疑ってたんで？」

思わず問い返すと、暁音は小さく頷いた。

「もしかしたら、お広さんの差し金かもしれないと……ああ、孝次郎さんに色気がないというんじゃなくて――」

暁音が慌てて言うのへ、今度は孝次郎が微苦笑を漏らした。

「いいんですや。菓子作りしか能のねぇ男だってのは、俺が一番承知してやす」

「そんなことないわ」

言下に言ってから、暁音は少し迷いながらも付け足した。

「だって、お春さん言ってたもの。全部が全部、芝居ではなかったって。――そのように、孝次郎さんに伝えて欲しいと言われたわ」

「さ、さようで」

思わぬ言伝にどぎまぎしながら、孝次郎は湧いた湯を足湯にすべく桶に移した。

暁音が着物の裾を上げ、雪で赤く冷たくなった足を湯に浸すと、今度はその色気にどぎまぎして、孝次郎は新たな薪を取りに立った。

薪を足すのにかまどの前で膝を折ると、座った暁音と同じ高さで目が合った。

「……私はきっともう子供は望めないわ」

子供のことを、暁音がこうもはっきり口にしたのは初めてだ。

「最後に身ごもったのは二十二の時で、でも孝次郎さんに出会う少し前……おそらく三月足らずで流れたの。その前にも二度――一度目は無理がたたって臨月を迎える前に死産になって、二度目はやっぱり悪阻が始まってすぐに流れて……もう十年も前の話よ」

だが、いまだ心の傷は癒えていないのだろう。

涙をこらえる暁音に、孝次郎は首に巻いていた手拭いを取って差し出した。

「だから孝次郎さんが……まだ若くて愛らしいお春さんに心惹かれるようなら仕方がないと……そうなったら潔く身を引こうと思っていたわ」

「でも暁音さん、前にも言いやしたが俺は暁音さん一筋で、お春さんにはこれっぽっちも気はねぇんです」

目頭に手拭いをやったままの暁音に、勢い込んで孝次郎は言った。

「子供もまあ、欲しくねぇと言ったら嘘になりやすが、俺ぁその……暁音さんとしか、こ、子作りする気はねぇし、それで子供が望めねぇならもういいんです。子供のことなんかより——暁音さんと離れる方が俺にはずっと辛いんです」

今一度目元を拭うと、手拭いを握りしめて暁音は孝次郎を見つめた。

「私もよ。私も孝次郎さんと離れるのは——離れているのは辛かった」

暁音も想いを同じくしていたのだと、孝次郎が胸を熱くしたのも束の間だ。

「この一月余り、孝次郎さんのことを考えない日はなかった。ううん、縁あって二幸堂で孝次郎さんに巡り合って……孝次郎さんを好きになってから絶えず迷ってきたの。だからいっそ、このまま離れてしまおうかとも……」

はっとした孝次郎へ、暁音は静かに言葉を紡いだ。

「ずっとずるい女でごめんなさいね。孝次郎さんの気持ちを知っていながら、私はいつも逃げてばかりだった。……怖かったんです。きっとまた落とし穴が——ばちが当たると思って」

「ばちが……？」

孝次郎が問い返すと、暁音はかまどの中で爆ぜる薪を見やって顔を歪めた。

「姉の話を覚えてるでしょう？　——あの日、姉が子守の最中にお屋敷を出たのは、私が姉を呼んだからなの」

当時まだ十歳で、草履屋の父親と兄と三人暮らしだった暁音は姉恋しさに、時折、届け物などの遣いの途中で姉の奉公先に寄ることがあったという。

田舎ゆえか奉公人も自由が利くところが多く、暁音の姉の奉公先も跡取りの息子が火事で死すまでは奉公人に寛容だった。暁音が通りすがりに姉を呼んでも快く応じてくれ、また勝手口で二言三言、言葉を交わすだけで暁音も姉も満足していた。

「坊っちゃんを連れて出て来ることが多かったけど、あの日は台所で栗を炊いていて……私も姉も栗が好物だったから、姉は女中仲間に坊っちゃんを頼んで、台所で栗を一粒分けてもらって、外で半分私にくれたの。半分でも大きくて、ほくほくで、姉と二人で『美味しいね』って笑い合って……そしたら――」

暁音もまた――孝次郎とは別の形で――火事で大きな傷を負ったのだ。

火事ののち、跡取り息子を失った奉公先は一変し、姉は過労死とも折檻死ともいえる有様で亡くなった。

「姉が亡くなったのは私のせいよ。あの後、村八分に遭ったのも、父が身体を壊して亡くなったのも。だから江戸に売られた時は少しだけほっとしたわ。これで借金が返せたら、少なくとも兄は苦労をしなくて済むと……それに、中での暮らしも悪くないと思ったの。ちゃんと食べさせてもらえて、綺麗な着物を着せてもらえて、三味の稽古まで……でも甘かった。兄は結句苦労の末に亡くなったし、その後もずっと浮いては沈み、浮いては沈み――」

水揚げされてまもなく、身請け話が持ち上がった。相手はまだ若い、裕福な商家の三男で、暁音を妻として迎える筈だった。だが話が実現する前に、男は疝痛(せんつう)がもとで亡くなったという。

「初めて身ごもった時も――誰の子か判らないけど嬉しかった。なんとか外に、養子に出してあげられないかとあれこれ考えていたけれど、最後まで守り切ることができなかった。坊っちゃんを死なせた私が子を産むなんて、過ぎた願いだったのだと思ったわ。柳右衛門さんのことも……」

孝次郎をまっすぐ見つめて暁音は言った。

「恋心はなかったけれど、情はありました。あすこから請け出してくれたことには今でも感謝しかないし、三味や唄に限らず、お芝居や文楽、詩歌に茶の湯……私の知らなかったことをたくさん教えてくださった。それなのに、あんな風に急にお亡くなりに……」

唇を噛んでから暁音は続けた。

「お広さんには恨まれても仕方ないと思っています。私のために柳右衛門さんは大分お金を使ったし、お広さんは夫の死に目に会えなかった。お広さんには信じてもらえなかったけれど、柳右衛門さんは最期にお広さんの名前を呼んだの。つまり柳右衛門さんもまた、無念のうちに亡くなったのよ。上野を追われた時、お広さんに疫病神だとなじられて、その通りだと思ったわ。だから私はずっと怖かった」

りなんですよ——

——そういう者は、たとえ今は人並みに暮らしていても、どこかおっかなびっく

いつかの千代嗣の言葉が思い出された。

「け、けど、誰も彼も、暁音さんのせいで亡くなったってのは違いやす。後ろめたいのは判らねぇでもねぇですが、落とし穴だのばちだのと、暁音さんが責めを負うことじゃねぇ筈です」

目をそらさずにきっぱり言うと、暁音はようやく口元を微かに緩めた。

「孝次郎さんなら——そう言ってくれるんじゃないかと思ってた。そうやって、私はいつも孝次郎さんに甘えてきたんです。今だって……ずるいのは百も承知の上で、私、やっぱり孝次郎さんの傍にいたいんです」

迷いゆえにつかず離れず——

そんな甘え方しかできなかったのかと切なくも、かけ続けてきた想いをようやく共にしてくれた暁音がこの上なく愛おしい。

「ち、ちっともずるかねぇです。俺の気持ちは変わりやせん。暁音さん、どうか俺と一緒になってください」

この機を逃してはならぬと孝次郎は身を乗り出したが、暁音はやんわりと首を振って遮った。

「もう少しだけ待ってください。孝次郎さんと誓いを交わす前に、もう一つだけ片

付けておきたいことがあるんです」

「……正吾さんのことですか？」

「ええ」と、驚くことなく暁音は頷いた。

孝次郎には千代嗣を通じて知らせておいたと、長屋でたみが話したようだ。それ以前に千代嗣が約束を破っていたことを知ると微苦笑を浮かべたが、初めから孝次郎に全てを打ち明けるべく雪の中を訪ねて来た暁音である。

「文月に千代嗣さんから話を聞いて、なんだか気になって、少しずつ私なりに昔のつてをあたっていたんです。でも先月、紅野さんの名前を聞いて人違いだとはっきり判ったわ」

「なんだ。やっぱり人違いか。千代嗣さんもそうじゃねぇかと言ってやした」

だがそれなら何故、己が待ったをかけられねばならぬのかと、孝次郎は内心首をかしげた。

「正吾さんは紅野さんの行方を探しているのよ」

「そう聞いてやす。紅野と紅音を勘違いしていて、だから初めは紅音さんの――つまり暁音さんの行方を探していたのではないかと」

「あながち勘違いとはいえないのだけれど……」

つぶやくように暁音は言った。

紅野の名を千代嗣から聞いて暁音が真っ先に訪ねたのは、上野から更に西へ少し行った伝通院の近くの下富坂町だった。

「紅野さんは上田からきた人で、郷は違うけど、同じ信濃だから時々話すことがあったの。私が上野に移ってから一月ほどで身請けされて、下富坂町に住んでいると聞いたから一度だけ訪ねたことがあったのよ」

だが、女中と思しき老女に門前払いを食らってそれきりとなっていた。

「中のことは忘れたい人が大半だから、今更想い出話なんてしたくないのだろうとその時はすぐに諦めたわ。正吾さんは紅野さんのお兄さんよ。今は大分立派になられたようで、きっと紅野さんを迎えにいらしたのだと……だから、私もなるたけ早く紅野さんに伝えてあげたいと思ったのだけど、残念ながら、紅野さんはもう下富坂町にはいなかった」

その日は上野の安宿に泊まり、翌日、師匠に訳を話して、紅野の行方を探るべくしばらく泊めてもらうことにした。師匠の具合が悪かったのは本当で、風邪を患った師匠を看病しつつ、また自身も風邪でしばし寝込んで、紅野の行方を突き止めるのに思った以上の時を要した。

「それで、紅野さんは……?」

「牛込の方に越したのはすぐに判ったのだけれど、そちらの家にももう他の方が住んでいて、十日ほど前に、ようやく以前会ったお房さんという女中さんを探し当てたの。でも紅野さんは……もう三年も前に亡くなったと言われたわ」

沈痛な面持ちになって暁音は一度目を落とした。

「どこか嫌な予感はしてたのだけど、とても悲しい亡くなり方で、お兄さんに知らせるべきか随分迷ったわ。知らないまま、どこかで達者に暮らしていると信じていた方がいいんじゃないかと……」

実兄が過労の上で病で死したと、大分後になって伝え聞いた暁音である。なればこそ葛藤もひとしおだったと思われる。

「けれどもお師匠さんと話して、やっぱりお伝えした方がいいだろうと……おたみさんがお宿の名を預かっていたから、お春さんに会う前に寄ってみたけどお留守だったわ。でも言伝を預けてきたから、二、三日のうちにはお目にかかれると――」

「二、三日も待つこたねぇ」

知らぬ声が暁音を遮った。

振り向くと、板場の入り口に男が一人立っていた。

十一

男が一歩踏み出したのを見て、孝次郎もすかさず立ち上がって男へ歩み寄る。

背丈は一寸ほどしか違わないが、目方は三貫は男の方がありそうだ。

「……正吾さんですか？」

「そうだ」

やはり驚いて立ち上がった暁音が背後から問うた。

「どうしてここが――？」

「宿で言伝を聞いたから、あんたの長屋に行ったんだ。こんな日だからまっすぐ帰ったのかと思いきや、長屋にはいないってんで、もしやと思ってこっちに来たんだ。あんたはここの職人といい仲だと聞いてたからな。あんたが紅音――いや、今は暁音と名乗っているんだったな」

「ええ。正吾さんは紅野さんのお兄さんでしょう？　前に……中で、紅野さんが話してくれました。松本の商家にお勤めだとか……」

「そうとも。ようやく江戸行きが叶って――おみのに会えると――」

みの、というのが紅野の本名らしい。

「三年前に文が途絶えて……だが、すぐに江戸に出られる筈もなく……」

「……紅野さんは、三年前に亡くなりました」

「知っている。俺も今朝、牛込の屋敷に勤めていたお房さんから全て聞いた」

「で、では、文のことも……？」

「ああ。全てあんたのせいだ。あんたがしゃしゃり出たせいで――本当ならおみのがあんたの代わりに、明久の爺に落籍かれる筈だったのに――」

「正吾さん、どうか落ち着いてください」

憤る正吾をなだめつつ、話が飲み込めぬ孝次郎は暁音を振り向いた。

「……柳右衛門さんが初めて登楼された時、紅野さんをと仰ったのだけど、紅野さんはその日具合が悪かったので、代わりに私がお座敷に呼ばれたんです。浄瑠璃がお好きなお客さまだからと……」

結句、柳右衛門は暁音の三味線に惚れ込んで、以来暁音の馴染みとなった。柳右衛門は紅野とは初会も叶わなかったし、よしんば紅野に会っていたとしても身請けするほど惚れ込んだかは今更知りようがない。

「文、というのは？」

孝次郎が問うと、傍らの正吾が苦渋に顔を歪めた。

「紅野さんは……私の暮らしをしたためて、正吾さんに送っていたんです」

紅野を請け出したのは浅草の旅籠の利郎という若旦那で、柳右衛門よりずっと若く金を持っていた。店を継いだら妻として迎えるという約束で、下富坂町にそれなりの一軒家を紅野のために借りたと聞いて、紅野が喜んだのも束の間だった。

「お房さんが打ち明けてくれるまで知らなかったのだけど、利郎さんは実は気性の激しい人で……」

紅野を請け出してから殴る蹴るは茶飯事で、時には房に言いつけて数日飯を与えぬこともあったという。紅野は外出もままならなかったが、身請け前に吉原から兄に文を送っていた。その文に利郎が継ぐ旅籠の名を記していたため、やがて旅籠宛てに正吾から紅野へ文が届き、利郎は紅野へ偽りの返事を書くよう促した。

紅野に頼まれ、房は何度か暁音の暮らしを探ったそうである。同じ国の出で、同じ頃請け出された暁音のことを、紅野も気にかけ――羨んでいたのだろう。柳右衛門が暁音を芝居や茶会に連れ出したことを聞いては、紅野はさも己のことのように文に記して正吾に送った。

「家の人もご友人もお店の人も、利郎さんの所業を知らなくて……利郎さんは紅野さんが書いた文を人に見せびらかして、己のような旦那がいて紅野さんは果報者だと言い触らしていたそうで……」

年に一、二度、信濃国からきた奉公人に託して交わす文には本名の「みの」を使ったが、房曰く一度だけ吉原での源氏名を、偽りの暮らしぶりに合わせたのか「紅音」と記したことがあったという。房は気付いたが何も言わず、利郎もそのまま信濃に送ったようだ。

「それで正吾さんは、まず紅音――暁音さんを探したのか」

無論、正吾は真っ先に浅草の旅籠をあたったのだが、大店に数えられていたその旅籠は三年前――紅野が死したのと時を同じくして人手に渡っていた。

「利郎さんは博打に手を出していたようで、利郎さんが継いで三月ともたずに傾いたそうよ。それで、利郎さんは家の人も紅野さんも見捨てて行方知れずに――」

「逃げるだけならまだしもあいつは」

暁音を遮って、正吾は身を震わせた。

「あいつは逃げる前に……お房さんが出かけた隙に、おみのを散々痛めつけて、納戸に閉じ込めて錠前をかけたんだ。お房さんが気付いた時には、お、おみのはもう虫の息で……『悲しい亡くなり方』だと？　おみのがどれだけ苦しんだことか！」

血走った目で正吾は暁音の方へ踏み出した。

とっさに孝次郎は暁音を庇うべく正吾の前に立ちはだかったが、正吾は尋常ならぬ力で孝次郎をつかみ倒した。

暁音が悲鳴を上げる。

すぐさま飛び起きて正吾に組み付いたが、正吾は既に暁音の首に手をかけていた。

「お前は知っていたんだろう！　だからずっと俺から逃げていたんだ！」

「ち、違います。私は、人違いを……」

「暁音さんを離しやがれ！」

背後から割って入ろうとするが、何分狭い板場で正吾の方が体格がいい。

「お前はあいつの本性を知っていたんだ！　知っていて、お前は九年前におみのを見捨てたんだろう！　いや、お前さえいなければ、おみのは文にあったように仕合わせに——どうしてお前だけ爺のもとでぬくぬくと……どうして——」

口元から泡をこぼしつつ正吾は暁音に詰め寄った。

もがく暁音の足が床几に当たり、かまどに倒れた床几の縄に火が移る。

「逆恨みもいい加減にしやがれ、この野郎！」

襟と肩をつかんで渾身の力で正吾を引っ張ると、正吾は片手で暁音の胸ぐらをつかみ直し、もう片手で孝次郎を引き離して突き飛ばした。

宙を探った手が作業台にかかり、端に置いてあった箱が落ちて竹皮と「福如雲」の紙がそこら中に舞う。

背中を隣りのかまどで打って転げた孝次郎は呻いたが、ただちに身体を起こして、目についた床几の足に手を伸ばした。

「どうしてお前は生き延びて……おみのはあんな死に方を……」

鬼の形相で呪詛のようにつぶやく正吾を、暁音が恐怖を——否、悔いを湛えた瞳で見つめている。

「おみのの代わりに……お前が死ねばよかったものを」

立ち上がると同時に、孝次郎は火のついた床几を正吾の頭に叩きつけた。

崩れ落ちる正吾から暁音を引き離すと、暁音が勢いよく咳き込んだ。

「暁音さん！」

孝次郎が抱き起こすと、暁音は咳き込みながらも首を振った。

「正吾さんを……」

殺してしまったかと一瞬ひやりとしたが、正吾は呻き声を上げて襟元についた火を払い始めた。

桶の湯をかけたのはけして情けからではない。

床几に掻き出された薪から福如雲の紙に火が移り、作業台や壁の一部が燃え始めていた。

「どうした、こうの字?!」

飛び込んで来たのはなんと光太郎だ。

「どうしたもこうしたも――まずはそいつを捕まえてくれ!」

よろめきながらも逃げ出そうとしている正吾を顎でしゃくると、光太郎はたちどころに正吾を抑え込んで土間へ引っ張り出した。

とり急ぎ板場に置いていた水瓶の水を手桶で汲み出しぶちまけるも、勢いを増した火は更に上へと伸びていく。

店が燃えちまう――

ぞわりと、全身を寒気が通り抜けた。

が、立ち尽くしたのも一瞬だ。

「暁音さん!　手伝ってくれ!」

やはり呆然と火を見つめていた暁音に声をかけた。

「表に水樽がありやす。木戸の横の――」

皆まで聞かずに暁音は頷き、小走りに板場を出て行った。

入れ違いに戻って来た光太郎は既に両手に水桶を持っている。

「何があったか知らねぇが、俺たちの店を燃やしてたまるか！」

「おう！」

「必ず止めるぞ！」

「おう！」

光太郎と入れ替わり、孝次郎も表へ水を取りに走る。

「孝次郎さん！　一体何が――？」

半町ほど先から七が、大きな身体を揺らして駆け寄って来た。

「火が出た。手伝ってくれ！　早く！」

「あいよ！」

即刻応えて振り向くと、七は追って来た彦一郎と小太郎に声をかける。

「あんたたちは下がっておいで！」

びくりとして足を止めた二人へ、七は後ろを指差した。

「彦に小太！　お葉さんを頼んだよ！　あんたたちがお葉さんを守るんだ！」

子供ながらに大事を察したのか、二人は七を見つめて口を揃えた。

「がってんだ！」

二人が葉のもとへ駆け戻るのを見ながら、孝次郎は暁音から水桶を受け取った。

土間で出て行く光太郎とすれ違い、板場に入ると、暁音と共に四つの桶を火の手を狙ってぶちまける。

表で光太郎が町の者を呼ぶのが聞こえた。

「お七さんとおせいさんは暁音さんへ桶を！　万吉さんと作次郎は佐平さんちへ回ってくれ！　作次郎、あっちの二階にも水を頼む！」

上に火が回らぬよう、光太郎は二階へ水をかけに行ったようだ。

七とせいが土間に入って来たのを機に、桶が回り始めた。

「はいよ！」

「あいよ！」

二人の他にも、威勢のよいかけ声が土間の外からも聞こえてくる。

佐平の店との境の壁は、いまや奥の一間が黒焦げだ。紙切れや竹皮から飛び火して店先に近い方も燃え始め、水をかける度に火の粉と煤が舞ったが、不思議と恐れは感じなかった。

「暁音さん！」

「はい！」

暁音から桶を受け取る度に、ふつふつと力が湧いてくる。

「おうりゃ！」

「そうりゃ！」

壁の向こうからも、晋平と万吉のかけ声が聞こえ始めた。

「はいよ！」

「おうりゃ！」

「あいよ！」

「そうりゃ！」

壁のこっちとあっちでかけ声が飛び交う。

「向かいの水も持って来い！」

「雪でもなんでも持って来い！」

おそらく四半刻とかからなかった筈だ。

だが、孝次郎には倍の半刻にも感ぜられた。

暁音に手渡されるまま、手桶の水やら、湯桶の雪やらを、目についた橙色に片っ端からかけ続けることしばらくして、七が暁音の手を止めた。

「もういいよ。ほら、すっかり消えたもの」

振り向くと、もう火の気はどこにも見えず、そこら中が水浸しになっている。

「おーい」

二階から光太郎の声が呼んだ。

「おーい」

返事を返すと、自然と顔がほころんだ。

「消えたかー？」

「消えたぞー」

どたどたと駆け足で階段を下りて来た光太郎が、板場を覗いてにやりとした。

「よしよし、なんとかなったじゃねぇか」

「ああ、どうやらなんとかなった」

板場にいた孝次郎と暁音は煤まみれだが、一人で階段を上り下りして二階を湿らせていた光太郎も汗だくだ。

表で町の者が喜びの声を上げる中、番人の角兵衛（かくべえ）が顔を出し、土間に転がった正吾を見て目を丸くした。

水を汲みに行く前に、光太郎は土間にあった縄を使って正吾の手足を縛り、孝次郎が頼んだ通り、しっかり「捕まえて」おいてくれたらしい。

「光太郎……こりゃただの小火（ぼや）じゃねぇな？　いってぇどうした？」

「それが、俺も王子から帰って来たばかりで何がなんだか」

「こいつです、角兵衛さん！」

胸ぐらをつかんで正吾を起こし、そう叫んだのは七である。

「なんだか知らないけど、こいつのせいです！　このとんちき野郎のせいで二幸堂が――私の菓子が焼けちまったんです！　新しい栗のお菓子――まだ一口も……このお七が、まだ一口も食べてなかったってのに！　この野郎！　まったくなんてことしてくれたんだい！」

正吾に食ってかかる七を、角兵衛と光太郎が二人がかりで慌てて止めた。

光太郎がちらりと孝次郎を見た。

兄弟なれば、言葉を交わさずともその胸の内が伝わった。

げに恐ろしきは。

菓子へのお七さんの執念なり――

十二

失火でも原因や範囲によって十日、二十日、時には更に長く押込めの刑となることがある。

「だが、此度は隣りとの壁一枚のみだ。火消しに頼ることなく消し止めたんだし、咎を受けることたまずねぇだろう」

孝次郎たちも同じように見立てていたが、角兵衛の言葉を聞いて改めて胸を撫で下ろした。

そもそも失火は、逆上した正吾が原因である。

正吾はひとまず番屋へ留め置かれることとなったが、番屋に連れて行く前に土間で暁音が目こぼしを願い出た。

「けど暁音さん、あんたこいつに殺されかけたんだろう？」

首の痣を見ながら問うた角兵衛に、暁音は小さく頷いた。

「その通りです。ですが……兄かと思ったんです」

「兄？」

「私にも——字は違いますが——尚吾（しょうご）という兄がいました。ですから正吾さんの名を……信濃からの商人だと聞いて、もしや、もしや兄が生きていたのかと……病で死したというのは嘘で、江戸へ私を探しに……迎えに来てくれたのではないかと思ったんです」

　文月に千代嗣から正吾の話を聞いて、まさかと思った暁音だった。

だが、名は同じでも字が違う上に、兄の尚吾は暁音が「紅音」だと知る由がない。ぬか喜びしてはならぬと己に言い聞かせ、以前孝次郎から話に聞いた信濃屋に頼み込み、もう十年以上も音信不通だった親類に文を送った。

　やがて届いた返事には、兄が確かに奉公先で死したことが記されていた。また千代嗣から続く知らせもなかったために、暁音は何かの間違いだったのだろうと思い直して諦めた。

「けれども、正吾さんはまた中にいらして……先だって紅野さんの名を聞いて思い出したんです。名前は聞かなかったけれど、互いに兄がいたことは一度話したことがありました。郷里から離れて奉公に出ていることも。お兄さんが江戸にいることを——紅野さんを探していることを知ったらどんなに喜ぶだろうと、居ても立ってもいられなくなって……嬉しかったんです。人違いでも嬉しかった……」

先に泣き出したのは正吾だった。

角兵衛と町の者が正吾を番屋へ引っ立てて行くと、孝次郎は土間に置いていた包みを抱いて暁音を長屋へいざなった。

春は暁音に会う前に長屋を引き払ったそうで、荷物も花前屋の者によって日中に運び出されていた。光太郎は店の座敷で寝ることにして、大家の栄作の勧めで葉と小太郎、七と彦一郎は春の家で一晩明かすことになった。

「兄貴が帰って来てくれて助かった」

「流石に七日も音沙汰なしじゃあ、まずいと思ってよ。雪の中戻ってみりゃ、まさかあんなことになってるたぁな」

余市の風邪は光太郎が着いた頃にはほぼ完治していたのだが、二日後には光太郎が、そのすぐ後に太吉が、それぞれ数日ずつ寝込んでしまったそうである。

「道が悪くて大分遅くなっちまったがよ。まあ、真打ちたぁそういうもんだ」

「抜かしやがる」

口では呆れながらも、兄の笑顔が心強く、他愛ないやり取りにただ安堵した。

光太郎がせっせと掻巻やら着替えやらを長屋へ運ぶ間に、孝次郎と暁音はてるが沸かしてくれた湯で煤と汗を拭った。

小太郎と彦一郎が長屋に泊まるとあって、隣りの晋平宅とはす向かいの春の家を子供たちがはしゃいで行き来している。

井戸端から各々の家の前でも、光太郎や七、葉を始め、町の者と長屋の者が入り乱れ、いまだ火消しの興奮冷めやらぬ有様だ。皆、孝次郎たちと二幸堂の無事を喜んでくれているというのに、暁音だけはまだどこか固い顔をしている。

己と交代で暁音が葉に借りた着物に着替えてしまうと、孝次郎は表の喧騒から離れるべくそっと戸口を閉めて、畳の上で暁音と二人きりで向き合った。

「……暁音さん」

孝次郎が切り出すと、暁音は困った目をして唇を噛んだ。

「孝次郎さん、私、やっぱり……」

「暁音さんは疫病神なんかじゃありやせん」

「でも、お店があんなことに」

「壁が一枚燃えただけです。兄貴ががっちり貯め込んでいやすから、あれくらいじゃうちはびくともしやせん」

何やら急にしんとした壁の向こうから、「そうとも」と光太郎がつぶやく声がしたようだったが、聞こえぬ振りをして孝次郎は暁音を見つめた。

「でも、私のせいで――」

「暁音さん」

右手で暁音の手を取ると、孝次郎は火傷痕の残る左手をその上に重ねた。

「今更、あの話をご破算にするってのはなしですぜ？」

夫婦の契りのことである。

「でも」

「でもも糸瓜もありやせん」

暁音を遮って、孝次郎は精一杯言葉を紡いだ。

「誰も死んじゃいません。正吾さんも俺も――暁音さんも生き延びやした。これまでやこの先はどうか知りやせんが、まっとうに生きていても人の生き死には避けられねぇもんです。まっとうに生きてりゃ……俺はそれでいいと思ってます」

後悔はなくもねぇが――

ぼんやりと思い浮かんだのは、今は亡き父親の勘太郎だ。

もっと早く――親父と話せばよかった。

俺は恨んでなんかいねぇと、言っときゃよかった。

今できることをしてくれる――それだけで充分ありがてぇんだと――

「今のままでいいんです。あ、いや、祝言は諦めていやせんが、暁音さんとただこうして一緒にいるだけで、俺はこれからもまっとうに、悔いのないよう生きてける気がするんでさ」

「孝次郎さん……」

「俺は稼ぎも少ねぇし、世間知らずで頼りねぇやもしれません。けど、兄貴やお葉さん、お七さんに墨竜さん、親分など……周りの人には恵まれてます。それに時にはこうして、ちっとは慰めになる菓子も作れやす」

　店から持って来た包みを開いて、孝次郎は塗箱を取り出した。

「お七さんは焼けちまったとぼやいてましたが、実は早く冷やして固めようと、土間に置いていたんでさ」

　塗箱を汚さぬようにと風呂敷に包んでいたのだが、隙間風が当たるよう隅に置いていたため七の目には留まらなかったらしい。「なぬ？」と、今度は七の声が壁の向こうからしたものの、やはり聞こえぬ振りをして孝次郎は塗箱の蓋を取った。

「暁音さんに喜んでもらいたくて、何か懐かしい菓子をと思ったんですが、俺は神田で生まれ育ったんで、郷里ってのが今一つぴんときやせん。親やお弥代さんが生きてた頃を懐かしく思う時はありやすが、他人が住んでる松田町の長屋に帰りてぇとは思いやせんし……ですから、この菓子は信濃にこだわらず、ただ暁音さんを想って作りやした」

　長さ一寸半、幅と厚みは七分ほどの細長い、白い珪石（けいせき）に似た菓子である。

　一つ取って半分に割ると、ふっくら丸い大納言と、大納言の大きさに揃えて切った栗の渋皮煮が一緒に覗く。外側が白くやや固いのは、琥珀のごとく、寒天に包まれているからだ。

「渋皮煮には砂糖を使いやせんでした。けど大納言は甘めに炊きやしたし、寒天にも砂糖が入っていやすから、甘さは充分だと思いやす」

割った半分を暁音に差し出し、暁音が一口齧るのを見てから、残った半分を己の口に放り込んだ。

ぱりっとしているのは表だけで、形がしっかり残っている大納言と、栗本来の甘さにほんのり渋の風味が利いた渋皮煮、それらを包んだ薄く柔らかい寒天が、舌の上でほどよくほぐれて混ざり合う。

「うん。思った通り、よく合うや」

味見に満足して微笑むと、暁音もゆっくりと笑みをこぼした。

「……美味しいわ。美味しくて――ひんやりしているのに、なんだか温かい……」

「そりゃよかった」

偽りない笑顔にほっとすると、孝次郎は盆の窪に手をやった。

「その、よかったらこいつは暁音さんが名付けてくだせぇ。暁音さんのために作った菓子なんですから……」

暁音は黙って新たに箱から一つ菓子を取ると、孝次郎がそうしたように二つに割って半分を孝次郎へ差し出した。

今一度、二人して静かに菓子を食むと、暁音が小声でつぶやいた。

「家路（いえじ）……」

「うん？」

「家路はどうかしら、孝次郎さん？」

「菓子の名ですか？」

「はい」

孝次郎をまっすぐ見つめて暁音が頷く。

「これからこのお菓子を口にする度に、いつでも、どこにいても、何度でも……私は、今この時の気持ちをきっと思い出します。このお菓子の先には孝次郎さんがいる——これから何があろうと、そう信じられると思うんです」

「暁音さん」

八の字に両手のひらをしっかりついて、暁音は深々と頭を下げた。

「不束者(ふつつかもの)ですが、何卒よろしくお願い申し上げます」

「あ、暁音さん——」

うろたえる孝次郎をよそに、壁越しにいくつもの歓声が上がった。

終章

暖簾からちらりと顔を覗かせて、光太郎が言った。

「おい、恋桜と鶯を一つずつ」

「俺ぁちと手が離せねぇから、八、頼んだぜ」

「合点です」

八郎の声を聞きながら、孝次郎は白粒餡を仕上げにかかった。

弥生も八日目の、うららかな昼下がりである。

あれから——

小火ののち、二幸堂は隣りの佐平から店を譲り受けた。

——今川町に移るかもしれねぇって聞いてよ。俺の店を渡しゃいいって思ったんだが、なかなか踏ん切りがつかなくてなぁ。あすこは死んだかかぁと、ずっと守ってきた店だからよ……けどまあ、これが潮時ってやつだろう——

還暦間近の佐平は天涯孤独だが、佐平と付き合いの長い生薬屋の本山堂が請人となり、栄作長屋の春がいた九尺二間に引っ越した。廻り髪結として深川では引き続き重宝されていて、一人ふらりと芝居を観に行ったり、時には余市を訪ねて王子に遠出したりと、気ままな暮らしを楽しんでいる。

佐平の店の分、二幸堂は間口が一間広くなり、暖簾と座敷は新しい敷地へと移した。佐平が寝起きしていた二階は奉公人のために階段ごとそのまま残したが、階下の境の壁には新しく出入り口を設けて、板場と座敷を行き来できるようにした。以前の店の階下は全て板場に――孝次郎の希望通りに――造り変え、かまども倍の六つになった。

改築を手がけたのは新八だ。

弥代の弟にして元火消し、孝次郎の命の恩人でもある新八の本業は大工で、二幸堂の無事と店を広げる祝いを兼ねて、相場よりずっと安く請け負ってくれた。

また、木屋の次男の墨竜がすぐに材木を手配してくれたこともあり、一月（ひとつき）ほどで改築が終わると、孝次郎は草笛屋に出向いて三人の新たな職人を雇い入れた。

数馬（かずま）、良介（りょうすけ）、桂五郎（けいごろう）の三人は、それぞれ二十歳、十四歳、十二歳と、皆まだ若い。主だった職人は既にいちむら屋に移ることが決まっていたが、数馬はいちむら屋の誘いを蹴って、職にあぶれた丁稚の良介と桂五郎を孝次郎に勧めた。

数馬は凜々しい顔立ちに隆とした身体つきをしており、光太郎とはまた違った色気があるのだが、若き日の光太郎とは似ても似つかぬ真面目な男で、大の餡好きでもあった。殊に小豆の餡が好物で、二幸堂では餡炊きを自ら申し出て、七ともすぐに打ち解けた。

装い新たな二幸堂が開いてまもなく、草笛屋はひっそりと暖簾を下ろした。

番頭の善二郎は一手代としていちむら屋に移ったが、浩助を始め、手代でも拒まれた者が何人も出た。信俊は「一から出直す」と言いおいて、友比古から受け取った金で全てのつけを払い、職を失った者に幾ばくかの暇金を与えたのちに、姿を消したそうである。

年末に向かいの長屋の二階建てに空きが出て、光太郎一家は長屋に、孝次郎は入れ替わりに店の二階に引っ越した。

年が明け――藪入りに合わせて、孝次郎と暁音は祝言を挙げた。

祝い菓子は兄夫婦の時と同じく五色の練切餡を包み重ねた冬虹(とうこう)だったが、作ったのは数馬と八郎だ。

給仕に慣れた太吉がいるうちにと、光太郎がまずは縁台を二つ用意して、茶と上菓子を出す支度を整えた。また、余市たちを交えて話し合い、新しい三人を一人ずつ、八郎か太吉と入れ替わりに王子に「修業」に出すことにした。

「この羊羹がしこたま食えるんですよね？」

土産の羊羹に舌鼓を打った数馬がその場で名乗りを上げて、早速七日前――弥生は朔日に王子に発った。

代わりにやって来た八郎には、手始めに「鶯」――鶯色と白の練切でこし餡を包み、鳥を象った練切——を教え込んだ。

春はこの鶯と恋桜、それから春の川を、いつもの菓子に加えて縁台で出すことにしている。

良介に主たる店の菓子を仕込む傍ら、孝次郎は相変わらず餡炊きを担い、八郎と共に上菓子と注文菓子を作るのに精を出している。

縁台で菓子を出すようになってから注文菓子が増え、更に先月三つに増やした縁台が盛況なこともあって、太吉よりも年下の桂五郎には当分の間、光太郎のもとで売り子に給仕、届け物から買い物と、主に外働きをしてもらうことにした。

良介と桂五郎は数馬や八郎ほど秀でた才はないものの、真面目な数馬が見込んだ者たちだけあって、一つ一つが丁寧で、朝から晩までしっかり働く。

良介と金鍔(きんつば)を一箱分仕上げると、孝次郎は桂五郎を呼んだ。

「斑雪(はだれゆき)もすぐに蒸し上がるからな」

「はい」

「良介も桂五郎も、そんなに根を詰めることたないんだよ」

七が言うのへ、二人は顔を見合わせた。

「でも、俺も桂五も行くあてのないところを拾ってもらいやしたし、その、やっぱり俺たちも菓子屋で働きたかったんです」と、良介が言えば、

「数さんには及びませんが、精一杯勤めるのがせめてもの恩返しです。二幸堂が草

笛屋のようになっても困りますし……」と、桂五郎も言う。
「こら桂五、なんてこと言うんだい。つるかめつるかめ――」
「す、すみません。つるかめつるかめ……」
「二幸堂はあんな始末にはならないから安心おし。お菓子ってのは餡子が命だから
ね。江戸で一番の餡子を作るお師匠と、金に汚い――もとい、金勘定に細かい若旦
那がいるから、この二幸堂は安泰さ」
「聞こえてるぞ、お七さん」
恋桜と鶯を取りに来た光太郎が、じろりと七を見やって言った。
「だってひどいじゃないのさ、若旦那。こんなに繁盛してるのに、いまだに味見が
一つずつだなんて。近頃は売れ残りもまったくなくて……」
「そら仕方ねぇ。人手が倍になったんだ。菓子も二倍、三倍と売らねぇとな。赤子
が生まれりゃ、お葉もしばらく仕事にならねぇだろうしよ」
昨年より繁盛しているのは確かだが、倍売り上げるには至っていない。人手は倍
に増えたものの、育ち盛り、働き盛りの男が三人だから、食い扶持は以前の三倍近
くになっている。安くしてもらったとはいえ改築にそれなりの費えがかかったこと
もあり、安泰といえるまでには今しばらくかかりそうだ。
「むぅん」
七は頬を膨らませたが、すぐに気を取り直して言った。

「お葉さんは、そろそろなんじゃないのかい？」

「ああ、もういつ生まれてもおかしかねぇ」

弥生に入ってから、何度も繰り返されているやり取りである。

「なんかあったら、すぐに知らせるよう言ってあんだが……」

ぼやきながら光太郎が菓子を出しに表へ出てすぐ、小太郎の弾んだ声がした。

「おとっつぁん！」

すわおしるしか破水かと、板場で孝次郎たちまで耳を澄ませる。

「ねつけのちゅうもんだって！」

「なんだ、根付か」

つぶやき声に肩を落とした光太郎が見えるようで、孝次郎はかまどの前でくすりとした。

師走（しわす）のうちに光太郎が彫った椿の根付を、墨竜は粋人仲間に見せびらかして回ったそうだ。ゆえに年明けからぽつぽつと、根付の注文もくるようになっていた。

やれ忙しいだの面倒だのと口ではぶつくさ言いつつも、根付に取り組む光太郎は愉しげだ。また、なんだかんだいい実入りになっているのも否めない。

「──こっちも繁盛、あっちも繁盛。うん、今日も上々だねぇ」

「ああ」

「ねぇ、赤子が生まれたらもちろん、お祝いのお菓子を作るんだよねぇ？」

「もちろんだ」

「へへ、お師匠、それは一体どんなお菓子で――？」

下手に出た七に、愛嬌たっぷりに応えたのは八郎だ。

「そいつぁ、後のお楽しみでさ。ね、孝次郎さん？」

「そうとも、後のお楽しみだ。おととい、とびきりの菓子を思いついたんで、今日は菓子作りを終えたら、八とやっちゃばに行って来る」

八の字になった七の眉を見て良介が小さく噴き出したところへ、暁音が出稽古から戻って来た。

「ただいま帰りました」

「お帰り。――ああ、暁音さん」

「はい」

「昼前に一人、三味を習いたいって人が来やした。留守だと言ったら、八ツ過ぎにもう一度立ち寄る、と」

「判りました。ありがとう、孝次郎さん」

「なんの」

暁音が階段を上がって行くと、七が孝次郎を肘で小突いた。

「まったくもう、『暁音さん』だなんて、いつまで経っても他人行儀なんだから」

「そんなこたねぇ」

新たに粒餡を炊くべく鍋をかまどにかけると、二階から微かに三味線の調弦が聞こえてきた。

——私は本当は……といいます——

祝言を挙げた夜、二階で二人きりになってから、暁音は一つの名を孝次郎に密かに告げた。

——千代嗣さんにも柳右衛門さんにも明かしたことはありません。この名前を知る女衒も遣り手もとうに亡くなりましたし、私が信濃に戻ることももうないでしょう。独り立ちする時にお師匠さんに暁音と名付けてもらって、生まれ変わったつもりで生きていこうと決めたけど……孝次郎さんには覚えていて欲しいんです——

幾度か繰り返し弦を弾く音が続いたのちに——たゆたうごとく、のどかな音曲が流れ始める。

俺が菓子を作って。

暁音さんが三味を弾いて——

二階を見上げて笑みをこぼすと、孝次郎はそっと餡をかき混ぜながら、卯月から出す新たな菓子を思案し始めた。

完

知野みさき（ちの・みさき）
一九七二年生まれ、ミネソタ大学卒業。現在はカナダBC州にて銀行員を務める。
二〇一二年『鈴の神さま』でデビュー。同年『妖国の剣士』で第四回角川春樹小説賞受賞。
著書に、『深川二幸堂　菓子こよみ』シリーズ、上絵師　律の似面絵帖シリーズ『落ちぬ椿』『舞う百日紅』『雪華燃ゆ』『巡る桜』、『江戸は浅草』『山手線謎日和』シリーズ等がある。

だいわ文庫

深川二幸堂　菓子こよみ〈三〉

著者　知野みさき

二〇二〇年六月一五日第一刷発行

発行者　佐藤靖
発行所　大和書房
東京都文京区関口一－三三－四　〒一一二－〇〇一四
電話　〇三－三二〇三－四五一一

フォーマットデザイン　鈴木成一デザイン室
本文デザイン　bookwall（村山百合子）
イラスト　Minoru
本文印刷　信毎書籍印刷
カバー印刷　山一印刷
製本　小泉製本

ISBN978-4-479-30818-8
乱丁本・落丁本はお取り替えいたします。
http://www.daiwashobo.co.jp